天地间

陈慰妃 著

海峡出版发行集团
THE STRAITS PUBLISHING & DISTRIBUTING GROUP
福建人民出版社

图书在版编目(CIP)数据

天地间 / 陈慰妃著．--福州：福建人民出版社，2022.2

ISBN 978-7-211-08822-5

Ⅰ．①天…　Ⅱ．①陈…　Ⅲ．①散文集—中国—当代　Ⅳ．①I267

中国版本图书馆 CIP 数据核字（2022）第 010588 号

天地间
TIAN DI JIAN

作　　者：陈慰妃
责任编辑：李文淑
出版发行：福建人民出版社
电　　话：0591-87533169（发行部）
网　　址：http://www.fjpph.com
电子邮箱：fjpph7211@126.com
地　　址：福州市东水路 76 号　　**邮政编码**：350001
经　　销：福建新华发行（集团）有限公司
印　　刷：福州万达印刷有限公司
地　　址：福建省福州市闽侯县荆溪镇徐家村 166-1 号厂房第三层
开　　本：700 毫米 ×1000 毫米
印　　张：23.5
字　　数：305 千字
版　　次：2022 年 2 月第 1 版　　2022 年 2 月第 1 次印刷
书　　号：ISBN 978-7-211-08822-5
定　　价：68.00 元

/序/

福建省女作家陈慰妃呕心沥血达十年之久的著述《天地间》，带给我的是一种难得的心灵震颤，品读后霎然如沐春风，如饮甘泉。

这不禁使我想起了济慈那首有名的诗《希腊古瓷颂》里面的句子：

你竟能铺叙
一个如花的故事，比诗还瑰丽。
……
等暮年使这一世代都凋落，
只有你如旧。

慰妃出生在祖国东南沿海一个县城，那是海天相接、风光旖旎的地方。悠久的历史，古朴的民风，厚重的家世，宽阔的视野，在她幼小的心灵里早就播种下了寻求真善美，观察大世界，笔耕抒情怀，大爱洒人间的夙愿。她没有上过大学，甚至连高中都未曾读完，十四岁即当上了女兵，从戎十八载，在部队里从过医。我记得上大学时，我的中文系老师曾说过：有五种职业的人最容易成为作家——军人、医生、教师、记者、海员。慰妃在其中，已然占据了两席。所以，无须科班出身，她那力透纸背的文字作品和已是福建省作家协会会员的经历，足以证明她是一个卓尔不凡的女作家！

《天地间》是一部难得的作品，如同佳酿，日久弥香。

世上的万物，都笼罩在天地之间。作者取书名为《天地间》，将一个大写的人，一个颇有底蕴的家族，一个纷繁复杂的社会，一个快乐幸福的家庭，都尽情地揽入文中。她用女性特有的眼光、细腻的笔触、贲张的联想和军人的气质，把自己的出生、经历、成长和反思熔于一炉，勾画出不同年代、不同人物、不同事件的深刻背景、内涵发展、因果关系以及必然趋势，用一根历史的红线，酣畅淋漓地串扎起来，其清晰可见的时代经纬，饱满深情的童年记忆，闽东风情的民间民俗，如花似玉的军旅生涯，相夫教子的美满家庭以及周游世界的妙笔游记，无不显示出作者对生活的热爱，对工作的投入，对事业的追求，抑或对亲人的脉动，对朋友的忠诚，对现实的探究。文如其人，相信读完这部作品，一个美丽、善良、直言、深沉的女性作家形象，会鲜活地呈现在你的面前。

一滴水能见到太阳的光辉。

世界著名喜剧大师查理·卓别林在自己70岁生日时写下这样一段名言："当我真正开始爱自己，我才认识到，所有的痛苦和情感的折磨，都只是提醒我：活着，不要违背自己的本心。我们无需害怕自己和他人的分歧，因为即使星星也会碰在一起，形成新的世界，这就是生命。"

慰妃在这部书中上半部的结语中也这样描述道：

"生命，是一树花开，每一朵花都热烈地绽放过。

敬畏生命吧，每一个生命，都不可复制。

历史的长空，闪耀着繁星无数，是先人的夺目光芒。祠堂里敬拜，我听到了神灵的声声祝福，继往开来。

岁月的长河，流淌着一条血脉，是生命在奔腾不息。翻开了家谱，我看到了一行行的'雁行……'前赴后继。

一个家族，无数的家族，形成了一个伟大的民族。

紧锁的心结，解开了。

我含泪微笑，坦然了。”

这是作家的跫音，亦是《天地间》画龙点睛之笔。

愿慰妃有更多更好的作品问世。

我期待。

是为序。

赵麟斌

农历辛丑年 · 仲夏

于福州已得斋

（闽江学院原副院长，经济学博士，二级教授，博士生导师，享受国务院特殊津贴专家，联合国工业发展组织授课专家。）

目录

上篇

下 篇

上 篇

天 地 间

我在黑暗中睁开眼睛。

墙上有个剪影，那是阿福阿婆，她在为我接生，她举着一把剪刀，天哪，银光闪闪！

这个我生命的决断之神！好像在对我说：敬畏我吧，孩子，你尚未诞生即蒙祝福，尚在胎中便受礼赞，但我必须告诉你，这个世界充满迷惑与恐惧，天、地、水、火、风、雷、山、泽，变幻无常，生生不息……接受吧，孩子，这是我给你的第一个祝福，也是给你的第一个痛！

那把剪刀朝向我：咔嚓，剪断了我的脐带，伴随得“哇哇”的啼哭声，响彻夜空。

丑时，天上挂着一弯玄月，清净，明朗，深邃，此时隐隐地从天边传来一声、两声的鸡鸣。

桌上燃着一盏洋油灯，透过玻璃罩，把整个屋子照亮。

阿福阿婆和邻居红霞妹婶婶正忙着烧热水，帮我擦拭身体，然后用大毛巾把我包上。

阿福阿婆轻轻地抱着我，把我递给父亲。

父亲满脸愁容地接过我，露出一丝难得的微笑，我是他的第五个孩子。

是喜是悲？或无喜也无悲？望着女儿双眼漏出的一丝迷离游动的光，父亲心里五味杂陈：孩子，你挣扎着出生，和所有新生命一样，向往着这个世界，可我怎能保护你的一生？孩子呀，你既然在月光下出生，我们祈求月亮娘娘保佑吧。

阿福阿婆对父亲说："兄弟，感恩上帝赐予你女儿。"

父亲点点头，把我抱紧。

阿福阿婆是个基督教徒，那时县教会医院培养了她这样的接生员，分布在各个街道甚至海岛渔村。那时的西医还不普遍，妇女们依然在家分娩，而不是医院。

阿福阿婆边忙边跟红霞妹婶婶说起："去年冬天，部队营长的老婆也是在这张眠床上，我帮她接的生，一个胖小子，真是欢喜啊。"

红霞妹婶婶也兴高采烈，用带福州腔的霞浦话叙叨起来："是哦，那天半夜三更，我们都在睡梦中，忽然听到街上一阵急促的脚步声，几个当兵的抬着一副担架，上面躺着一位妇女，他们正急急忙忙地朝西关的县医院奔去，没想到在阿母家门口，那妇女就喊不行了，原来是驻扎在我们街道部队营长的老婆要分娩了。那营长急得用拳头使劲捶打着阿母家的门，'开门啊！快开门啊！'阿母开门看见这情景，赶紧把孕妇扶进屋里，又叫我快快去请你来接生。"

"那天很冷，春节刚过，天寒地冻。"阿福阿婆安置好母亲，把洗好的剪刀装进她带来的箱子里，笑眯眯地对母亲说："阿母在这个屋子里生起了炭炉。"

母亲嘴角动了动，对阿福阿婆微微一笑。

"今天是农历多少？"父亲问。

阿福阿婆说："农历初七，再过一礼拜就是中秋了。"

除了春节，中秋在这里是最热闹的节日，有的女孩八月十五出生，就会被取名"中秋妹"，很讨人喜欢。

民间有一种说法，在这个季节里出生的孩子，比较好养，身体健康，性格坚强，经得住风雨，能逢凶化吉。

无论抚养子女有多么艰辛，也知道孩子此生路途遥遥，坎坷不平，但人们心头总是依存着一份对孩子的美好期盼和祝愿。

过去如此，

现在如此，

将来还是如此。

在这个炎炎夏日里，我像一粒种子，爆开了覆盖的泥土，在东海一隅的老屋里出生了。

天地间，有了一个小小的我。

霞浦东关

我出生的地方叫东关。

东关是霞浦的一条街道，与城中四条紧密相连的街道稍有脱节，自成一体。

它像一条小青龙，可爱地斜卧在龙首山最东一脉华峰山脚下，呼风唤雨，自得其乐。

我家就在这条小青龙的腰部，在整条街道中间最窄的位置，街宽不到三米，门牌塔旺街 84 号。

这是一条古老的街道，街尾华峰山上的建善寺就有 1500 多年的历史，明朝抗倭时这里已经很是熙熙攘攘，一片繁荣，东关小学也是光绪年间三十一年建的。

街道两旁全是双层木结构房子，家家户户门前都有一到两级高低长短各不相同的石阶，一户连着一户。

大多房子里都有厅堂和后院，或者天井，户内还有水井，在街道中部和上街还各有一口户外大水井，人们在水井边打水洗衣，说说笑笑，井边成天都是湿漉漉的。

街道分为上街和下街，上街稍窄，是蓝色鹅卵石铺的道路；下街宽阔，用青石板铺路，两旁有中医店、西医店、裁缝店、百货店、食杂店，直至最热闹繁华的十字街集贸市场。

集贸市场每天早晚根据潮水有两趟集市，有各种各样的海鲜：黄花鱼、带鱼、鲳鱼、白鲤、螃蟹、虾，各种叫不出名字的滩涂海产，也少不了一担担一挑挑的时令蔬菜和水果。天还没亮，就听到街上各种各样商贩吆喝着穿街而行。我最喜欢十字街头那个婶婶炸的海蛎饼，把面粉、海蛎、葱三样合在一起油炸，简单又新鲜，还好吃，之后再也没吃过比它更好吃的海蛎饼。

东关的集贸市场，看似平淡无奇，却是民国时期霞浦县最大的商品交易集散地，商铺林立，人来车往，客栈旅店就有十几家，热闹非凡。市场后面是霞浦海关，市场门口两条马路穿插而过，不远处即是护城河，也是港道，三沙、南路、牙城的海鲜鱼货，通过这个河道汇集到东关市场，码头就在东关桥西侧。那时的霞浦城内没有像样的市场，东关市场便担负起南来北往的货物交易中心，许多福安、柘荣、寿宁的商户便在这边采购鲜货再转运回去，因此市场兴旺、商贾云集。

1933 年萨镇冰到霞浦考察时，带领县长一行察看护城河，在东关段上岸，正值南来北往货物在市场门口交易攀价，这里又是水陆路的枢纽，但路况很差，场面混乱。萨老便对县长说，市场道路所系民生，可借鉴疏浚河道办法整治扩建，并捐资修建道路。他还为新集贸市场题写匾额“有秋市场”，为新建道路取名“有秋路”，意寓秋实累累，生意欣荣。

古街南面有一条相随而行的长长的水利，水利是当地人的叫法，我小时候也都这么叫，官方语言应该是一条灌溉的引水渠。在我们这段水利上面有一座由五六根长条石铺成的石桥，石桥处就是一道闸，叫金台闸。金台闸南侧有个小木屋，有专人驻此看管，以时蓄泄。夏天孩子们在水渠里任意游泳、跳水、嬉戏，其中就有我的两个哥哥。我在水渠上看着他们疯狂的快乐样，充满了童趣，也很想跳下去，但是没有。

水利的南面是国营农场，农场前面是广袤的田野河流，秋收时节一片金黄，无边无际。在金色的田野里，有割稻的，有打粒的，挑的挑，喊的喊，一派收成景象。我们很多小朋友，提着小篮，跟在社员们忙碌劳动的身边，在田野里追逐玩耍捡稻穗，被晒得满脸通红，然而满心欢喜。睡一觉，第二天脸也就不红了。

这条古街有过很多名字。

叫作信义街。这里的百姓都崇尚儒教，不要以为他们没读过书，不识字。他们经常听说书、看古装戏，流传的俚语、谚语、古言古语、民间故事，都融在了他们生活的点点滴滴中，信口就来。

叫作塔旺街。前身还叫过塔头街，民国初改为塔旺街，只一字之差。

叫作塔头尾。相传当年东关山上的塔与松山塔下的塔还有龙首山上的塔打起来，结果东关的塔尾被打掉，丢在东关街上，于是东关街就叫塔头尾，龙首山上的和尚怕塔又打架，就用铁链把塔尾连起来。尽管人人都这么说，我也从未见过东关的山上哪里有塔，但塔头塔尾就这样都被收进了街名里。

叫作东门头、东门外。霞浦这个位于东海之滨的古城，曾是福宁府治，民国时期改县，东西南北立有四大城门，东门“宾阳”，南门“畅熏”，西门“阜成”，北门“拱极”，东门外、东门头的名称就由此而来。

四百年前东关被叫作浙营。那是惊天地泣鬼神的事件。戚继光将军带领义乌兵抗倭就驻扎在这里，他们带来的“义乌城隍”神牌就在这个大营之中，在国营农场旁边，其实国营农场一大部分本来也是它的，离它不远处是武庙，也是浙营修建的。有城隍保佑，义乌兵所向无敌。

史志记载，明嘉靖四十一年八月，戚家军勇闯夺命岛（横屿）

后，于八月十五中秋的夜晚，戚将军带领六千抗倭军士去海边，恐倭寇因城中空虚来进犯，便在这里设计了“空城计”。

那天晚上，妇孺老少为支援抗倭，在家中做光饼和糖塔，光饼也叫军饼，是让义乌兵带在身上打仗吃的，糖塔可以解渴。所有青壮年在鹅卵石青石板的街道上曳石，有十多组，每组前后四人，中间拖着一块约一米长的条石，这条石后来被称作“太平石”，条石上站着一个六七岁的孩童，从街尾一直拖到十字街头，呼喝疾行，喊声震天。留守的义乌老兵还奏起了十番伬，这也是他们从浙江带来的乐曲，可坐奏，可行奏。一时间，满城灯光，人声鼎沸，石声隆隆，倭寇到了塔旺街外，闻声急退。

而此时，戚继光正带领着他的义乌兵，在明月高照的茫茫大海边，唱起了他亲自填词谱曲的《凯歌》。

万众一心兮，群山可撼；
惟忠与义兮，气冲斗牛；
主将亲我兮，胜如父母；
干犯军法兮，身不自由；
号令明兮，赏罚信；
赴水火兮，敢迟留；
上报天子兮，下救黔首；
杀尽倭奴兮，觅个封侯。

古街有一段时间还被叫作东风街。那是在一个很特殊的年代，忽然间很多人的名字都变红变武了，“彬彬”改成“要武”，叫起来格外地响亮好听。地名也不例外，到处都在改，东关街的名字改什么呢？那时有句时髦的话叫东风压倒西风，就改成东风街了。

古街还有几处是我们闹腾的地方。

一处在十字街北面山脚下的驻军营房。营房前有一片练兵大操场，每个周末都会在这个大操场上放露天电影，战士和百姓围着放映机，一起观看。

一处在我家街对面左前方的大队部。经常会请些说书人来讲故事，那场面极具煽动性，能聚起整条街的人气，里里外外都是人，静静地听。

一处在大队部旁边的会场。这里专门演古装戏，因为街道有自己的闽剧团，所以会场经常能看到演出。

一处在我家街对面右前方的会馆里。据说是浙江商会的驻地，但里面已经空荡荡了，地面是平整的水泥地，平时这里晒谷子，小孩儿捉迷藏，也搭台唱戏。“四清”运动街道的演出就在这里，我是报幕员，还在这里独唱电影《地道战》主题歌，“四清”队长拉二胡伴奏。我给自己是这样报幕的：“下一个节目我独唱”，台下观众“哄”的大笑起来。

还有一处就是水利南面的国营农场。农场宿舍前面有个巨大的水泥大操场，专门晒谷子用的，田园多，操场也大，偶尔县里放映队也会来这里放一两次露天电影，喜欢篮球的大男孩儿还可以在这里投几个篮球。

古街民情风俗古朴典雅，有诗情画意，有欢快灵动的生活气息。

一座连着一座的木头房子，隔一面板墙便是邻居，开一扇窗户就可以聊天攀谈。孩子们这家进那家出，捉迷藏，玩游戏，好像所有的房子都是自己家一样。

全街的人都按辈分亲切地称呼着，阿嬷阿婆阿公阿伯阿姆阿婶阿叔阿哥阿姐阿弟阿妹，孩子们还经常被戏称为傀儡仔、妖魔和海怪，亲切无拘，欢欢喜喜。

在这个天生天养的地方，即使很穷很穷，也会有一碗海错（海鲜），还有鲜蔬。再富有的人，也不过多一杯小酒喝喝。特别富有的人家，不过也就是多一份闲情罢了，写写画画，吟诗喝茶，乐在其中。

古街上也有一些残疾人和一些无依无靠者。含窝蛋哥哥虽然口吃，思维并不混乱，说话还是听得清楚的。大脚橹阿伯一条腿特别粗，也不知是什么病，但勤劳正直，大家也敬他三分。含眯絮阿叔，眼睛眯眯近视眼，啥都看不清，又是单架令、阿伲伲（均意为一个人），孤孤单单的，大家在吃吃的笑声中照样乐呵呵地帮他打理。母亲教育我，不能讥笑残疾人，不能给别人起绰号，街上乡邻也都这么说，所以他们和常人一样在这条老街上快乐地过着春夏秋冬。

老街有着世代相传的古语土话，更有风行草偃的习俗文化，依着天荒地老的华峰山，靠着千年古寺霹雳树（榕树），齐齐人（大家）在这风涛无际的东海之滨，共同迎接着每一天的日出和担待着那一刻的日落。

左邻右舍

远亲不如近邻。

我家左邻是红霞妹婶婶。

实际上红霞妹是她老公的名字，她自己叫什么，谁也不知道，之所以成为我们的邻居，是因为她买了我们三透房子东边的一透。我们这房子，是父亲1950年1月以旧币一百万元（折合白早谷二十五担正），从林家手中买得。林家是地主，住在我家后面（北面），东边隔一条两米宽的胡同，还是他的房子。

我家老屋坐北朝南，东至林家东屋，西至蓝家老屋，南面对大街，北面以本屋后院墙为界，与林家相连。老屋实为店屋，房子老旧，经不起台风肆虐，因为无力维修，父亲只好以一担的谷子卖了一透给红霞妹叔叔，一板之隔成了邻居。红霞妹叔叔在守备七师师部当炊事员，白天都看不见他，他俩又没孩子，红霞妹婶婶没事儿就会溜过来跟母亲聊天，虽不识字，但心地善良。

我家右舍是皇英婶婶，即蓝家。

皇英婶婶很不一般，她有祖传的治眼疾技术。我第一次看到的广告就在她家的大门上，这块横亘的白底蓝眼广告牌突兀地伸向大街，约1米多长，不到1米宽，上面独独画了一只眼睛，眼睛很大，淡淡的蓝色，有一滴欲滴未滴的眼泪，上面还写着“光明”两个字。我们在街道中段，上上下下来来往往的人，大老远就能看见这只眼睛，所有人都在它的注目下匆匆来去生活着。记得三年饥荒的一个晚上，母亲带着我到皇英婶婶家串门，婶婶拿了一块煎饼给我吃，那真是让人永生难忘。

皇英婶婶有一头带卷的短发，两个黑色的发卡把短发固定在耳后，优雅而矜持，身上透出一丝西方女性的气质。乡亲们泪眼迷蒙、云翳遮蔽、眼红痛热，都来找她。她家前厅的桌子上摆着瓶瓶罐罐、刀子剪子、纱布胶带，看着有点可怕，我们从不正眼去瞧。她有三个男孩，年纪比我们大许多，还有两个女孩又常在城里，就很少跟我们玩在一起。

我家街对面的邻居也是两家，一个是亚妹婶婶，一个是金绣婶婶。亚妹婶婶的老公叫第二，金绣婶婶的老公叫顺顺，两个男人都是搬运站的工人，每天一大早就披着白色披风去搬运，白天也是看不到他们的。

亚妹婶婶是邻居婶婶中最年轻的一个，脸稍扁，直直的短发在右侧头顶用一个黑发卡卡住，其余任由飘甩。她有两个儿子，大的叫阿海，与我同龄，小的叫伏因，经常受惊夜里哭个不停，亚妹婶婶就把他送给佛做儿子，伏因是佛给他取的名字。亚妹婶婶宠弟弟伏因，对哥哥阿海经常用竹枝打，嘴里还会骂：“你是麻笋干炒肉——讨拍（打）。”阿海被打得嗷嗷叫，母亲站在窗口总是劝亚妹婶婶：“不要打了，不要打了。”

金绣婶婶就不同了，基本没有声音，她瘦瘦的，头发向后梳成一个圆髻，身上总是绑着围裙，偶尔站在自家门口，见到母亲就会问候问候，寒暄一下。别以为她大门不迈，一迈出来可是众多男孩的首领，她腰间一扎，别了一把柴角（砍柴刀），穿上草鞋，肩上扛着一根竹子做的两头尖的“枪担”，挑柴火的；枪尖上挂着几圈绳子，绑柴火的，那帅气比得上花木兰。男孩子们也是这般装束，紧随她身后，一大早就浩浩荡荡地迎着东边的朝霞，向罗汉山出发，砍柴去啰。到了傍晚，这支队伍又在金绣婶婶带领下，浩浩荡荡地披着晚霞，挑着一担担柴草回来了，每担柴草上都插着两把映山红，好看极了。他们口袋里还会有大把大把的桃金娘、尼尼乌，都是很好吃的野果。傀儡仔们呼啸着围住他们，要映山红，要桃金娘，要尼尼乌，整条街吵吵闹闹喜气洋洋。出于好奇，我吵着要跟金绣婶婶去砍柴，满心欢喜和向往，因此我知道了罗汉山再往东去有个头陀岭，是头陀修的，是古时候闽地通往外界的唯一道路。宋朝状元王十朋就是经过此岭赴任泉州，返回乐清的，他还留下了诗句："凌晨饱饭渡秦溪，要上青云九级梯。不使瓯闽隔人世，头陀力与五丁齐。"金绣婶婶有五个孩子，大女儿已经出嫁，家里还有阿沧、小玉和两个弟弟。

紧邻金绣婶婶西墙，在皇英婶婶家对面是一个很大的粮站。秋收时节，这条街就忙碌起来了，一队一队的农民拉着运粮的板车，源源不断地把粮食送到粮站去收购。粮站里面可大了，有一排两层楼高的粮仓，里面堆满了山一样高的金灿灿的谷子，我们几个小孩偶尔也会趁机偷偷溜进粮仓玩儿，像爬雪山一样在谷堆上攀爬翻滚。街道仅够两辆板车交会，农民们排着队，肩上搭着一条毛巾，坐在板车把上，或站在板车边，擦着汗，抽支烟，等待收购。

粮站四周是高高的围墙，西北角墙内有一大坡竹子，长得旺盛，绿绿的笔直的竹竿有碗口粗，竹叶宽宽大大都能包粽子了，高高地伸出墙头，在墙角方向摇曳。

在竹子的墙外下方，有座一人高的烧字塔，齐齐人家的字纸都会收集好扔进这个塔里烧掉，这里人惜字。小孩不懂事，把包裹糕饼甜点的字纸扔掉，父母就会告诉孩子，把字纸捡起来集中放一处，再放烧字塔里烧掉，这是传统。

沿粮站西墙外有一条宽、深都不到一米的流水沟和相伴而行的鹅卵石小道，小道叫会馆路，因小路西墙那边就是会馆而得名。

会馆路背对野马场。野马场有足球场大，据说早前是临水宫，皇英婶婶家就紧邻野马场。

我家左邻本来是林家，后来他把这个临街的房子又卖给了巫咸阿伯。巫咸阿伯从哪里来的？不知道。以什么为生？也不知道。

只看到亚妹婶婶儿子伏因经常受惊哭闹，她哄个不停：

猫咪嗷，带鱼香；
狗仔吠，贼爬墙；
阿弟嗷，要奶尝。

不行，再唱一首：

点点喔喔，麻雀做窝，
生蛋孵仔，六头一窝。
点点窝窝，麻雀做阔，
九头生蛋，十头一阔，
嘣！飞去啰！

伏因眼泪汪汪跟着母亲手比的方向转，屋顶四周没有寻到麻雀，又哭了，亚妹婶婶又唱：

点点窝窝，麻雀做窝。
生蛋孵仔，其仔石窝。
仔其大起，呼噜飞起。
又是两只，阿尼（自己）一窝。

伏因还是哭个不停，亚妹婶婶搜肠刮肚又来一首：

天罗上京去考试，刺瓜陪伴进京城；
酒吃一杯菜五碗，蒜头老板算饭钱；
辣椒洋葱硬癖性，杀死姜母命一条；
拖拖拔拔红头菜，紫菜啼号好凄凉；
豇豆长长做铁链，饭匙菜刀拍过来；
连拍三十大豆板，鲜血淋淋蕹菜汤。

夏天的夜晚，家家户户都敞开着大门，竹床下驱蚊的蒿草静静地发散着轻烟，邻居们摇着蒲扇还没入睡，便都起来问个究竟：

“惊风了吧，这样哭？”

“有发烧吗？”

“有吃饭吗？”

“有腹漏泻吗？”

“有做狂眠吗？”

母亲拿着灯芯草和“龙团凤饼”白茶，对亚妹婶婶说：“这白茶泡给他喝，说有犀角的效果，灯芯草炖梨喝也能压惊，试试看。”

最后，总是巫咸阿伯来给伏因画了个符，收惊。

邻居们也常常称呼他巫咸先生。他中等个，看上去很老，他有一个女儿叫月儿，比我们大几岁，偶尔我们会从楼上通过敞开的窗户互相爬进各自的家玩儿，月儿姐姐对我们邻居几个女孩子非常的好，会像大姐姐一样带着我们玩儿。

我家老屋后院背对着林家。

北墙后面就是林家的前院，林家前院有两层花台，还有一口井，小时候我们经常在井边玩儿，也提水，水少时，还会爬到井下，两脚嵌在井壁石缝里，在水中淘沙玩儿。

林家前院向北上几级石阶，是前庭，小玉、小丽经常在这里学演古装戏，拿腔拿调地缠绵，就我是观众，偶尔也会让我凑上去演个丫环。

穿过前庭是后庭，后庭墙上挂着蓑衣、锄头、畚箕等一些农具。

连接后庭的是后院，后院还有一口井，井两边是日常洗洗涮涮的高台。

再北面就顶住华峰山的山脚了，有一条小小路可以通向陡峭的山上。

林家住在后院西侧的厢房，西墙外是野马场。

林家北面二楼凉台外有一棵很大的柚子树，我很喜欢，果实成熟时，站在凉台上一伸手，就可以摘到大大的柚子。

林家有一儿一女，儿子叫阿云，女儿就是小丽。

和林家相对后院的东侧厢房，住着一户农民，他家有两个儿子，一个叫阿大，一个叫阿嫩。

这里的左邻右舍，家家户户都有几个未成年的孩子，虽然中间隔着一条街，街道狭窄，各家各户又都有台阶门槛，但门对门，户对户，大门敞开着，不怕偷，不怕抢，也就没什么私密了，可以隔街喊话聊天，也可以站在临街的窗口，看着你吃饭。

生活不富裕，但邻里乡亲就像一家人。

天　哭

天哭得无比惨烈！

风呼呼地叫，雨哗哗地下，山洪轰隆隆地咆哮而来，大海张牙舞爪挥舞着魔棒！

那夜，我依偎在母亲的怀里，睡得很香。

这是一个风雨的世界，整条街都浸淫在风雨中，茫茫夜色，唯有那盏路灯高高地屹立在街的腰部，任凭风吹雨打，静静地照看着酣睡的人们。

母亲不敢安然入睡，她要时刻注意这屋子哪里漏雨了，哪里又滴水了，得赶紧拿着脸盆、脚盆、水桶去接，屋漏偏逢连夜雨啊。

父亲不在家，他在遥远的长春支边。

夜很深，黑如墨，人们就在这狂风暴雨中沉沉入睡。

忽然，一阵急促的“咚咚咚咚”打门声：“阿母，开门！阿母，快开门！”

这突如其来的敲门声，不仅把母亲惊醒，也把我吓醒了。

母亲慌忙点亮洋油灯，披上外衣向大门走去。

我瞪着惊恐的眼睛，拽着母亲衣襟的一角紧紧跟随。

母亲打开大门中的小门，小门正好框住外面那人的身子，只见他身穿蓑衣头戴斗笠，从上到下淌着雨水。他气喘吁吁上气不接下气地对母亲报着噩讯：父亲为抢救国家财产牺牲了。

门内母亲手上的洋油灯晃了一下，愣在那里。

门外叔叔盯着母亲，满身满脸的雨水在流淌。

我抬头向上望去，他们已经成为一幅瞬间凝固的雕像！

一道闪电，轰隆隆隆隆……咣！唰唰唰唰……天崩地裂！

我完全惊醒了。我看到了天是这样哭的，哭得如此惨烈！

我的记忆，就像突然间天门洞开！

第二天一早，我被托付给了红霞妹婶婶，看着母亲坐上轿子到长春去。红霞妹婶婶把我抱着坐在她的饭桌上，脸上露出怜悯的表情："唉，你还这么小，才四岁。"

此后好一段日子，母亲天天给我梳头，都会在我头上系一朵小白花，手臂上别一圈黑纱，脚上穿一双白布鞋，鞋面上还有一朵小红花。我当然不会明白自己为什么要这样打扮，只晓得无拘无束地和小朋友们蹦蹦跳跳，玩得开心。

父亲给我留下了一张红色的小板凳，凳面上有一朵绽放的黑色菊花，花朵活泼可爱，好像在跳舞、在欢笑、在调皮，此生我再也未见过如此绽放的菊花。把凳子翻过来，底面上竖着写着一行娟秀典雅的名字，那就是我的名字。母亲对我说，名字是父亲写的，花是父亲画的，凳子也是父亲亲手做的。可是我对父亲没有任何印象，父爱对我而言是陌生的，隔绝的，朦胧的，奢侈的。我不懂什么叫父爱，但这条小板凳却始终陪伴着我。

小舅舅曾在父亲店里帮忙做过事，他说父亲一生颠沛流离，一直做着小生意，周边的方言他都能讲，还有普通话和畲语，但在那战乱的年代，生意并不好做，只能勉强维持生计。后来在三沙陇头开了一家绸布店，被小偷光顾过多次，再后来就被日本兵烧毁了，父亲只好挈妻携子，挑着大姐、二姐，奔逃于迢迢山路。

最后定居东关。

中华人民共和国成立后，父亲被县商业局公私合营，之后又响应支边号召，去了霞浦长春林场。那夜，狂风暴雨洪水滔天的那一夜，父亲就这样匆匆地离开了我们，永远地走了，走得突然决绝，留下了五个嗷嗷待哺的孩子，我们像鸟窝里的小鸟一样，翅膀还没长出，就失去了一家的顶梁柱。

父亲的尸骨被埋在了华峰山上建善寺旁边的绣谷，母亲说是阿邦哥帮的忙。

每年清明节扫墓，我都跟着哥姐，肩扛锄头，手握镰角，走过上街，从东关小学东边的霹雳树下，在蓝色鹅卵石坡道上向山上走去，沿建善寺西侧的绣谷一直向父亲的安息地走去。

爬上一片高高的竹林，竹林上方有一棵苍松屹立，父亲就在这棵苍松下长眠。在这里，父亲可以高高地俯瞰着我们的家，可以看见我们兄弟姐妹们的所有活动。

父亲的墓很简单，没有墓碑，没有名字，更没有大大的“风”字形，只有一圈大小不规则的石头垒成的“山型”墓门。站在墓门前的平台上，向下看，是建善寺的全貌，是长长的塔旺街街道，义乌城隍庙、关帝庙、社仓、盐仓，人来人往，历历在目。向远一点看，是万亩绿油油的田园。再向远处看，是茫茫渺渺无边无际的大海。其实那时候我看得不远，能看到自己的家，就手舞足蹈高兴得不行了。

古时候有个姓释的人是这样描述的：

> 秦川一百里，华顶八千丈。城郭亘西偏，海门迄东向。
> 龙宫锁寂寥，狮座遗金像。暑亭松风香，暖谷锦绣涨。
> 源泉喷雪霜，岩壑翻云浪。人马同盘桓，琴樽恣评让。

吁嗟俗猥多，憩此形俱忘。我本白足流，偶与红尘抗。
脱屐穿稠林，扪萝陟叠嶂。山禽调好音，野景集万状。
空处吟空诗，乾坤且浩荡。翩然出世间，斯文天未丧。

一老者从山上扛着锄头下来，边走边唱：“东去无边海，西来万顷田，东西沙径合，朱紫出其间。”他唱的是唐时古人对这个地方地理变迁的预测，沧海桑田，全都应验了。

我们亲切地望着老者，高兴地招呼他：“阿伯。”

阿伯笑盈盈地对我们说：“这里是风水宝地啊。”

阿伯指着下面道：“宋朝进士大府臣张叔振的墓在建善寺龙山，元朝刑部尚书王积翁的墓在建善寺后，清朝进士广东佥事林爱民的墓在建善寺东，清朝贵州镇远总兵卢光裕的墓在那儿。”他向高坡处一指：“凤凰池。他们都是我们霞浦人啊。”

“还有《潘、王二公合祠碑》，听过吗？”他问。我们摇摇头。

阿伯放下锄头坐了下来，他抽了袋烟道：“也在我们这儿，功不唐捐啊。”

乾隆二十四年，李拔当福宁府郡守时，《合祀忠孝祠记》，有一段是这样写的：

先是，霞浦令胡世钰于东郊修先农坛，掘土尺许，有白气一线冲天，团结如幢盖，经时不散，咸惊异。再掘三尺，得潘、王二公合祠碑。考之，即二公旧祠地也。以告蜀郡李峨峰，峨峰曰：嗟呼，古今来忠臣、孝子、节妇、烈女抱恨而死者，其精魂气魄长留宇宙，虽年远世湮不可磨灭，固如此哉！考之前，潘公中以宋建炎二年七月朔，死于建寇叶农；王公伯颜以元至正十二年十二月十四日，死于山贼红巾，其子相及妇潘，俱骂贼不屈死。百姓哀之立庙以祀，即忌日为忌辰，迄今五六百年矣。询之故老，已无有知其事者，而英风伟烈，成像成形，犹赫赫在人耳目间，岂非浩然之气长存宇宙，有不随时代销沉者哉！……人生百年，会有穷期，偷生者与草木同朽，捐躯者与日月长存！

建善寺

“大跃进”时，我在建善寺上幼儿园。

有文字记载的是：始建于南齐永明元年（483），初建在温麻县治古县村，原名“建福寺”，唐朝置长溪县，随县治迁徙今址，更名“建善寺”，是全闽最早古寺。

如此漫长的岁月里，建善寺成就了佛教沩仰宗开山鼻祖灵佑禅师，霞浦人，十五岁在建善寺出家，是百丈怀海的弟子。还有日本僧人空海大师，随十七次遣唐使乘船涉海入唐求法，途遇飓风，漂到霞浦赤岸，他参拜的第一个寺院就是建善寺。

兴兴废废，历尽沧桑，唯有故事流传于今。

会昌五年（845），唐武宗灭佛，寺遂废。宣宗大中四年（850），大千法师奏请恢复，御赐“大中建善”为额。

乾兴元年（1022）改教寺为禅刹，称“建善禅寺”。

元丰六年（1078）进士陈襄重建。

元祐二年（1087），县令马康侯移县文庙于寺内，至大观年间（1107—1110）迁出。

嘉靖己未年（1563）倭寇侵州城，县令徐甫宰恐寺为倭营及其蹂躏，不得已而令军民举火焚之，古物尽毁，惟宋时殿版《华严经》

近百卷贮于朱盒，完好无损。

隆庆元年（1567）复建小寺。

清康熙十年（1671）总兵吴万福、知州黄鼎将建善寺扩建，寺后西侧供有吴万福袭一领黑袍镶着红边的塑像。

乾隆九年（1744）僧纲司云庵法师重修。

二十八年（1763）若贤法师、若义法师等续建。

民国六年（1917）碧松法师重修，并在1935年种下两棵银杏、十棵木棉。

民国三十年（1941）二月，值闽海战事紧张，霞浦县立中学迁徙至建善寺，历时半载有余。

1951年始，建善寺先后被政府借用为儿童教养院、敬老院、驻军某部、县纺织厂、农具厂、酱油厂、工艺贝雕厂。

想不到，我与建善寺有了难解之缘。

我在这里的时候还很小，不知道建善寺已经走过了千年，也不知道这里曾经有过动听的梵音。

我只记得一排排的桌椅，有着我的碗筷、茶缸和玩具。我最喜爱的是一个蟠桃玩具，它由两瓣铁质彩色桃片和合而成，像老寿星手上拿的漂亮的桃子，下面连着一根讲究的木制手柄，摇一摇，里面会发出刷啦啦啦的响声，我爱不释手，把它带回家玩了好几天。

我最喜欢的是建善寺门口那座石头母狮，常常在它身上爬上爬下地骑着玩儿，去它嘴里掏石球，却总也掏不出来。母狮造型很奇特，右手摁住一颗有孔的石球，左手捧着一只小狮，那小狮抬起前面两只小脚，放在母狮的手上，憨态可掬。雄狮相对母狮，手捧石球蹲立在大门的左侧护卫。

那时候，一进寺院大门，就是一片大操场，操场两边有两棵高大的橄榄树，男孩子们拿着砍好堆砌一起的烧火用的木块向树上使劲扔，这时候就会有很多橄榄掉下来，我们呼啦啦一群就赶过去捡那青青的果子，那时候的孩子们爱怎么淘气就怎么淘气，没有人管。

小学的时候，我是学校合唱队的指挥，我们就在这个操场上，在这两棵橄榄树下，和这里的驻军联欢。我们会唱着《洗衣歌》跑到驻军宿舍里去取他们的衣裳，嘻嘻哈哈拿到绣谷那条山涧里洗，至于后来晒在哪里，谁收的，全不知道，也许把战士们的衣服都弄丢了吧。

不记得建善寺里有没有大雄宝殿，没看到一个和尚倒是真的，没听到有人念经，也没听到敲钟击鼓的声音，只记得一棵银杏树，从春天的青青绿叶到秋天的满树金黄，年年如此。据说这棵银杏树和十多棵的木棉树都是建善寺的老和尚种的。

偶尔听老辈人说，建善寺的和尚除了讲经练功，偶尔也会在街上走动走动，和街上的人聊聊天打打招呼，而今都不知去了哪儿了。

大食堂

粮站外墙上写着标语："大跃进万岁！"

街对面陈厝里的主人是大地主，房子宽阔豪气，从粮站西墙开始，一直向下街延伸达百多米，纵深前后五进，均为双层楼房，由北向南平列布置。临街有茶庄商铺，商铺之上是"曲楼"，主人常于此邀朋交友吟诗作画，楼外还有长廊，可步、可坐、可瞻眺。现在，茶庄商铺曲楼是街道的大队部和民兵营，会场成了公共场所，房屋分给了几十户工人农民，亚妹婶婶、金秀婶婶也都住在这里。

走进陈厝里，过门厅，再过仪门，为第二进院，三、四、五进则是青石板与红色三合土地面的通顶大厅堂，四根红色巨型大木柱立于厅堂两边成双层厢房的间隔。

厅堂南端还有个戏台，戏台墙外有花园，花园之南是水渠，站在水渠上再向南眺望，是万亩良田，现如今全部农田都归国营农场了。

地主有两个儿子，兄曲成是民国时期的大法官，1949 年初去了台湾，弟曲礼现住在厅堂厢房下一工房内。

地主的房子之所以描述这么详尽，是因为这房子跟我们东关百姓的生活有着密切的关系。

"大跃进"时期，陈厝里的大厅堂是东关街道的公共大食堂，厅堂里摆满了桌椅，全街的人都在这里吃饭，非常的热闹。

宽大的厨房里，围着白围裙的大婶们忙得满头大汗，几个大叔来来回回地跑，高高的蒸笼一层层冒着热气，大锅里炒菜一锅又一锅。

众人排成三列长长的队伍，等待着开饭。

随着一声吆喝："开饭啰！"

几个傀儡仔就在队伍里穿来穿去地插队，嘴里还大声地唱着民谣："蚂蚁公，柳蚁婆；快来有，暗里有。"

早来有，晚来没，这不是抢饭的节奏嘛？

大人们故作呵斥："这妖魔，食昼（吃饭）打冲锋啊。"

家家户户的铁锅都捐去炼铁了，母亲甚至把祖传的蒸饭铜炊也捐了，各家各户的炉灶都熄火了，所有人喜气洋洋地围聚在一起吃饭，多新鲜啊，多快乐呀，尤其是女人们，再也不用做饭了，不用洗菜了，不用围着锅台转了，得千古未曾有的幸福啊，感觉今天的太阳比什么时候都更加明亮，更加温暖。

广播里传来这样的歌曲：

公社是棵常青藤，
社员都是藤上的瓜。
瓜儿连着藤，
藤儿牵着瓜，
藤儿越肥瓜越甜，
藤儿越壮瓜越大。

生活真是太甜美了。

忽然有一天，人们脸上的笑容没了，一个个愁眉不展，心事重重。

食堂里做饭的叔叔伯伯婶婶们突然像萎了的瓜，不再满头大汗了，高高的蒸笼不再热气腾腾了，锅碗瓢盆不再乒乓作响了，没有了热腾腾的馒头，没有了白米饭，再也听不到爽朗嘹亮的高声吆喝："开饭啰！"

有人轻声抱怨："没米还想吃大锅饭。"

有人欲言又止："行快会踢，食快会积。"

甲对乙故作责备状："讲吃像黄巢造反，讲做像苏三起解。"

乙对甲也不含糊："呵呵，床下里踢毽——平平高。"

丙好像是在反思："做要齐齐来，食要阿伲伲。"

丁自个儿嘟嘟囔囔："都讲生着福宁府，食顺（吃穿）嗯使苦。当哩？戏没好，豆完啰。"福宁府治在霞浦，民间流传着这样的俗语，生在这个鱼米之乡，吃穿不用愁，可现在，戏没看完，豆已经吃完了，不能再悠哉了。

饥荒来了！

傀儡仔们从教养院回来了，我也回来了，阿婆阿公们也都从敬老院回来了。

家家户户都要自己拿着装了地瓜米和其中依稀可辨的一点儿大米蒸罐，寄到下街临时食堂去蒸，三两、四两、半斤甚至一斤，都吃不饱，为什么总是吃不饱呢？上午十点吃中饭，下午三点吃晚饭，到了夜里七八点肚子又饿得"咕咕"叫了。

到处都这样，家家都这样，这时候即使在洋油灯下讲鬼的故事，也压不住孩子们饿得嗷嗷叫的声音了。

公共食堂没了炊烟，大人们瞪起了饥饿的双眼，孩子们嚷得声音嘶哑，一天又一天，咋办呢？

唉，家家户户又重新燃起炉灶，可是没米下锅。

借吧，借来借去，借了还，还了借，直到无米可借。

只好吃糠，那是猪吃的，如今人跟猪抢吃。

咽不下去啊，咽！也得咽！

大便拉不出来啊，拉！也得拉！

出血啦！出就出吧，总得想办法把你那空肠子充满才是。

饿啊！

饿啊！

饿啊！

到处是饥饿恐慌的脸，大人发愁，傀儡喊叫，人人都饿得心发慌。

可怕的饥荒如乌云笼罩着山川大地……

饥饿中的豆蔻年华

母亲说：学会在黑暗中走路，履霜坚冰至。

那个傍晚，太阳还没下山，小哥阿潮躺在临街厢房的床上大喊大叫："饿啊，饿啊，我饿，我饿，我要啊……"床板被他两条小腿擂得"咚咚咚"震天响，他的叫喊声几乎整条街都能听见。

可是谁不饿啊？上上下下来来去去经过的人，都听见了，又好像没听见一样，他们满脸麻木，毫无表情。

母亲站在里屋，面对着窗外的华峰山，眼里满含泪水，却不肯哭出声来。她在默念父亲吗？她在和华峰山上的父亲对话吗？

我站在母亲身下，仰头望着母亲那张慈爱坚强又痛苦的脸，不由在心里说："阿妮（母亲），我不饿，我不饿。"

母亲挎上竹篮，迈着小脚，带着我向后门山走去，我们去挖野菜。

今天，我穿了一件红底海棠花排排裤，脚穿一双同色海棠花布鞋，这是母亲亲手做的鞋。我紧紧跟在母亲身边，第一次走得这么高这么远。

突然母亲欣喜地对我说："看，这是野大蒜。"啊，好不容易我们找到了一棵。

后来又找到了一棵，母亲说："这是野百合。"

母亲认识野菜，给我们带来了极大的喜悦。

我们又满怀希望地翻过一个山岗，远处突然出现一片翠绿，是一丘豌豆！是豌豆！

我们一路奔跑到这丘翠绿的豌豆前，白色的豆花像飞舞的蝴蝶，花朵下面已经有一些嫩嫩的豆角。母亲盯着豌豆，眼里闪烁着光芒，这是饥荒中难得的光芒。

我情不自禁地把小手伸向豆角。

母亲立刻收起笑容，制止我："不行，这是别人种的，不能摘。"

母亲把我的小手轻轻地拉了回来。

难道看看就会饱吗？豆子就在眼前了，我多想摘一瓣豆角吃啊。

不行就是不行。

我们依依不舍地向山下走去，我一步一回头，眼里滚动着泪花。

母亲还带着我到农场的地里挖马齿苋，过去连猪都不吃的野菜，我们挖了很多很多。回到家里，就把马齿苋放进木桶里洗，再放进锅里煮，满满一大锅，母亲把一大盆煮好的马齿苋放在家门口，叫来邻居们一起吃。

马齿苋耐旱耐涝，生命力顽强，田间地头都能看见，既是野菜又是中药，吃起来味道酸溜溜的，可是孩子们吃得很开心，连笑都是酸溜溜的甜。

一天晚上，见阿沧、阿潮、阿沙、阿大、阿嫩几个男孩子鬼鬼祟祟地，不像是捉迷藏，在干吗呢？一会儿他们又回来了。黑暗中，阿潮哥塞了半块花生渣饼给我，说："吃吧，很好吃。"原来他们在偷饲料仓库里的饲料，这东西这会儿吃起来特别的香甜好吃。

又一天晚上，见阿沧、阿潮、阿大、阿云，还有阿沙、阿涛，这些男孩子拿着手电筒，像凯旋的士兵，兴奋地举着刚从田地里抓来的战利品"青蛙"，哇啦哇啦地吵着闹着叫着，全然是胜利者的兴奋，大人们也兴高采烈地凑过来，他们在大街上煮起了青蛙，哇，整条街都能闻到香味儿。

有人悄声警告："小心点，青蛙不是麻雀，它是益虫。"可是这时候谁听呢？

阿邦哥和母亲是同乡，都是柘洋人，也是爷爷的学生，闲时路过，他都会到家里来坐一坐，喝杯茶，跟母亲聊聊天。今天他又来了，还坐在老地方，灶前（厨房）的一条板凳上。他神情忧郁地从衣袋里掏出一包"飞马"牌香烟，抽出一支，用火钳夹起一小块通红的火炭把烟点着。

母亲递过去一杯茶，阿邦哥手抱茶杯忧心地说："这样饿下去，大人吃点野菜还能熬一熬，傀儡仔们没饭吃，哪有心思读书啊，比起古时候的游朴读书还要艰苦。"

母亲也叹气："游朴吃木头'鸡腿'蘸酱油配饭，毕竟还有饭。"

阿潮在房间里听到"鸡腿"两个字便冲了出来："什么什么？鸡腿？"

阿邦哥对阿潮说："这是闽东老百姓家喻户晓的故事哦。"

阿邦哥用浓浓的柘洋腔讲述了一个闽东的古老故事：

明朝的时候，我们柘洋有一个人叫游朴，官至刑部尚书，他小的时候就能吟诗作赋，被视为神童。后来他父亲亡故，家境困难，在福鼎圆觉寺读书时，师娘家养的母鸡失踪了，有同学相告是游朴盗杀，因为游朴每天都有一个鸡腿下饭。师娘仔细察看，原来游朴是用一个木头做的"鸡腿"蘸着酱油下饭呢。

阿潮听完故事大失所望，咋咋嘴悻悻地走了。

母亲和阿邦哥继续聊着。

母亲问："游朴有个南阳草屋，汤显祖那首诗是怎么写的？"

阿邦哥低头想了想，竟然用他那浓浓的柘洋腔念出了全诗：

西窗飒雨寒秋灯，苏苏海屋疑掀腾。

乃是丹青拓云树，褰裳欲往殊不能。

但见苍松翠竹珊瑚干，远气蒙蒙罩天半，
南溪烟月影恒流，北岭云岚光不散。
就中有人寄心遥，不爱珠宝恒织绡。
有子抽书作郎吏，当年习隐相渔樵。
（母亲也高兴地和阿邦哥一起念了起来）
须知鹿门能贵身，不羡隆中长啸人。
出门慷慨亦闲事，君不见，无诸台畔海生尘。

忽然，对面传来亚妹婶婶的打骂声：“皇天啊，你这个没天德的，这块饼是留给你爹吃的，他做搬运工要劳力，你敢偷吃，你这个讨债鬼，教场头的麻雀——不怕铳打，看我怎么打死你，打死你！”只听得“啪！啪！啪！”竹枝打在肉上的响声，听到阿海“哎哟，哎哟”地叫唤着跑到街上，亚妹婶婶拿着竹枝追出来，被邻居们挡住：“算了，算了，傀儡仔饿啊。”

我们的灶前连着厅堂，可以看见街上发生的一切。

忽然，又惊闻后面“咣”的一声，玻璃碎了，只听得一个女人大声惊呼：“哎哟，皇天啊，哪个海怪噢，把窗玻璃都打碎了，真是罗刹出世啊。”那是小丽母亲的声音。

我们的灶前也连着后院，能清晰地听到后院墙那边砸碎的玻璃声和骂声。

原来阿潮听了游朴的故事后，几个傀儡仔就想着要去打麻雀，埋伏在野马场，果真一只麻雀飞来了，阿沧举起弹弓对准它一击，没中，麻雀惊起，向小丽家前院天井飞去，阿潮立刻将左手上的一粒石子“嗖”一声丢过去，那石子穿越矮墙，击中麻雀，即刻也传来了玻璃被击碎的声音。

完了，闯祸了，几个傀儡仔惊得面面相觑，你看看我，我瞧瞧你，呼一下全跑散了。

《竹生米》

民以食为天。

持续的饥荒，让人的长相都走了样儿，看着来来去去的人们，一个个面色饥黄，有气无力，眼目无神，手脚浮肿，一个曾充满生活气息的街道，如今已然没有了活力。

霞浦背山面海，有着独特的地理优势，人们自古以来就享受着安逸的生活，过得十分优越惬意，想吃什么有什么，变着花样地吃，可如今为什么饿成这样呢？没有战乱，没有旱涝，也没有天灾啊？脚下又有千亩耕田万里海洋，是一个膏腴之地吃穿无忧的地方啊？

由此人们在虚幻中急切地盼望着某种可能：

有祝余草吗？《山海经》里说：人若吃了祝余草就没有了饥饿感。结果是，谁也没有找到这种草。

有“竹生米”吗？没有，没听说过，竹子怎么可能生米呢？

有啊，你没看县志里有记载：清乾隆十六年，饥，柘洋竹产米。清袁起龙还作诗记之：

蒸民粒食天所与，地与人间补积贮。不羡原田粳米丰，山中竹树饥堪煮。旧年七夕月初旬，淋漓滂沱阻行旅。兼旬不见天日光，行潦泥泞行苦楚。八月八日又大风，阶前水深盈如许。从此一连九十日，禾实倒垂萌芽举。丁壮披蓑吹余粒，父老田中拄杖语。今年大半减收成，常恐明年绝春杵。谁知今年五月间，丛竹累累结如黍。既堪适口充饥肠，更宜代秫酿作醑。大者提囊小携筐，贫妇登山亦盈筥。中户拾作三月粮，大户人家积无数。

明寿宁知县冯梦龙也有诗《竹生米》：

竞采儿童便，
经春黍稷香。
荒山无赋税，
多产亦何妨。

可惜可惜，这只是诗词歌赋，眼前并没有竹生米。

卷娄者，一个长年累月身着灰色汉装，左手提着长竹筐，右手握着长竹夹，每天在街上捡字纸的老人，他把筐里的字纸倒进粮站墙下的烧字塔里，抬头望着从墙内伸出来的无精打采的竹子，也是黯然神伤：

大难临头才开花，
花是愤怒不是怕；
化成种子千万粒，
默然入地蓄新芽。

饥饿寒冷的一天又开始了。

清晨的阳光已经失去了快活的诗意，我向屋后望去，小丽家的屋瓦上覆盖着厚厚的一层白霜，静静地闪耀着冷冷的光斑，到处都是冰凉冰凉的，我的手脚都长冻疮了，对这冰凉的世界，我既无好感，也不热爱，我使劲跺着冻得发麻的双脚。

忽然看见一只燕子在小丽家覆满白霜的屋檐上点了一下，叫了几声，又立刻飞起，飞向远方。我的心立刻也欢跳起来，对着燕子大声唱："燕，燕，燕，飞到松山看不见。"这是亚妹婶婶教我唱的哄小弟弟的儿歌。燕子多快乐啊，它会飞，飞到有吃的地方去了。

如此艰难困苦，母亲比其他人更加艰辛难熬，面对几个张着嘴要吃的孩子，能怎么办呢？一日三餐，母亲总是变着戏法地让我们能吃到点什么。

早上母亲在锅里炒豆子，豆子和着热热的沙子在锅里翻动着，我和哥哥姐姐们都围在灶台边看，焦急地等待着。这是麻雀豆，像黄豆大，上面布满了雀斑，这种豆子产量少，很稀有，据说可药用。可如今还谈什么药用，填肚子要紧。母亲将炒好的豆子，给我们一人一小杯装进口袋里，这就是我们的早餐了。在上学的路上，我们慢慢地一粒一粒地享受着豆子。母亲会把豆子、大米、面粉都拿去炒，因为炒一炒，食物就会膨胀起来，会变多起来。

但饥饿总是挥之不去。

偶尔皇英婶婶会掖着一两块海苔饼过来，悄悄递给母亲，嘴上还会唠叨两句："暴死坝头田，饿死单丁哥（单身汉）啊。"

这时街上有人在喊："人民群众，大家听好。"

很多人从自家窗口探出头来，有的在屋里也竖起耳朵听。

是大队长，他拿着一个漆了绿色油漆的铁皮卷成的圆形喇叭，在街上高声地喊着："今旦盲摸（晚上），在十字街开批判投机倒把大会，大家人民群众都要来参加。"

他从下街一直喊到上街的最后一户人家。

大家都听清楚了，今天晚上要开批判大会。

懵懂中看到和听到。

亚妹婶婶站在自家门口问母亲："什么叫'投机倒把'？"

母亲皱了皱眉道："商品低买高卖。"母亲跟着父亲走南闯北，当然是知道的。

红霞妹婶婶说："也叫二盘商。"不知道她是从哪里听说的。

金绣婶婶一侧肩膀靠在自家门框上，扭头望着远去的大队长背影，自言自语："批判？"

皇英婶婶也探出头来听着议论。

母亲淡淡地说："政策政策，石时石色。""石"是土话，"一"的意思，表示政策多变。

亚妹婶婶跟着调皮地说："符篆符篆，石人石出。"符篆是扑克，当然是一人一出了。

晚上，人民群众陆陆续续地来到十字街头。

街中心搭了一个临时舞台，舞台两侧竖着两根竹竿，上面挂着一条白色横幅，横幅上贴着块状的白纸黑字："批判投机倒把大会。"横幅下面站着一排挂着"投机倒把分子"胸牌的人，他们都低着头，好像知道自己犯了大罪，不敢抬头见人。

大队长也站在台上，手里依然握着那个绿色的铁皮喇叭。

台下人头攒动，人民群众都昂起了头。

两盏汽灯在舞台两边发出轻轻的呼呼声，照亮台上台下所有的人。

大队长“咳咳”两声举起喇叭，喇叭的小口紧紧地压住自己的嘴唇，讲当前的国家政策和形势，强烈谴责了严重违反政策搞投机倒把的坏人，声音集中而响亮，虽然看不到他说话的口型和表情，但还是能感受到他昂扬的激情、高亢的语调和痛批坏人的强大力量。

人民群众的情绪被调动起来了，都瞪起了眼睛，竖起了耳朵。

投机倒把分子们，个个弯着腰，低着头，恨不得钻到地底下去，痛悔啊，他们痛悔啊：

“唉，平时间伲家（我）也是北门外惊鬼，南门外惊水的，老奴妮（老母亲）病去要吃药，倒床上固一直交代：乞食（乞丐）毋过烂柴桥，要过也要摇三摇。伲家真真是搓绳绑风台，临时头暴（匆匆忙忙）把厝里攒下来的一篮鸡蛋拿出去卖，谁晓莅这是犯政策的，伲家真真是给鬼摔一巴耶（巴掌），清冰冰去。”

说来真是可怜啊。

“白露白膨膨，冇被咩上床，天寒了，伲家冇吃又冇顺（穿），想给仔扯件袄，着咱伲（在自己）厝后门山上开了一块荒地种稻，好不容易收了一担稻子挑到城里卖，远远地看见吃公家饭（公务人员）的，伲家惊够色莅，扔下担子就跑，被伊人（他们）捏（抓）去监牢里关了十五天。伊人讲：你冇代际（事情）为什么要跑？唉哟耶，伲家真真是迭鼓（倒霉）啰，辛辛苦苦没日没夜的做一点吃的，就犯错，伲家真真是喉咙下没肉，该‘衰’（瘦）噢。”

真真是怕到心里去了。

“是，我也承认，我去松山弄海错了，多久没尝到海错的味了，我闻那味素心肝窟都痒，伲家是没法没的咧，伊人渔民厝里固也有，讲是船都上缴去炼钢了，只能偷偷下涂犁缉（滩涂捕捞方式）一点点。我是石主石主（一户一户）去缴些小鱼干，掏转来卖给乡亲们的，伲家也是虾苗督督（点点），番薯饭骨碌（吞咽），俭肠俭肚、吃土配沙，趁（赚）个零头角仔，嗨，真真是黄狗痴想豆腐骨，乞食痴想陈妙常，多少退悔哦。”

这有点二盘商的意味了，不管你多么困难，这都不能做。

看那台上的“投机倒把分子”们，已是伸手难屈（没有余地），像隔夜的油条流奶奶（软绵绵），冇一粒形骸，他们本来想，担总赢驮，砍柴总赢扒松毛，谁晓得今天里被刣鸡教猴啊。

人民群众也都低着头在想，我们不能再做那盘糟过瓮（徒劳无益）的事情。大家裤腰带紧一紧，高喊着口号：“打倒投机倒把！”

幽暗中，粮站的竹子拗着身子挺出墙外，它也想知道十字街上的情况吧？

眼睛广告牌依旧瞪着大大的眼睛，闪烁着泪光，看着十字街头。

这天晚上，投机倒把分子们受到了人民群众的严厉批判。

人群中：

阿福阿婆额角上一绺白发在飘荡。

含莴蛋阿哥抬着下颚，张着嘴巴看着。

大脚橹阿伯挨墙站着，两手插在袖筒里。

含眯絮阿叔始终眯着眼睛，看着那总也看不清楚模模糊糊的台上台下。

曲礼叔叔白白净净的脸始终藏在人们的阴影里。

金绣婶婶亚妹婶婶皇英婶婶红霞妹婶婶和母亲都站在人群的后面，远远地，她们始终看不清楚那些“投机倒把分子”的脸，他们究竟是谁？他们的头低得太低太低太－低－了，是不好意思面对乡里乡亲们吧？

夜里，人们听到卷娄者在唱：

霞之江，镜华临；

霞之浦，露华清。

大旱兮民饥，米如玉，粒如金。

公之诚兮天雨粟，

珠万斛兮舟粼粼。

豺虎兮斯窜，

狐兔兮斯沉。

公眉寿兮长锡谷以熙春。

他在唱福宁府邑侯陈公德政救荒除弊被于百世的歌。

黑夜里的童谣

艰难的岁月，只要有小伙伴，这日子就不会过得单调和枯燥。

那时候，除了街道上有几盏稀疏的路灯外，家家户户都点着洋油灯。吃过晚饭，天将暗未暗，傀儡仔们就都从各自家中出来了，准备着要闹个天翻地覆。

男孩子们蠢蠢欲动，其实他们在白天里，已经准备好了“打仗”的武器——沙包。

他们慢慢地聚拢在一起，战场以上下街为界，分成两派，一派是“人民军”，一派是“美国仔”。

在路灯下，他们围成一圈，嘴里轻轻喊着：“一二三，呵……呸！”举起的手迅速甩下，看手心和手背，立即决出站边的人数，四散跑开。

天已经完全黑下来了，突然间“人民军”和“美国仔”遍布上下街，他们猫在犄角旮旯暗处，疯狂地向对方扔去无数的沙包，伴随着嗷嗷叫声：“中了！中了！”“冲啊！冲啊！”

双方扭打在一起，你不让我，我不让你。

突然，“人民军”里有人大声呼喊：“霞浦号战斗机来啦！冲啊！杀啊！”

这架势还得了。霞浦号战斗机是1951年8月霞浦县人民为抗美援朝捐献旧币15亿元购买的，我们的战斗机都来了，你还能不败吗？最终以“美国仔”失败，“战争”结束。

小哥阿潮当然是其中一分子，后来小哥参军去，还留下满满一抽屉的沙包纸袋，全是他的书一张一张撕下来折叠黏合而成的。

女孩子们就不一样了，我们也聚在一堆，望着蓝蓝的夜空数星星，找牛郎星，织女星。

也会带着幻想，去追云逐月，边走边看着月亮在云中穿行，月亮走，我也走，我不走，她也停。这是为什么呢？我们不懂，总觉得天上充满了神秘，无限的神往。

当然，对天空我们也充满了恐惧，我们会摸着耳朵，对月亮唱《月娘谣》：

月娘月娘，
傀儡懵懂，
角刀还你，
耳朵还我。

我们怕耳朵被月亮割走了，总是这样大声地对月亮娘娘祈求。

男孩子们“打仗”正酣，月儿姐姐却带着我们去她家玩儿，她点亮大肚子洋油灯，整个屋子就亮堂了起来。

我们围坐在竹床上，唱着歌谣：

一螺衰，
二螺堆，
三螺冇米煮，
四螺有饭炊，

五螺闲又闲，
六螺去买田，
七螺富又富，
八螺穿破裤，
九螺九车车，
十螺做老爹。

这首霞浦古谚歌谣唱的是人生百态和天命注定。

每个人手指尖上都有不一样的螺纹，注定了你是什么样的人生和伴随的祸福，一代一代就这么传唱下来，使得我们从小就被固定在某种思维定式中，这螺纹便是我们的基因密码，传唱不衰。

这晚我穿了一件绿色太阳菊碎花泡泡袖翻领滚边娃娃连衫裙，这是下街一个裁缝师傅做的。我经过他家店门前，总是看见他胸前吊挂着一条软尺站在桌前剪裁，他高大有点胖，背微驼，功夫极好，剪裁精致，穿戴合体，对我这么小孩子穿的衣服，也极其认真，毫不含糊，美美的，像件礼服。

我静静地坐在月儿姐姐身边。

月儿姐姐提议："来盘答吧。"

我们立刻呼应："好。"

迅即分开两边，我和月儿姐姐一边，小丽和小玉一边。

盘："哪位出水哪位流？哪位海面出日头？哪位大船没进港？哪位造塔望城楼？"

答："白岩出水三河流，松山海面出日头，后港大船没进港，塔岗造塔望城楼。"

盘："哪位山峰龙把守？哪位石塔虎看头？哪位坡顶凤洗身？哪位城里猪落槽？"

答："北门后山龙把守，塔岗石塔虎看头，桥头坡顶凤洗身，福

宁城里猪落槽。”

盘：“什么花花跳过沟，什么花花扒墙头，什么花花环山走，什么花花水里流？”

答：“蟾蜍花花跳过沟，猫咪花花爬墙头，老虎花花环山走，老蛇花花水里流。”

这真像电影《刘三姐》中的对歌：什么水面打跟斗哎……

小丽又出新招：“我们来填揆（猜谜）吧。”

“行，谁出？”月儿姐姐说。

“我们出。”小玉抢先出题：“前胡后胡胡梳梳，用针用线没用刀。做旱天年人不要，风台（台风）大雨离靡开。填一物。”

月儿姐姐立刻答：“蓑衣。”

我瞪大眼睛：蓑衣？忽然想起那天晚上，站在家门口大雨中穿着蓑衣报信的人。

我一恍惚又听到小丽在出：“四季少了夏秋冬。填一地名”。

月儿姐姐稍一停顿：“四季少了夏秋冬？嗯……那就是长春了。”

“长春！”又一个让我想起了什么的地方，那天母亲坐轿子去，不就是这个地方吗？

门外传来卷娄者的歌谣：

> 松柏来，来松柏，
> 看见外公娶外婆，
> 外婆娶来生我娘，
> 我娘娶来生我哥。
> 大哥小哥都有嫂，
> 剩我尾弟没老婆。
> 寒天六月做大水，
> 大水流去大家没。

这是什么歌谣啊，凄楚无奈。

一个身影在门口晃了一下："战地歌声，填一地名。"

是小哥阿潮，他刚"打仗"胜利归来。

齐齐人苦思冥想答不出来，还是月儿姐姐厉害："武曲。我跟我爹去过那地方。"

阿潮坏笑了一下："嗯，不错。再给你们一个，一定猜不出来：打烊，填一地名。"

"打烊？"月儿姐姐把扎着红绸带的粗辫子向后一甩，闭上眼睛想。

"吹灯？有这地方吗？"小丽晃动着头上闪亮的珍珠发夹问小玉。

小玉摇摇头："没听过。"她头上的红色蝴蝶结也在跟着晃动。

小哥阿潮又冒了出来："还填不出来？"

他又是一个坏笑："关门啊！"

齐齐人恍然大悟："哦，关门。"

我们的眼睛里都闪烁着洋油灯的光芒，大笑起来。

可是"关门"在哪里呢？我们都没有去过那个地方啊。

接下来我们又唱了好多歌：《小燕子》《张老三》《李小多》，还唱："戴花要戴大红花，骑马要骑千里马，唱歌要唱跃进歌……"

后来月儿姐姐问我唱什么，我说我唱幼儿园老师教的《蟠桃》，她们都叫起好来。

西天王母有蟠桃，
吃了长生永不老，
爷爷常念去着去，
登上昆仑没够着。

姐姐们热烈地鼓起掌："哇，唱得真好。"

我问月儿姐姐："昆仑山很高，我们后门山也很高啊？"

月儿姐姐说："是啊，后门山连着龙首山，龙首山连着昆仑山，龙首山顶上有'近天五尺'四个字呢。"

"那我们站到它山顶，举起手就能够着天吗？"我问。

我对山顶充满着向往，对深山又心生恐惧，深山里有狐狸精在修炼呢，母亲说妲己就是狐狸精变的。

"冥暗了，转来哦。"夜深了，母亲们在各自家门口唤着我们。

阿浩大哥

大炼钢铁，那年大哥阿浩虚 13 岁。

父亲走了，作为长子的大哥，小学还没毕业，就选择了去工作帮助家庭，他之上两个姐姐都要读书，他之下两个弟妹都还小，不是他又能是谁呢？

他被派去炼钢铁，到一个很远的地方去挑木炭。

听说野马场过去也有很多果树，都被砍去烧木炭炼钢铁了，可我记事起，野马场就是空旷的，什么都没有。

大哥浓眉大眼，是个英俊少年，书读得好，字写得好，他是多么渴望继续读书啊。那时，他身板子单薄，眉宇间却透出一丝成人的忧愁。

他不是一个人去，而是跟着整个队伍去的，他一边往筐里装着木炭，一边看着被成片成片砍去树木的山头。

这叫什么地方？

老鼠偷油？

有这样起名字的吗？真让人匪夷所思。

绿绿的山头，一下子全被剃光了，光秃秃的。

齐齐人都像蚂蚁一样忙碌着，有砍树木的，有挑木柴的，有烧木炭的，有挑木炭的，有架锅做饭的，就这样把整座山上的树木都烧成了木炭后，再挑去城中的北门外炼钢铁。

有谁曾想过，站在山头向南望去，不远处就是南太平洋啊，有朝一日它发威，咆哮一声，这里就会被冲成荒滩了。

大哥阿浩没想那么多，他心里只惦记着：这里离长春有多远？那里是阿爸逝去的地方。

大人们说，这里是沙头，向南是小沙，小沙过了是大沙，大沙过了是长沙，长沙过了是沙塘。沙塘过了是长春吗？

大人们说，一直向南，止于葛洪山。

葛洪山是个什么地方？

大人们说，葛洪山绝顶凌空，道家葛洪炼丹著述就在那里，邑人宋刺史韩伯脩有诗：

壁立东南第一峰，问名知道葛仙翁。
丹砂灶逼云头近，玉井泉流海眼通。
六字籀文天篆刻，数间洞屋石帡幪。
我来整屐层巅上，无数群山立下风。

山上有石洞，洞中有石屏、石几、棋局，洞口有石窍、石罩、石泓，泉眼通海，深不可测，还有篆文六字，从古到今，无人能识。在它的山脚下，就是长春，前方是茫茫无际的南太平洋。

夕阳西下了，有人在吆喝："快点挑啊，城里炼钢炉在等着用呢。"

阿浩哥咬着牙挑起了担子。他那还没发育成熟的身子，显得很吃力，可这才开始呢，从这里挑到城里还要翻过一座高高的山岭，路途遥远又难行。

阿浩哥憋足劲，浓密的眉毛下，一双大而明亮的眼睛闪着光芒，他话语不多，心里却明白，他挑的是全家生存的重担。

迎着落日的余晖，山岭上行走着一条长长的挑木炭的队伍，队伍中有人唱起了童谣：

猴穿弄，狸穿门，
穿来穿去过城门。
三里城门趴滚斗，
四里城门脱肠头。
妮家齐齐都甘愿，
穿到天光靡肯睏。

这是一首霞浦儿童游戏歌谣，表现小朋友穿过伙伴双手搭成城门又累又兴奋的情景，小时候我们都热烈地玩过。

这支挑木炭的队伍历尽千辛万苦，终于在队伍的前头有人高声地喊起来："到了！看到城门了！"

齐齐人撂下挑子，向前望去，南门牌坊上写着：温麻故郡。

人群议论开了：

"听说三国时，我们这里是造船厂啊！"

是啊，建衡元年（269），东吴政权建立温麻船屯，安置罪犯和谪徙造船，与浙江横屿船屯、岭南番禺船屯，为三国时期东吴江南三大造船基地之一。温麻船屯所造的五板合成的大船，号称"温麻五会"，名噪一时。

"真厉害呀！"

"我们的古县在哪里呢？"

"就在我们砍树的前面呀。"

"什么时候置县的？"

"很早很早以前啦，晋太康三年，我们是当时为数不多的古县啊。"

"听说前些年村民在山坡上挖积肥，还挖出一把布满青绿锈残缺

的青铜剑。”

“好了，好了，快快走吧，天快黑了。”有人在催促。

齐齐人又挑起了担子继续赶路。

阿浩哥擦着脸上的汗珠，他的脸因为长时间的劳动和日头的照晒，红扑扑的，在阳光下闪闪亮亮。

齐齐人在县城北门外，在炼钢的高炉旁放下了肩上的担子。

有一群人扎堆在高炉旁，看着眼前的一团东西，议论纷纷，阿浩哥也使劲儿往前挤：

原来是高炉里炼出的一堆废铁渣！

辛辛苦苦没日没夜地砍树烧木炭，看到这情景，有人便脱口而出：“南山生蛋，北山孵仔，褪裤头放屁挪的工。”

这是在抱怨：脱裤子放屁，浪费工夫。

死亡的阴影

不断有人死于饥饿。

“金贵阿伯死了。”红霞妹婶婶过来跟母亲说：“他已经饿了很多天了，粒米未进。”

“唉，灾过（困难）哦。”母亲叹了口气。

“真真是跌苦（艰难）啰。”皇英婶婶也用手抹了把眼角的泪水。

“多么修怪（可怜）噢，哎。”金绣婶婶深深地吸了口气，又重重地吐出来。

“吃死没怨，饿死凄凉。”亚妹婶婶从母亲的灶膛里夹了两块烧红的炭火放进手中烤火的火笼。

这冬天怪冷的，邻居们哀哀戚戚唏嘘一阵，在怜悯别人当中，更是怜悯着自己，一脸忧愁地各自散去。

皇英婶婶家门口的眼睛广告牌，那滴似掉未掉的眼泪，让人看了总是伤感。

小丽、小玉坐在我家的门槛上，望着广告牌上的大眼睛，小声地议论着：

“你看那眼睛，眼泪好像真的要掉下来了。”

“很多人都是流着眼泪到皇英婶婶家去看病的。”

“眼睛上面写着‘光明’两个字，看过之后就会好起来的。”

一位阿婆挎着一只空竹篮经过，听到她们议论，微微抬头看了一下，忧伤地说：“目汁油（眼泪），放腹肚里流哦。”

一位阿公跟在她后面，也有气无力地：“唉，冇忖着，通街石；忖石着，目汁流石席。”他是说不去想，满街跑，一想起，眼泪流一席。唉，哀伤哟。

尽管遇到如此灾祸，丧礼还是要办的。

金贵阿伯是月儿姐姐的左邻，在陈厝里对面，他正躺在敞开的前厅一个架起来的铺板上。

小丽跑过来对我们说：“阿沙他爹拔直（死了）了，我们敢不敢去看？”

我和小玉正在家门口玩“五粒子”，听小丽这么问，就心虚虚地同意了。

我们蹑手蹑脚地走过去。

按《礼》：尸面复以巾，两脚平列，系以红绳，手一桃枝，贯以光饼三或角黍一……这是给予死者的礼。

阿沙爹就这样躺在那里。

我们看见阿沙穿着麻衣，眼睛湿润，立于他爹的一旁。

阿沙这时候在想什么呢？想起自己把父亲的蜜沉沉空酒瓶拿去换了卡卡糖？想想就觉得对不起父亲，尽管那只是个空酒瓶，可父亲每天都把它放在自己的床铺头，说总有一天能够喝上它。

我也喝过蜜沉沉，味道就跟酒的名字一样，无尽的甜蜜，喝过就终身不能忘记。对于阿沙爹，蜜沉沉何尝不是他对生的留恋？

我们瞪大眼睛，惊恐地盯着铺板上的金贵阿伯，人死了就是这个样子吗？睡了一样？就是说从此他不说话了，不呼吸，不吃饭，也不生气了，更不会打小孩儿了。

我们小孩子也会死吗？我恍恍惚惚地开始联想：会死的，什么东西都会死，猫也会死，狗也会死，树也死，草也会死……为什么会死呢？不死就好了，太阳多温暖，月亮多明媚，还有阿妮、阿婶、阿公、阿伯、傀儡仔，还有阿邦哥的鸭子在街上排队行走“嘎嘎嘎”的声音，好多好多好玩儿的东西呀，可是死了，这些都看不见了。

咦，谁在歌唱？

太阳啊，你再照照我，
大海啊，你再看看我，
阿沙他娘啊，你不要想我。
多少好酒我还没喝够，
多少话儿我还没说，
天寒地冻盼日出，
人到死时真想活。

活　着

活着，真好！

太阳照样每日升起。

一场电影，这是所有人在这场饥肠辘辘中最美的期盼，东关街驻军每周都会放露天电影，很多乡亲从大老远的地方赶来，百姓围着部队，或坐或站，孩子们开演前总要在白色荧幕下钻来钻去打闹一阵，没有人批评，没有人打骂，也没有什么冲突。那时看的电影可真够多够好看的，有《红霞》《红日》《东进序曲》《白毛女》《红色娘子军》……

一场古装剧，是这条老街上的人一天劳累之后最满足的消遣。东关街道有自己的闽剧团，演员都是本街道的年轻人，戏台就在陈厝里旁边的会场，布景道具也简单，一张桌子两张凳，执一条彩鞭就能跃马飞奔，行头很充足，虽说业余，能演得你一把鼻涕一把泪。舞台上的两盏汽灯，驱散了所有的黑暗，齐齐人静静地听着戏文唱腔，看着武生翻筋斗，身心随着剧情跌宕起伏，虽说是风吹云散的故事，可也是千古脉搏的跳动啊。那时的剧目有《魂断铜雀台》《凄凉辽宫月》《桃花扇》《狸猫换太子》，可惜我总是看到一半就睡着了。

一场“说书”，也让我们非常喜悦。说书人都是从外地请来的，场地就在陈厝里的大队部一层。小伙子们把汽灯挂上，大队部立刻敞亮起来。父老乡亲街坊邻里老人小孩男人女人都来了，没座位了就站着听，里边坐不下了就坐外面听。说书先生把钹往桌上“铛”敲一下，全场肃静，人群中跑来跑去的孩子们立刻坐好。只听那说书人先声夺人：“巾帼英雄，舍生忘死破敌阵，杨家豪杰，一门忠烈保家国！今天，我要说的是《穆桂英大破天门阵》。”哇，慷慨陈词抑扬顿挫，说出了一个激荡人心的久远故事。

传统节日照样过得欢。

“东关铁机俊星台，西关龙灯万贤狮，闹到更深人静后，中乘捧出十番来。”这个布阵就清清楚楚了，东关街是铁技，俊星街是台阁，西关街是舞龙灯，万贤街是舞狮子，中乘街是十番伬，这是中秋节夜晚的节日活动，是戚继光抗倭留下的中秋遗俗，四百年来没有间断过。

来了，曳石的隆隆声过来了！只见大小十多个曳石队伍，沿街呐喊着冲过来了，每一队都拖着方二三尺许的平面石，石上站着一个健儿，呼啸呐喊着穿街而过，震天动地。

舞龙狮的队伍过来了，两头狮子一路翻滚着跳跃着引路，后面一人举着高高的龙珠挥舞着，引诱一条长长的巨龙忽上忽下左右翻腾。

台阁铁技来了，铁技上高高地站立着一位美丽的仙女，她手捧花篮作“天女散花”状，在皎洁的月亮湛蓝的苍穹下，天女微笑着，裙带飞扬，鲜花飘荡，果然是“广寒宫府近相逼，妙歌一曲舞霓裳”啊。

紧跟着十番伬的行奏队伍也来了，乐曲婉转悦耳、波澜起伏、行云流水、气势非凡，乐手们精神抖擞，凝神聚气，一曲《将军令》荡气回肠，响彻云霄，仿佛时空倒转回四百年前，我们听到了戚家军阵势磅礴的军乐声。

观者塞途。

月儿、小丽、小玉，我们手捧糖塔，跟随着队伍，久久不愿散去，这是一个激动美好的夜晚，花好月圆。

日光已没，夜幕降临，山、水、城、野、人类动物，都进入了漠漠的黑夜中，我们都习惯了黑夜，也习惯了在睡梦中听那打更的声音：

嗒，嗒嗒，

嗒，嗒嗒，

防火烛哦

嗒，嗒嗒，

嗒，嗒嗒……

军队宿营

忽然，大兵来临，东关家家户户都住进了士兵，我们家楼上住了一个排。

陈厝里：一个连。

下街东安里：一个营。

松山、三沙、吕峡，遍布士兵……

老百姓窃窃私语：

“要打仗了吗？”

“打台湾？”

“我们有的是尚武精神啊，干！”

那时候流行着这样一首歌：

我爱我的台湾呀，

台湾是我家乡，

兄弟们呀，姐妹们，

我们要回到祖国的台湾……

战士们晚上在家里睡，白天去了哪里不知道，但早晨起来，他们一定会替我们家挑水扫地，吃饭就在陈厝里部队食堂。

一天晚上，我忽然想起向月儿姐姐借的一本小图书还在楼上，便赶紧跑上楼去找。

战士们已经睡下，他们整整齐齐地躺在地板上，一点声音没有。

我一时不知所措进退不得。

排长还没睡下，看到我便问："小妹妹，有事？"

我有点懵，但很准确地说："嗯，小图书。"

排长从我指的方向在旧楠木箱上拿起了那本小图书，念道："《樊梨花》。"

我赶紧拿了书就跑下楼来。

其实我是好奇，是想看看兵叔叔们在干什么？

部队食堂在陈厝里，战士们开饭前都会在门口排队唱歌，我们小孩子都站在队伍的两边跟着唱。

一位瘦高个子长得儒雅的指导员，把一张写着歌词和简谱的白纸贴在墙上，指挥大家唱：

当兵为什么光荣，
光荣因为责任重。
擦亮眼睛，
握紧枪杆，
保卫万里江山，
保卫六亿人民……

就这样，在我上学前就学会了很多军歌：《我是一个兵》《三八作风歌》《打靶归来》。

有部队驻扎，孩子们当然欢天喜地。

一匹高头大马"嘚、嘚、嘚"地走过来，棕红色，非常健壮，皮肤发亮，像红绸一样闪着光，鬃毛修剪得十分整齐，一双玻璃球似的亮眼，炯炯有神，四条马腿矫健而有力地踩在鹅卵石上，发出清脆的马蹄声，那神态十分的高贵。

男孩子们兴高采烈地跟在军马的后面小跑着，拥挤着，呼叫着，这会儿才觉得玩沙包“打仗”不过瘾，如果能骑上这样的高头大马，嘿，那才爽！

战马被拉进野马场，在进口处被固定在一个门形的木柱子中间。

一个老军马员蹲下身子，抬起马的一条腿，将磨损的旧铁掌卸去，再用一把锉刀，将马蹄子上老化不规整的部分削掉，就像妈妈给孩子剪指甲一样，整好形，按前后蹄选出合适的U形铁掌安上。

老军马员对一旁协助的士兵说：“为了保证山地行军和运输任务的完成，进军福建的时候，我参加了军战前举办的钉马掌训练班。”

说话间一不留神削过了点儿，马蹄子流血了，马儿“咴儿、咴儿”地嘶鸣着，身子扭动起来，木柱子也跟着摇晃起来。

一旁拥挤看热闹的孩子们，“哄”一声跑出老远，他们站在那里边看边议论着：

“为什么要钉马掌啊？”

“不钉铁掌，马就跑不快。”

“军马是要上战场的，古代没有飞机大炮，打仗就靠战马了。”

“金戈铁马，气吞万里如虎！”有人摆出一副英雄的姿态。

“去去去，你这个读书仔，又在嘹书歌（读书像唱歌，不认真）。”

他们高声呼喊着：“战马和英雄齐名！齐名！齐名！”

谁也没注意到，此时对面粮站那丛竹子下面的烧字塔前，卷娄者正将一片片废纸扔进烧字塔里，嘴里念念有词：没而不朽，没而不朽。许光大、潘中、王伯颜、阮宗泽、陈阳盈、张玄赞、陈端孙、焦玉、胡升、吴清、陈坡、张璧、白受采、刘国宾、张天铨、郑沐、王公哲、吴万福、曾应凤、邱安国、郑日新、曾眷、李天华、德麟、袁万青、林大鸿、吴邦翰、王光春、黄位霖……

他念的这些名字，都是福宁府千年来历朝历代保家卫民的大英雄。

但我们不知道啊，不知道家乡曾经有过这些英雄，也没人跟我们提起过这些英雄的名字。

化俗为美

生活像流淌的水，亦歌亦舞。

白天男人们都外出了，常常看到亚妹婶婶抱着伏因坐在家门口，脸对脸摇晃着，嘴里还哼唱着儿歌：

行绰绰，绰绰行，
糠养猪，米养人，
瘪谷饲鸭母，
鸭母生蛋还主人。
主人不着厝，
骑牛骑马去看墓。
墓头跋一倒，
喀（捡）一头金鸡母。
剥了皮，做领（件）袄，
给阿弟穿太长，
给阿哥穿正好，
留着明年扛阿嫂……

亚妹婶婶也不知道从哪里来的这么多歌谣，母子俩脸对脸眼看眼额碰额……呼！嘻嘻哈哈，摇啊摇，摇啊摇。

其实这里人都会唱这种歌谣，应该是古时候传下来的吧。从古摇到今，摇了一代又一代，咯咯咯咯……呼！

我也想抱一抱伏因小弟弟。

有一次真的抱上他了，我们在鹅卵石的街道上走了好几步，没想到我的脚被鹅卵石绊了一下，摔了一跤，我们都大哭起来。

亚妹婶婶听到哭声急忙从屋里赶出来，嘴里喊着："阿弥陀佛，阿弥陀佛，韭菜可萝卜！"她抱起伏因，用手拍拍地上的鹅卵石，又拍拍伏因的胸脯："心肝嗒嗒，嗯惊菩萨，菩萨落水，嗯惊水鬼。呵呸！嗯惊！嗯惊！乞狗惊，乞猪惊。"

我在一旁看得发呆。

亚妹婶婶的镇惊咒语，说来就来，通过这样的心理暗示，小孩安然就好。

端午节到了。

母亲穿着一件白色大襟短袖衫，头发整齐地向后梳成一个桂髻，干净又利落，她手上拿着一小碟雄黄，在屋角后院里都撒上一点。

我问母亲："这是干吗呢？"

母亲用手在我额上抹了一下，黄黄的一撇，说："这可以去毒。"

然后母亲早上就弄了一大盆的井水让太阳晒，一直晒到下午，水都晒热了，就用这水给我洗澡，说是洗完澡一年都不会长痱子。

小哥阿潮不知从哪儿弄来一副午时联："手执艾旗招百福，门悬蒲剑斩千邪"贴在门上，他说这也是灵符。

一会儿月儿姐姐也到家门口，把小丽和小玉都叫来。她送给我们每人一个非常漂亮的粽子香袋，香袋最上面是一个钩的红色小网兜，兜里装着一个鼓鼓的樟脑丸，下面连着一个彩色丝线卷的小粽子，粽子下面有个圆圆的珠子，珠子下面是红红的穗穗，真是又好看又好香。我们兴奋地把香袋挂在自己胸前的纽扣上，闭着眼睛闻呀闻。

“好了。”月儿姐姐说：“我要去松山看扒龙船了。”

划龙舟啊？松山在哪里？我们问。

月儿姐姐对我们笑笑，跟着别人风一样跑了。

呤呤呤吭，呤呤呤吭，“卡卡糖啊，要换卡卡糖吗？”

傀儡仔们一听到街上传来这个熟悉的吆喝声，赶紧在屋里屋外犄角旮旯里翻腾着，他们有的拿着牙膏皮，有的拿着起钉，还有一根铜线、一只鞋套（雨靴）、一个空酒瓶、一包鸡毛、一个铜钱、一块铁片、一个弹珠，只要家里有的废品，都被他们拿出来换糖吃。

“阿摆叔”是个有点跛脚的浙江平阳人，虽说孩子们给他起绰号，却也没忘记留一份敬意。他挑着担子，右手握着一个半月形的铜板和精致的小铜锤，手臂别在扁担上，边走边敲边吆喝。

傀儡仔们看到他就高兴，围着他要换糖。

这时候阿摆叔手上的半月形铜板和精致小铜锤，就立刻变成了锉刀和小锤，敲着他那一圈圈的奶白色卡卡糖。傀儡仔们看着他敲，总是喊着：“多敲点，多敲点。”

忽然听到亚妹婶婶在屋里大叫起来：“天哪，这牙膏怎么全被挤出来了呀？牙膏皮呢？啊，这个没天德的阿海，看我怎么打死你！”

这时候阿海拿了卡卡糖，已经跑得无影无踪了。

又听到阿云的母亲从后院追出来：“你这个吕洞宾，顾嘴有顾身，我剩下一只鞋套怎么穿啊？”

日子过得再清苦，到了春节，要过年了，谁也都要放下一切来大扫除，整条街都要题椽洗厝。

所有人，唐末人（男人）、诸姆人（女人）、唐末子、诸母子、唐末孙（孙子）、诸姆孙（孙女）、傀儡仔、妖魔、海怪、妖鬼，全部出动洗房子。

洗的洗、刷的刷、擦的擦、冲的冲，有的搭着木梯往上爬，有的举起水枪往高处射，稀里哗啦声，打闹声，嬉笑声，洒水声，扫大街声，伴着橄榄孙（曾孙）的啼哭声，那个闹热喜气呀，真是绝无仅有。

洗吧，洗去忧伤的埇尘（灰尘）；刷吧，刷去岁月的赖败（不卫生）；擦吧，擦去心窟的目汁；冲吧，冲去迷惘的埋徐（萎靡不振），真是千门万户曈曈日，总把新桃换旧符了。

红霞妹婶婶拿着一副春联笑容满面地过来："阿母，你看看我这春联。"

母亲接过春联念道："红情绿意知多少，云蒸霞蔚万树花。横批：春到人间。"

母亲笑眯眯地对婶婶道："好啊好啊，好春联。"

婶婶很是满意，犹如春风拂面地走了，直直的短发卡在耳后，丝毫不乱。

我们也喜气洋洋地把自己的春联贴上："户尽同风，祥和蔼蔼；俗皆化美，瑞色漫漫。横批：人杰地灵。"

过年让我们生大欢喜，母亲在灶膛里架上木柴蒸年糕，呼啦呼啦，红红火火，烧了一晚上，到半夜年糕才蒸熟，我总是第一个吃到年糕，热腾腾的。晚上说不睡，一定要坐到天亮，可总是不知不觉就睡着了。天一亮就是大年初一，我第一个动作就是到枕头底下摸，摸到母亲压在我枕头下面的压岁钱五毛，欢天喜地高兴极了，然后里里外外穿上新衣服，蹦蹦跳跳地跑去找小伙伴玩儿。

那晚，霞浦县人民剧场上演彩色电影《红楼梦》，由王文娟和徐玉兰主演，婶婶们早早就准备好了，要结伴同行去城里看电影。

母亲安排我们吃好饭，正要和她们一起走，我却大吵大闹起来，一定要跟母亲去看电影。母亲敌不过我，终于放弃，同婶婶们说："回来睡着没办法抱她。"

此去城里还很远，母亲又是小脚，自己行走就很难为，回来还要抱我，想想都是不可能的事，后来我有点后悔，自己看不成，弄得母亲也没看成《红楼梦》。

母亲热爱生活，爱美爱洁净，每天都要我扫地板、擦桌子，还要扫门前的街道，让家里家外都保持干净。

后院有一小块高高的土垒，母亲也要种上几棵花草，茉莉花、菊花、指甲花随意的品种，花朵虽小，绽放开来一样迷人。

母亲的床铺总是收拾得干干净净，牡丹花被面还有被里都是用米浆浆过的，睡起来干干爽爽还会响，连我们的外衣也是浆洗过的，母亲从不会因为生活艰难而苟且。

赖以栖身的老屋，尽管破旧，母亲也会买来小碎花布做窗帘，让整个屋子变得可爱温馨起来。

母亲是从旧时代走过来的，在家庭离散中，在饥荒年代里，在糟糕的环境下，她比别人要承受更大的压力和困苦无望，即使是这样，母亲也依然保持着良好的生活习惯，安静少语，喜爱读书，追求美好的事物，让生活留住一点儿本该有的诗意。

勇气是母亲生命中的执念，在逆境中绽放着光芒，我想这就是坚强，这就是最美，这就是高贵。

“阿六打老婆”

“四清”时我十岁，四清队长住在我家。

那天，居委会主任阿菊婶婶笑吟吟地领着他来，对母亲说：“阿母，这是社教工作队的林队长，上面有要求，工作队要和人民群众同吃同住同劳动，居委会研究安排林队长住在您家。”

林队长笑呵呵地说：“阿母，打扰了。”

母亲忙请林队长进屋：“欢迎，欢迎。”

林队长约莫三十五六岁，中等个偏瘦，戴副眼镜，穿着蓝色中山装，性情温和，气质优雅。吃过晚饭，他总会在家门口坐一坐，和街坊邻里聊聊天，和上上下下的人打打招呼，有时候还会来几段二胡独奏：《山歌好比春江水》《只有山歌敬亲人》，有时也会拉上我唱两段。

我们家饭桌墙上的年画，换成了一张黄婉秋头戴斗笠的《刘三姐》剧照。

林队长住在家里，伙食总得好一点。一天母亲让我摘空心菜，我忽然觉得这菜的名字有点奇怪，就问母亲：“为什么蕹菜叫空心菜呢？”

母亲说：“每一种菜名都有来由，像颇棱菜，古人从颇棱国携种子来的，所以叫‘颇棱菜’。淡菜生在海石上，形如珠母，就叫‘东海夫人’。关公蟹形似关公，就取名‘千人劈’。小白鳓薄且多刺，就叫‘飘风’。”

“那空心菜呢。”我急着又问。

“空心菜也有故事啊。”母亲说：“古时候有个漂亮女孩叫妲己，她是狐狸精，纣王被她魅惑，为了讨她欢心，杀了叔父比干，挖了比干的心。比干被挖心后，骑马掩袍向南行去，他知道到了‘心地’这个地方，就会长出心来。当他走到牧野荒郊的时候，遇上一个老妇在叫卖空心菜，比干就问那妇人：‘菜没心能活，人没心能活吗？’老妇说：‘菜没心能活，人没心就会死！’比干听后大叫一声坠马死去。”

这故事听起来像真的一样。我问母亲；“那心地在哪里呢？”

“在河南新乡。”母亲说。

怎么还真有这样的地方？明明没有心不能活嘛，怎么会有一个长心的地方呢？我很纳闷。

粮站外墙又有人在刷标语了，我和小丽、小玉还有阿海都站在对面皇英婶婶家高高的台阶上看着，看他到底要写什么？

那人从右向左写：“千万不要忘记阶级”，然后弯下腰，把那支大大的毛笔伸到墨筒里。

“什么叫阶级？”阿海问。

小玉说：“就是烙印，每个人都有。”

“什么叫烙印？傀儡仔屁股上的斑斑吗？”阿海继续问。

“阶级都不懂，”亚妹婶婶经过听到，就叮了一句：“菩萨都有五十一个阶级啊。”

那么多？我们呢？

孩子们带着疑惑，看着那人写完“斗争”二字，又画了一个大大的感叹号后，提着墨筒走了。

我眼睛盯着感叹号下面那个圆圈着迷：圆圈里面还会有什么呢？

一队灰不溜秋的人走过来了，他们一个纵队，肩挑木桶，手提扫把和畚箕，佝偻着身子，从下街向上街走来，他们刚才还在公共厕所里淘粪，现在又往野马场走来。他们都是“地富反坏右”分子，要处理野马场里的垃圾。

晚饭前，林队长递给我一张纸条，说：“今晚开批斗会，这是口号，到时候你领着大家喊。”

我丝毫没有犹豫就接过来了，低头看了一遍纸上的口号，大约有十几条，便放进衣袋里。我手臂上别着红红的“两条杠”，我是中队长，是班里的学习委员，还是学校合唱队的领唱和领诵，这点事儿，算不了什么。

批斗会在我们看戏的会场召开。

这里平时是齐齐人看戏的好地方，上演很多古装戏，帝王将相才子佳人大家爱看，什么《贻顺哥烛蒂》《甘国宝》《九命沉冤》，都好看。后来不让演了，演现代戏，大家也爱看。

不过今天晚上不是看戏，也不是办大食堂那个闹热，看看台上“批斗会”三个字，齐齐人都安安静静地找了个位置坐下来，神色严肃，不吵不闹了。

背枪的基干民兵押着“四类分子”走上台来，他们灰头土脸地站在台上，弯着腰，低着头，他们是这个世界的罪人。

“把曲礼拉出来！”林队长喝道。

只见两个民兵把一个白净的曲礼从台上“四类分子”中拉到了舞台的右侧。曲礼被双手反绑着，跪在一条约一米长的窄木凳上，背后捆绑着一条粗麻绳。麻绳被抛上舞台的木梁上又落了下来，握在一个民兵的手中。

第一个上台控诉的是阿沙母亲。她穿着一件灰色斜襟上衣，着黑色裤子，黑色布鞋，一个民兵搀扶着她上台。

她站在曲礼的身边，弯着腰，对着曲礼控诉道："往年暝的流势（时候），我在你家做月里姆（月嫂），那日下昼天乌暗（下午天色昏暗），雷慑（闪电）慑去慑去慑去，伲家惊一下，褪清脚（打赤脚）逐天坪（露台）去收衣裳，那雷慑去慑去慑去，皇天啊，那雨就看它倒倒倒倒下来了，伲家惊够色莅，又给雨渥（雨淋）一下就病去了，盲摸打寒膏（晚上发冷发热），吐泻两头拔（又吐又拉），倒在眠床上，额头墽疼裂莅，你拿梅渣渣吃剩的乇（东西）给我吃。"

"哦，"曲礼突然想起了什么，跪在木凳上轻轻回了她一句："那是'塔鸟拉骨'。"

"你放屁弹豆（胡说八道），你是六月的沙蛤掰嘴就臭，我今旦就要和你拔平直（讨说法）去。"阿沙母亲理直气壮地说着。

我突然想起要喊口号了，便从衣袋里掏出那张写满口号的纸，喊着："打倒地主！"

人民群众都跟着我举起了拳头，高声呼喊："打倒地主！打倒！打倒！打倒！"

曲礼旁边的民兵突然把绳子使劲一拉，只听曲礼"哎哟"嗷叫起来："疼啊，疼啊。"他像孩子一样嗷哭惨叫，身体已经悬起来了。

"最最灾过还是1960年，阿沙他爹死的时候，我帮他褪裤娘（裸体），瘦瘠瘠（瘦瘪瘪）莅，全身都是骨。呜呜呜呜……"阿沙阿妮说着说着就哭了起来，声泪俱下。

林队长霎时脸色大变，对贫协主席使了个眼色："快，把她扶下去。"

第二个上台批斗曲礼的是个复员军人，姓古，他身材魁梧结实，声音铿锵洪亮，一上台便对曲礼吼道："听说你有一本'变天账'，你必须把它交出来。"

"对，交出来！"下面有人也跟着附和。

"坦白从宽，抗拒从严！"我举着小拳头高喊。

人民群众也纷纷举起了拳头："敌人不低头，就叫他灭亡！"

一时间，我心中激动啊，忽然间觉得浑身的细胞都在膨胀、分裂、闪光！这些"四类分子"们，在这片怒涛声中惊得抖抖战，像汪洋大海中漂浮的几片枯叶，即刻就要被狂涛卷入无底深渊……

"现在是一潮海水一潮鱼，你想变天没那么容易。"老古把袖口往上捋了捋："我问你，你的亲哥哥曲成去了台湾你晓不晓莅？"

"我靡晓莅啊，"曲礼痛苦地回答："他是被蒋、蒋、蒋……带走了啊。"

"蒋什么蒋，蒋该死。"老古的拳头在曲礼面前晃了晃："你还想蒋该死反攻大陆，是不是？想翻天？你是白日做梦！半夜想屎做点心，吃饱再去盛！你这个有嗷没目汁的软决（窝囊废），定虫（懒虫），临死固放臭屁、做死胚（耍赖），掐曲尼捏（左右撒谎），犬吠（胡言乱语），头发又少虱母又多。哼，你有神仙法，我有鬼画符，伲家一锄头两畚箕（干净利落）把你做咯，看你饭匙骨（锁骨）有没够硬，把你算盘籽（脊柱骨）辣莅，看你拗愎（固执），忖讨味（想当然），你还以为是阿六打老婆——唱唱调（霞浦俚语，假打）？把伊吊起来！"

只见那民兵使劲一拉，曲礼又被悬空吊了起来，像飞机一样，曲礼在台上痛苦地嗷嗷哀号，台下群众的心刹那也像被提了起来，有点毛，我也忘了喊口号。

含莴蛋阿哥站在我的后面，害怕地吃吃着嘟哝："做嗯嗯嗯愆噢。"

大脚橹阿伯手上拿着已经熄灭的水烟筒，闷声闷气道："有错也是下浒祠堂的错。"

含眯絮阿叔眯着双眼，慢了半拍，听到曲礼的哀嚎声，全身一震，轻轻地问旁边的人："唉哟，是曲礼啊？伊做乇了？这式打？叫会惊人耶。"

含眯絮阿叔过去是曲礼家的长工，因为有目疾，主人就不让他去田间做事，只让他在厨房里烧火，打理简单的厨事。他一直就住在陈厝里下面一个小厢房里，“大跃进”那会儿办公共大食堂，他也在厨房里烧火，后来部队准备打仗住在这里，他还在厨房里烧火。

第二天，天刚蒙蒙亮，就听到有人在街上喊：

“曲礼死了。”

“上吊死的。”

“他这是反动，是自绝于人民，罪有应得。”

这是批斗会上那个老古的声音。

光明与黑暗

第一次看到和参与了暴力，我惊恐铭心。

我问母亲："曲礼叔叔真的有'变天账'吗？"

母亲没有回答，她正在做针线活。我翻着母亲做针线活的一本书，书里面夹着许多鞋样、花样，还有彩线。

我不甘，继续追问："'塔鸟拉骨'是什么？"

母亲放下针线活，对我说起当地流传的一个故事：

说有一个大户人家请师傅盖房子，买了塔鸟，一种淡水鱼，给师傅配饭吃，因鱼多刺，主人怕师傅被刺到，就把鱼骨剔去，剩下鱼肉给师傅吃，师傅不知晓，以为主人怠慢自己，就在房子盖好后在屋顶做了手脚，屋主人此后便多事烦扰。多年后，师傅又经过主人家，主人说："盖房那时家里富足，还能塔鸟拉骨给你吃，现在家道不好，没办法做这个给你吃了。"师傅一听，赶紧爬到屋顶取下一个东西，后来这家又兴旺起来了。

我又追问母亲："那'有错也是下浒祠堂的错'呢？"

"你知道下浒在哪里吗？"母亲问，我摇摇头，母亲又跟我说起了这个霞浦的典故：

下浒镇在我们县的最南端，在长春的西边，临海，有数千米的沙滩，风景旖旎，古时候这里出过很多文人进士，朱熹也在这里讲过学。下浒镇有个很大的祠堂，祠堂里有戏台，戏台两边有一副对联，写着："金榜题名空富贵，洞房花烛假夫妻。"有一位乡民要结婚，就悄悄地把这副对联贴到自己家的门上，乡亲们看到后就非议和取笑他，他却说"有错也是下浒祠堂的错。"这话立刻又传扬开来，后来很多人就经常拿这句话来说笑，为自己开脱，自我调侃。

街上复归往日的宁静。

这个民风淳朴的地方，正在接受着考验，乡亲们一阵惊悚后，受惊的依然还会去求符收惊，问卦的依然还会去占卜求安，只是偷着罢了。

小玉是"红五类"子女，小丽是"黑五类"子女，但这并不影响我们小伙伴的友谊。

小玉用红毛线和铜钱做了一个毽子，我们三人在街上踢着，一道红光"呼"的飞上小玉家的屋顶，"哒"一声落在屋檐上，一缕红色垂了下来，我们三人抬着头无奈地看着，有个大人忙拿来一根竹竿，把毽子挑了下来，正好落在我的脚边，我捡起来细细地捋一捋那红色的羊毛线，绒绒的，红红的，好柔软，好漂亮。

电灯要被引进家门了，天色将暗，所有人都围坐在各自家中的餐桌旁，静静地等待，等待着千年以来冲破黑暗迎来光明的这一刹那，嘘，不要出声，不要出声，不要把电灯吓回去了，就在电灯亮起的瞬间，家家户户腾起一片。

灯光照耀着丰盛的晚餐：冻龙鱼、煎黄花、咸飘风、甜糍粑、六只千人劈、一碗淡菜汤、颇棱菜、皇帝豆……齐齐人沉浸在欢乐的喜庆中，咧开了嘴，笑弯了眼，欢乐在大家的心中弥漫，到处都荡漾着笑声，走过来，再走过去，角角落落都敞亮了起来。

桌上的洋油灯黯黯然静静地站立着，目睹这一刻历史的辉煌，渐渐淡去，一只粗糙的手拧灭了它，结束了它漫长的使命。

广播也来到家家户户了，像军号一样，广播每天准时响起，送来了新闻，送来了歌声，送来了千万里之外的新鲜事儿，人们心里真是高兴啊，一边忙家务，一边轻松听，不耽误吃饭，不耽误洗衣。日子比过去丰富了许多，苦难的心渐渐舒展开来。

我爱看小图书，常常沉迷在乾坤先生家中，他家有很多很多的小图书。乾坤先生家在上街，在我们去上学的路上，有前院有后院，后院里还有一口井，种了很多花。

乾坤先生五十多岁，中等个子，圆圆的脸和气安详，胖胖的身体像弥勒佛，但眼睛是瞎的。

那天我听到乾坤先生在弹琵琶，一首非常欢快跳跃的曲子，经他弹、拨、勾、奏，好听极了，每一个音符就像豆子一样嘣嘣嘣，像快乐的小朋友一样跳跳跳。我问乾坤先生这是什么曲子，他说是《蚕花曲》。

我很奇怪，乾坤先生怎么会弹这么好听的曲子呢？

他的眼睛是什么时候瞎的？怎么会瞎的？他看不见又怎么学会弹琴的呢？我不敢问，只觉得他弹的曲子特别的好听，好听到不敢吭声。

乾坤先生又弹了一曲叫《大浪淘沙》，轰轰烈烈的狂奏，一浪又一浪的推进，又缓缓地慢慢退去，于无声处狂风大作暴雨倾盆，演奏极其的激昂热烈。乾坤先生太厉害了，简直不可思议。

他的表情异常严肃认真，他的精神完全融入古曲的意境中，眼睛偶尔眨巴一下，虽然看不见。

街道剧团演古装戏时，我常常看到乾坤先生在后台弹三弦。

偶尔他也会弹新歌，有一次他还约我唱《丰收歌》："麦浪滚滚闪金光，棉田一片白茫茫……"

但其实这都不算什么，乾坤先生的主业是占卜。

乾坤先生永远在黑暗中，看不见太阳，看不见光明，什么都看不见，可是占卜这么玄，这么神秘的东西，却藏在先生的脑海中。

有人说，乾坤先生耳根灵，不闻而知，不见而明。

声名远扬的乾坤先生，尽管在这个时候气氛已经有点不太对了，但乡亲们还是常常大老远地，甚至从大海边，赶到他身边寻求人生指点，解疑释惑。

他在黑暗中，我们在光明里。

他行走需要有人搀扶，乡亲们的人生道路却要他“指引”。

纪念碑记

快乐自由，像小鸟一样飞翔。

一大早就听到阿邦哥的鸭群“嘎嘎嘎”地叫唤着，它们摇摆着肥肥的屁股，像一支大部队在急行军，汹涌地穿街而过，往田野去寻觅刨食去了。

我也背起了书包，欢快地唱着：“我们公社养了一群小鸭子，一只一只越长越大又肥又胖，小鸭子跟着我‘嘎嘎嘎’地叫。再见吧，小鸭子，我要上学了；再见吧，小鸭子，我要上学了。”

读书对我来说，是件快乐的事，我还特别的喜欢考试，一听说要考试就暗自激动，作业从没拿回家来做，寒暑假作业也是急急地在一两天就赶做完了，然后就是玩儿啊玩儿。

一年级时，老师姓叶，留着短发，温和慈爱。也许老师会偷懒，没上几天课，就让我当小老师，“一只乌鸦口渴了”我念一句，同学们跟着我念一句，老师很快乐，我们也很快乐。“哄”一声放学了，我们像放飞的小鸟，叽叽嘎嘎地跑在回家的路上。

巴望着“六一”儿童节快点到来，我们可以兴高采烈地穿上白衬衣蓝裤子去看电影看演出。

少先队员们还会扛着扫把，浩浩荡荡地去龙首山烈士墓扫墓。

我们戴着红领巾，站在烈士墓前宣誓。圆圆的墓旁，矗立着一尊烈士纪念碑，上面有父亲的名字。我总会默默地站在碑前凝视良久，想着父亲，想着父亲他是不是也看到了我？

纪念碑的底座很厚重，高不到一米，碑体上面是这样写的：

張寶祥　劉芳澤　陳桂光　蔡渭川
林　榆　陳阿幼　林　英　謝崇來
等八位同志　　千 古
爾等八位同志于一九
五八年九月四日爲搶救
國家資財不顧生命涉渡
洪流與暴風洪水作頑强
搏鬥不幸捐軀身爲民死
備極哀榮爲表烈蹟勒碑
留念藉以永垂不朽

霞浦縣商業局立
一九五八年十二月卅日

其实此碑背面另外还刻着一个故事，《众母堂碑记》。说的是清同治三年（1864），福宁知府程荣春看到霞浦溺婴严重，故在县城北门街创办了“众母堂”，也称育婴堂，收养孤儿和弃婴，靠募款购置田产店屋，收取租金作为常年经费的事。

在物资匮乏的年代，此碑被二次利用，一面是官办慈善，一面是民间英雄，也是难能可贵了。

我快乐地读书成长。

有一次老师让我们表演一个朗诵剧。在东关的十字街头，我穿着白衬衣蓝裤子，站在一条高高的凳子上，手上拿着朗诵词，下面是一个男同学演泰勒将军，尽管我们只是两个小孩子的演出，观众却是里三层外三层地围着。

男同学一瘸一拐地走了出来，头和手脚都包扎着纱布。他对观众怪声怪调地说："我是泰勒将军，来自美国，我奉肯尼迪总统命令来到越南战场，没想到一败涂地啊。唉（他摇摇头，轻声对着观众），悄悄跟你们说啊，根据我的经验，美国人最好不要在亚洲登陆。"

我拿着老师写的朗诵词，代表正义的声音，向着满身伤痕、忧郁懊悔地站在街中心的泰勒将军大喝一声："咳！你就是在朝鲜战场上失败的泰勒将军吧？不管麦克阿瑟还是你泰勒将军，你们的战争是侵略战争，是反人民的战争，你们必定陷入人民战争的汪洋大海。"

我对他用手指向地上："扑土吧，扑土，扑土。"

我不知道"扑土"是什么意思，在后来的学习中也没看到这个词，那是不是土话呢？也不是，从没听到周边的人有这样说过，但老师很满意，点头笑了，我也笑了。

很快就上小学五年级了，班里来了几个留级男生，看上去有点老油条，在班委选举时，他们把我中队长撸了，让我当小队长。小队长就小队长，我根本不关心这事。

有天早晨，我正开开心心地去上学，刚刚到教室门口，就看到漆着蓝漆有点发白的教室大门关着，门上贴着一张大字报。我抬头仔细地看着，越看越生气，它批判的是严老师，我们的数学老师，也是班主任。写他包庇漂亮的女孩，成绩好，衣服穿得漂亮，还会唱歌的女孩。这也能写大字报？我直觉这是在指向我。

霎时怒火中烧，我一把推门进去，却看到全班同学都整整齐齐地坐在教室里，鸦雀无声地看着我：这架势！是写我吗？真是写给我看的吗？

只见那几个留级的男同学，坐在教室的右后侧靠窗的桌子上对着我坏笑。

我心里想，我从未与人为敌啊？只是刚上小学一年级的时候，有个女同学A，告诉我女同学B欺负她。我立刻路见不平一声吼啊，豪气地对女同学A说：“我帮你打！”果然，在放学的路上，我对女同学B发起了攻击，两个女孩子在街上乱打一气，没有输赢。体验了一把打架的滋味后，少不更事的我顿感打架不是一件容易的事，也毫无快乐可言，自此，在成长过程中，我虽然还时有抱打不平的心血来潮，但再无攻击他人的冲动。

一会儿，一个女同学过来指着留级生悄悄对我说：“他们在问：你有没有‘狗嗽仔’（短促咳嗽，表示不满）。”

不打自招了，就是这几个留级生写的，他们这是写给我的一张大字报。

此时，席卷九州的大字报已经开始了。

风雷动

“中央人民广播电台，现在播送新闻。”广播里传来女播音员的声音：“苏联于1966年1月31日发射不载人宇宙飞船‘月球9号’，经过79小时的长途飞行，于2月3日在月球的风暴洋附近着陆，并向地球发回月球全景照片。它是世界上第一颗在月球上……”广播里传来女播音员的声音。

小丽匆匆地跑来，说：“哎，广播里说了，苏修到月球上面去了。”

“是啊，他们怎么能到那上面去呢？”小玉也是奇怪极了。

我疑疑惑惑：“他们到月亮上面去干什么？”

“都什么时候了，你们还不去上学？”月儿姐姐走过来说道。

我赶紧回答：“同学们都在写大字报，不上课了呀。”

红霞妹婶婶手上拿了张奖状笑眯眯地走过来，对母亲说：“阿母啊，红霞妹刚刚拿回来的，说是什么积极分子。你看看。”

母亲刚接住，就被我抢了过来：“我来念：奖给学《毛选》(《毛泽东选集》)积极分子红霞妹同志。3628部队司令部，一九六六年六月一日。”

“贴起来啊。”母亲笑眯眯地对红霞妹婶婶说。

“还奖励了一本《毛选》，我会识字就好了。”红霞妹婶婶喜笑颜开地拿着奖状回去了。

老古当上了东关街道的大队长，住在陈厝里。

这天，他正拿着一份报纸蹲在地上看着，不知不觉地就念出声来：“……文化革命，是要彻底破除几千年来一切剥削阶级所造成的毒害人民的旧思想、旧文化、旧风俗、旧习惯，在广大人民群众中，创造和形成崭新的无产阶级的新思想、新文化、新风俗、新习惯。这是人类历史上空前未有的移风易俗的伟大事业。对于封建阶级和资产阶级的一切遗产、风俗、习惯，都必须用无产阶级的世界观加以透彻的批判。”

艾艾正朝镜子里左看右看自己刚刚剪短的运动头，听她爸爸念到这里，好奇地问：“爸，你在念什么呀？”

老古站起来，大声惊叹：“这是精神原子弹啊！”

艾艾瞪起眼睛跑了过来，看着报头题目念道：“横扫一切牛鬼蛇神。”

自从跟随父亲从外地转学来此，现在艾艾是我们学校少先队的大队长。她兴奋地说：“爸，今天是‘六一’节，这么好的文章，我拿学校去给同学们读一读。”

“好啊。”老古摆出一副尊者的姿态：“你们要关心国家大事，拿去好好读读。”

大哥阿浩参军了，在东海舰队，家里就剩小哥阿潮和我。阿潮哥已经初三了，手臂上戴着“红卫兵”袖章，他现在是霞浦“八、二九”红卫兵310总部的一员，天天去霞浦一中闹革命，参加辩论会，回到家来眉飞色舞，讲得天花乱坠，我也听得如痴如醉。

后来阿潮哥又到处去串联，徒步去井冈山，去延安，去红军走过的地方。

把我羡慕得心都发慌了，不知道哪来的胆量，我们小学生也组织了队伍到教育局去要求串联，得到的回应是：“你们还小，不行。”

最终我们还是没有胆量走出去，聊以自慰的是参加了“红小兵”。

接着阿潮哥又去了北京，接受第八次毛主席对红卫兵的接见。

阿潮哥回来了，他带回了在北京天安门前的照片，手握一本红宝书，还带回了一枚小小圆圆的红色纪念章，时髦极了，大家都争着抢着看，爱不释手。

我心里一直觊觎着这枚小小的纪念章，直到小哥阿潮在之后一个春天里穿上了绿军装，这枚纪念章终于归我。

所有人都被一种力量牵引着，推动着，裹挟着，像火山喷发的岩流，滚滚向前，冲向一个并不明确的荒原。

烈火熊

十字街上，走了一茬又来一茬，昨日大字报今日撕下来，上午大字报下午盖上去，“大字报”生“小字报”，“小字报”生“橄榄报”。

红红火火大大小小歪歪斜斜的中国字，漫天飞舞，席卷飘扬，烫进了心窝，冻入了骨髓。

卷娄者不见了，再也没见到他沿街捡字纸了，也许他死了？

自从大饥荒缓过劲来，那广播里报纸上就一直闹得挺欢，齐齐人不光知道开门七件事，还知道了《清宫秘史》《海瑞罢官》《武训传》《燕山夜话》。

街络街望忙腾腾，无人问津下田园，脚痛摇摇，手痛好遢迌（玩儿），吃早饭歇长工，猫咪没暝（晚饭）狗没昼（午饭），玩儿吧，使劲儿地玩儿。

红小兵，站马路，手持红缨枪，真威风：“站住！”

我和小丽、小玉、阿海拦住正挑着一担牛皮菜过来的含眯絮阿叔，我们手举红宝书对他喊道：“含眯絮阿叔，把菜担子放下，背一条语录，放你过去。”

含眯絮阿叔一愣神，眯着眼睛看那红宝书：“什么？要买牛皮菜？”

小玉见含眯絮阿叔眼睛不好使，耳朵也不好使，便到他耳根大声重复了一遍。

这下含眯絮阿叔听清楚了：“哦，俚家不懂字耶，一架（个）字都不认得哦。”含眯絮阿叔虽说不认字，但对字是敬重的。他摇摇头挑着菜担子要过去。

我把红缨枪一横，说：“不行。这样吧，我们念一句，你跟一句，读完一段就让你过去。”

含眯絮阿叔被逼无奈，只好放下他的菜担子，嘴里依然嘀嘀咕咕：“俚家字不认，真真难为哦。”

他用土话一个字一个字地跟着念完那条大家都要背的语录，然后才被放行，背后立刻响起了我们的欢笑声，大家争着抢着讲含眯絮阿叔的故事：

“他把母鸡看成茶古（壶），正要抱过去，母鸡就飞了，嘻嘻嘻嘻。”

“他把蜻蜓看成钉子，油瓶刚挂上去，就掉下来了，呵呵呵呵。”

“他把鸡屎看成田螺，一吃，哎哟，田螺怎么坏了，哈哈哈哈。”

这些都是含眯絮阿叔的故事，齐齐人喜欢这么逗他，博得一阵阵的欢笑。

我们家灶台很大，两口大锅，一口中锅，一口小锅。灶台下面有三幅彩画：《丹凤朝阳》《鸳鸯戏水》和《喜鹊登梅》，不知什么时候被阿潮哥刷白，用红色油漆写上三条最知名的万岁标语和为人民服务，写得稚气，活泼可爱，有一股红卫兵的豪情，不知怎地，母亲竟然没有反对。

东关十字街上开始燃烧了。

阿潮把家里的陶瓷箸筒拿到十字街上去摔了，上面有崔莺莺和张生的故事。

月儿姐姐将她爹的黑檀手杖扔进熊熊大火里烧了。这手杖是

“松竹梅杖”，杖周身刻有苍松、梅花、绿竹，三只仙鹤展翅飞翔在松竹梅间，杖头是一个老寿星的雕像，长须飘然，雕像下方有一句古诗：“沉重其质，壮健其行。”看着怪可惜的。

阿沙捧着一个“龙纹青花碗”站在十字街头，犹豫着要不要摔，他喜欢这个碗，这是曲礼盛“塔鸟拉骨”给阿沙娘吃的那个碗，他把碗留在了家里，后来阿沙一直在用。阿沙问大家：“龙是什么？”

大家哄的笑起来，有人大声说：“是牛鬼蛇神的‘蛇’。”

古大队长看了看碗上张嘴腾飞的青龙，用手摸了摸碗边缘一圈的青云图案，坚定地说：“世界上哪有龙啊？”他瞪大眼睛：“这是‘四旧’，摔！”

阿沙努努嘴，“嘭”一声将青龙碗摔得粉碎，心里那个痛快啊：砸碎了旧世界！

阿沙转头问阿潮：“你阿妮枕边有一本黑面的书，我阿妮说那是《圣经》，也得烧。”

“好，走。”阿潮领着阿沙到家里，没找到《圣经》，却看到母亲在灶前看《毛选》，灶膛里的火光映红了她的脸。

母亲床上除了叠得整整齐齐的牡丹花被子和一个褪了色的咖啡色皮枕头外，什么也没有。

他们只好挠挠头皮转身往楼上去，哼，翻箱倒柜也要把那些“四旧”的东西找出来，砸了！烧咯！

他们在楼上的角落里，看到了那个年代久远的长方形楠木箱。

打开一看，里面满满的尽是古书：孔子、孟子、墨子、荀子、老子、庄子、列子、韩非子、告子、杨子、惠子、慎子、晏子、管子、鬼谷子、淮南子、商鞅、孙膑、吕不韦……里面飘出了一股霉味。

“这里还有一本。”阿沙从箱子边捡到一本满是灰尘的书稿，拍拍念道：“《通玄子》，又是子。”他嘟哝着，随手将书稿扔进楠木箱。

其实这箱子里面还有一本毛笔字的草体字帖，里面有个“慰”

字是一笔写成的，我非常惊讶，老师都说这个字笔画多很难写，我便不假思索地练起来。

我问母亲楠木箱里的书是谁的？母亲说是爷爷留在家里的。我没见过爷爷。我们衣橱玻璃破损处里面贴了一张草体的“虎”字，母亲说也是爷爷写的，天天换衣服都能看见。母亲还对我说，爷爷是个教书先生，学生到家来，都要跪拜。

阿潮和阿沙躲过母亲，把箱子扛到十字街头，烧！书一本一本地被扔进了熊熊烈焰中。

卷娄者在人群里蹲着，脸上有泪痕，他还活着。

群众甲带头喊着：“打倒牛鬼蛇神！”

众人也跟着呼喊：“打倒！打倒！打倒！”

群众乙大声地煽动：“把建善寺那些石碑也砸咯！”

群众丙跟着推波助澜：“算命先生半路死，乘龙先生没处埋。”

群众丁则帮腔壮胆：“对，心肝煞煞，靡惊菩萨。”

有人低低颤抖着说：“出佛身血啊。”

古大队长眼睛一转，对众人做了一个手势：“不可以，建善寺有驻军。”

龙首山

志载：县之镇山，高峻盘郁，围峙城北，若负扆然。

我们在家门口打符箓，嘴里还跟着广播哼京剧，忽然，阿海大叫一声："革命！"把符箓一把狠狠地摔下来。

"没分？"刚刚坐庄的小玉疑惑地看着阿海摔下来的牌面，数了数十二张，明摆着没有一分。

阿海得意地站了起来："无产阶级啊！造反有理！你下台来我上台，哈哈。"

小玉嘴巴一噘，不舍地大叹一声："嗐，我这牌多好啊，你看，正副司令，还有这么多主牌，被你给革命了。"小玉一边炫耀着手上的牌，一边不情愿地放下。

"什么时候了，你们还在这里打符箓，谈机啪牙（谈天说地）。"月儿姐姐戴着红袖章出现在我们面前。

阿海得意扬扬地对月儿姐姐说："我们'打跃进'争上游啊。我'革命'啦！"

我生气地站了起来，对着阿海做手印："临、兵、斗、者……"

阿海也站起来，对着我做手印："皆、阵、列、在、前！哼哼，我'革命'成功啦，你不要不高兴。"

小丽和阿海一边，她也咧着嘴笑。

“没事干，我们还不如去爬龙首山？”月儿姐姐提议。

“好啊。”小玉第一个赞同，反正下台了，不打了。

盘：“后门岭头毛毛啼？”

答：“蝉啼呢。”

盘：“蝉子没嘴怎么啼？”

答：“靠膜呢。”

盘：“竹子全芯都是膜怎么不会啼？”

答：“全芯包着呢。”

盘：“大鼓包着怎么会啼？”

答：“是木棍打的。”

我们边盘边答向龙首山走去，路遇阿邦哥骑三轮车进城，便都跳上了他的车。

“你们去哪儿啊？”阿邦哥问。

“龙首山。”我们回答。

“龙首山又高又大，你们先去哪儿呢？”

我们面面相觑，还没想清楚。

阿邦哥说：“龙首山，是福宁州府的官山，也叫五叶莲花山，山势分五脉而下，中一脉为龙首山，上有石涧堂；最东一脉为金字山，顶有金山寨；东次一脉为虎尾岗；最西一脉为塔岗，上有虎镇塔、荫峰阁；西次一脉为莲花峰，峰顶有圣水寺。”

“峰顶上还有寺？”

“是啊。”阿邦哥说：“圣水寺本来叫圣水庵，它的水治好了康熙皇帝母亲的眼疾，所以皇帝敕封圣水寺名。”

难怪有人赞：一泓圣水从天降，九叶莲花着地生。

阿邦哥讲得津津有味，滔滔不绝：“在龙首山之巅，平夷千丈，有黄巢坪，当年黄巢造反由瓯入闽取道长溪时，就屯兵在山上。”

黄巢造反也到过我们这里？真让人着迷。

“阿邦哥，龙首山上为什么只有松树呢？”

“那是龙首松。”阿邦哥说：“明代知州刘象，见龙首山到处是赤土，主火，不利于州城，就令人民在山上种下四万多株松树。乾隆年间官方还发文保护，严禁任何人带走一根松毛呢，所以我们的城叫松城啊。”

阿邦哥最后还是叮咛道：“山上有看不完的名胜古迹碑林，我建议你们先去塔岗。”

我们就从烈士墓那条路走起，在莲花峰和龙首山脉之间向上而去。

走不远就看到建福寺，里面没有人，空空的。

它上面更高处是圣人宫，过去是供奉孔圣人的，大考的时候，这里烟火缭绕，朝拜者很多，现在里面也是空空的，没有孔圣人了。

在建福寺和圣人宫之间，有座很大的风字形墓，上面写着：太学生鹤轩墓。这个位置就像是龙首山的肚脐。几十年后我才知道，这座墓的主人是我的曾祖父，是我爷爷为他父亲选的址造的墓。

我们行至半山，在淡淡的半云半雾间，看到龙首山间的石涧堂，也称龙首寺（庵），透着些许神秘。石涧堂是祀玄天帝的，以制南方火星。那里有“一壶天”、草亭“浩荡乾坤”、桃下弈棋处、七星井、云窝，风景绝佳幽致，古代宦官骚客也常到那儿远眺，诗词绕壁，美不胜载。

朱熹在庆元年间，在龙首庵前的迎熏亭题写：“白云深处。”朱熹被朝廷贬谪那会儿，很多人唯恐避之不及，唯有朱熹的门生林湜不避讳，在朱熹被贬谪的第二年头，特地邀请老师到霞浦讲学。朱熹的足迹，几乎遍及所有寺庙和书院。每到一处，他无不传道讲学。霞浦的赤岸，龙首山的芙蓉台，南乡五路亭、武曲、法华寺，均留下大师飘逸的身影和温热的足迹。

明副使范永銮登石涧龙首庵，留诗一首：

晓起谈兵罢，闲登石涧堂。
坐怜征戍苦，不觉老僧忙。
梅雨和云细，松花傍榻香。
羽书天竺至，烽火静边疆。

福宁同知赵鹤山曾作《芙蓉台歌》：

台高望廖廖，秋风凄以哀。
荆棘浥华露，兰桂生尘埃。
出水只为媚，凝阴向谁开。
物情因应尔，世事良悲哉。

明参政徐即登也留诗一首，《登太平台》：

层台百尺倚城隈，万壑风涛入座来。
海上鲸鲵长不起，村中桑柘尽堪栽。
楼船莫下将军令，保障还须岳牧才。
何物最宜供眺望？江山如画太平开。

清翰林俞越来福宁省亲也写下《望海楼》：

龙首岩岩气势雄，危楼高踞梵王宫，
檐前海水平如席，槛到山城曲似弓。
刚好重三逢禊日，不辞一再醉春风。

太多太多的名胜了，只能留待后看。今天我们要往西走，去塔岗。

歇脚回望，我们惊呆了，果然是“海上晴涛奔万马，天中积翠走群龙。”近听涧水，远瞰海潮，积翠浮空，凉荫幂地，极一方之胜概呀！看脚下美丽松城，前方南峰、马鞍、葛洪山环拱，远方是海天无际的南太平洋，真让人眼界大开啊！

月儿姐姐禁不住讲起了一个故事：在很久很久以前，龙首山麓有一位后生名叫罗带，上京考试中了状元，皇上见他才貌双全，要招他为驸马，可是他不愿意留住京都，终日怀念家乡美景，公主无奈，就邀他同游御花园，东边看花，西边观鱼，罗带还是愁眉不展。公主就问：“皇家花园繁华景色，难道不及你的家乡？”罗带毫不犹豫地说：“此间花圃鱼池纵是美好，我家龙首山下却有千里花圃，万里鱼池。”公主听了非常感动，就让他回家了。

“这里确曾有过一个书生，名叫卢清，就在莲花峰下，自号‘莲麓’，潇洒不俗。”一个扒松毛的老伯在我们身后擦着汗说。

他说卢清在“梅花书屋”还留下了一首诗：

朔风凛冽读书台，
半亩梅花带雪开。
高卧不妨扉昼掩，
冲寒谁上野桥来。

卢清琴棋书画无所不通，最著名的是画，山水得米家精髓，名震京都。纪晓岚编撰《四库全书》时，他是佐校勘，纪昀还为卢清的《莲麓画册》题诗：

霞浦山水吾曾游，

千岩万壑清而幽，
一重一掩皆画本，
匆匆深恨无诗留。

我们不舍地转过身，乘着松风涛声，向山顶努力地攀登。

龙首山巅古松参天，迎风猎猎，古干盘错，龙鳞历历，虬髯横斜，风尖而卓，峭拔如龙矫首，虎镇塔立在其上！

《龙首凌云》诗赞：

不向沧溟吐雾烟，
昂然直上九霄天。
风吹鳞甲云千片，
散作涛声到耳边。

台风与火烧厝

1966 年 9 月 3 日，曝头起（海面起风），跑云马（跑云朵），沉雷打（打雷），雷暴到（雷雨交加），14 号强台风在霞浦登陆，风速 52 米 / 秒，海啸顶托，狂风巨浪，凶猛之势，天倾地覆。

自古以来，这里的人与台风相处如家常便饭，人们称台风叫风台，无论风台如何嚣张肆虐，无论怎样心惊肉跳地听着破砖碎瓦在天空中乒呤乓啷响成一片，人们从未曾离开过自己的老屋。今天不同，那风神雨神地神雷神好像统统都出来了，统统都震怒了，老屋变得不堪一击，人们惊惶地离开老屋，男男女女扶老携幼全部涌向下街东安里军营躲避。

我撑着一把黑布伞，沿着街道屋檐，向下街顶风而行。没走几步，大风又从我背后呼啸而来，雨伞被吹翻了，拖着我向前狂跑，这实在太可怕了，我支持不住了，只好放弃手中的雨伞，任凭它被吹得无影无踪。

不知为什么，我心里却有一丝丝的兴奋与激动，突然有些喜欢台风，喜欢它的激烈、凶猛、撕天裂地的疯狂！这样说，似乎我也疯狂了。

我冒着疾风暴雨，向军营跑去。

军营里已经站满了躲避的人群，战士们把热腾腾的饭菜让给群众吃，把雨衣披在老人和小孩的身上，把营房腾出来给大家遮风挡雨。

这里能躲避风雨，还是得益于石头军营和营房西北侧的狮岗，狮岗已经游离于龙首山之外了。古时候狮岗上设有炮台，与松山狮头山炮台形成南北对峙。中法战争期间，法人扰马江，沿海戒严，福宁岌岌不安，福宁总兵楚军宿将侯名贵募集旧楚军五百人，在狮头山建营房炮台，控扼松山海口，以震慑人心，居民有所恃而无恐。侯名贵立碑："巍巍狮山，王师雄踞，岛夷胆寒，福宁永固。"这块碑我在建善寺见过。

这次毁灭性的台风海啸，给我们造成了巨大的灾难，沿海四十七个村被海啸摧毁，松山四百二十八座民房五分钟被七米高巨浪夷为平地，县城三万亩良田变成一片汪洋，后港一艘载重五十多吨的机动船被海潮推进县城南门外水田里，全县被毁坏房屋六千三百六十二座、渔船三千九百三十三只、农作物九点五万亩，死亡一百二十七人、重伤一百九十四人、轻伤五百九十三人，直接经济损失四千余万元……

台风过后，野马场中央，碎砖破瓦垒山起膳（堆积如山），堆起了一座高高的"瓦砾山"！

真是祸不单行。

丁零，邮递员骑着自行车在门口停住。我以为是阿浩哥从部队来信了，哥的信总是让我非常期待，他会寄来有舰艇的纪念章。

这是个新邮递员，他手上拿着封信东张西望自言自语："这封信很奇怪，只写塔旺街，没有门牌号。"

"寄给谁的？"我问。

"曲礼。"邮递员回答。

我接过来一看，果然信封上写着曲礼亲收，落款台湾，上面还贴着一张“嫦娥奔月”的邮票，摸摸很薄，对着光看看，里面没有信，这信竟是空的。

我对邮递员淡淡地说：“曲礼已经死了。”

夜里，突然一阵急迫的敲锣声在街上响起来，有人在大喊：“火烧厝啦！火烧厝啦！”

我从梦中被惊醒，吓得小心脏咚咚咚咚乱跳，大家都惊慌失措地跑到野马场的“瓦砾山”上往下街看，只见火光冲天，映红了夜空！

“那是哪儿，那是哪儿啊？”有人急切地问。

“十字街！十字街！”

啊，可怜的连成一片的双层老木屋啊！

忽然火起，四面一时，其炎俱炽。栋梁、椽柱、爆声震裂，摧折、堕落，墙壁崩倒……熊熊烈火不可遏制地燃烧起来。

如此冲天大火，从未有过，大有蔓延整条街之势！

人们惊恐万状！

“烟红冲碧汉，酷似咸阳炬！”卷娄者悲哀地喃咕着。

阿沧跑来报告：“东安里部队去救火了。”

阿潮也气喘吁吁地跑来：“城里部队赶来了。”

“下街木屋下面有水道。”有人不无担心地说。

阿沙也急匆匆地赶来：“听说一个战士救火掉水道下面去了。”

事发不久，肇事者被揪，是一位水产公司的年轻员工，夜里值班不慎睡着，蜡烛倒地燃起，引发巨大火灾，居民损失惨重，令东关的人民群众义愤填膺，当他被五花大绑地揪上一辆大货车游街时，所到之处都被愤怒的人群围住扔石块吐唾沫，骂声连天！

中秋月夜

李大琛《秋夜拽石歌》唱：“秋夜月，白如玉，天街游，路屈曲。忽闻迎路声铿轰，何处飞来石碌碌？大石蹒跚横巨鳌，六丈麻绳巧约束，蜂屯蚁聚为爪牙，中有健儿黑而秃，立于石之间，睅其目，坦其腹，昂其首，侧其足，前推后挽，如轮蹄之辏辐。一声吆喝千雷鸣，蓦地移山走王屋，又疑广陵生夜涛，万阵狂飙卷怒洑。摩肩鼓掌争权奇，有时欹斜断复续，纵横十里挑烟云，小石见之帖而伏。是时观者如堵墙，满城杂沓相驰逐。小桥深巷中，月明绮罗族，入耳何磅硠，惊猜屡回瞩。闹断五更人未稀，谯鼓催人一何速。等闲将石弃路旁，吁喘辕驹气局促。噫嘻乎！衔石者冤，鞭石者酷，叱石者名山，枕石者空谷。今之戏石始何人？乃别成秋夜之遗俗。”

自戚继光抗倭大摆“空城计”，中秋夜遗俗已四百多年。

可现在曳石没有了，糖塔没有了，台阁铁技、舞龙狮、十番伬都没有了，孩子们盼望了一整年啊，热闹的中秋夜再也没有回来。不让过节了，这节日和“四旧”挂上钩了。

月亮依然高高地挂在蓝色的天穹，圆圆的，亮亮的，静静的，没有一片云彩。

母亲打开北墙后门，走进野马场。

在野马场的中央，台风海啸后碎砖碎瓦堆起的“瓦砾山”上，母亲摆了一张小桌，桌上有糖果、月饼和老抛（柚子）。

母亲把月饼切成对半对半又对半，杀了老抛，掰出一瓣一瓣的果肉，我们沐浴在月光下，遥望着皎洁的月轮，吃着月饼，吃着老抛。

阿潮哥突然问我：“你知道皇帝的月饼有多大吗？”

我怎么知道呢？

阿潮哥说：“我去北京时听说的，末代皇帝溥仪赏给总管内务大臣绍英的一个月饼，径二尺，重二十斤。怎么样？大不大？”

“大，好大，有我们的二十倍大。”皇帝嘛，都不是我们能想象的。

我咬了一口老抛，扭头问阿潮哥：“那中秋节我们为什么要吃老抛呢？这也有故事吗？”

“当然有故事，想听吗？”阿潮哥好像很懂的样子。

他学着说书人的模样，有板有眼地说了起来：

话说康熙初年，辽东人吴万福因战功卓著，被派任福宁总兵，他拥有水陆官兵七营半人马，相貌非凡，威风凛凛。

时值靖南王耿精忠在福州举兵反清，消息传到福宁，士兵们乘机起而响应。就在某月的初一，有一个叫增养性的士兵，趁吴万福要到西门外校场观看士兵操练的机会，带上了长矛，埋伏在西门城墙边，当吴万福骑马出城时，他立即冲了上去，举起长矛猛刺，正中吴万福的胸部，吴万福立刻跌下马来，死了。

“啊，死啦？”我打了个冷战。

阿潮哥继续说：

康熙皇帝知道后大怒，派黄大来继任福宁总兵，密诏尽杀七营半士兵。

要杀七营半的士兵，可不是一件容易的事，万一漏出消息，酿成兵变，则一拳难抵众手，反而有麻烦。黄大来心生一计，他规定每隔三天，集合士兵到镇台衙门点名一次，每点一名，都从前门进去，后门出来，并且赏给士兵七枚铜钱，让他们买面条做点心。

这样一来二去搞了两个半月，士兵们都习以为常了，以为黄大来比吴万福好，能照顾士兵，所以大家点名就更准时了。

黄大来知道士兵们已经毫无疑心，屠杀的时机成熟，便决定下手。

那天早上，府衙前门点名，后门布满了刽子手，进去一个杀一个，前门进去，后门就人头落地，直杀了两百多人后，血从沟里流了出来，这才被人发现。

当时有个林姓镇署掾，感觉不对，快快撕下几十页点名册吞到肚里，救了很多人的性命。

那些被杀的都是福宁的子弟，老百姓知道了，愤怒了，在八月十五中秋夜，用“抛抛抛，秋秋秋，杀佬抛”做暗号，半夜里集合起来冲进旗下街，把住在那里的旗人全部杀掉。

阿潮哥说：“这就是中秋夜杀老抛的由来。”

讲完，他塞了一片柚子肉到嘴里。

我听得入神，一阵哆嗦：“这是真的吗？”

“当然，你以为我在给你讲神话吗？县志里有记载哦。”阿潮哥说。

我听得汗毛直竖，一直以为中秋节载歌载舞，哪里会想到这么恐怖。

月亮停在天空，默默不语，这一切她曾经都看见过。

银色的月光洒在大地上，林家后院那棵柚子树上，已经挂满了一个个淡绿淡黄的老抛。

阿潮哥吃完月饼、老抛，又说：“知道后来怎样吗？”

他自问自答：“中秋夜的事，黄大来因为找不到‘凶手’，又惧怕福宁人骁勇，听风水先生说，在龙首山塔岗上建‘虎镇塔’，就可以镇压住，他就建了，还在塔身上写下：清康熙总兵黄大来建。”

有空去塔岗看看。

吴万福的雕像在建善寺后左隅，也可以去看看。

阿潮哥这样交代着。

煮　豆

社仓墙上又换了大幅标语：抓革命 促生产！

阿潮哥参军后，给我留下了纪念章、红袖章、油印传单，还有很多书，《西游记》《封神榜》《水浒传》《说岳全传》和《欧阳海之歌》，除了满满一抽屉沙包纸袋外，我照单全收，心满意足地锁上了阿潮哥的抽屉。

阿海、小丽、小玉和我四个人又在门口打符箓。

亚妹婶婶从对面家里走过来，她向母亲借油票，低声抱怨着："一人一个月才三两油票，四两猪肉票，怎么够吃呢。唉，鸭母吃头前去，伲家当家当到懵懂当去，第二每个月就那点工资，要养这么多张口，计划来计划去都是不够吃，傀儡仔们又靡懂事，天光吃饭靡懂暝晡（晚上）暗，都是嘴阔阔要吃的。还有布票，一人一年就四尺半，只够打补丁用，傀儡仔们过年都没有新衣裳穿，阿哥穿了给阿弟穿，阿弟穿了给细弟穿，鞋也没有，一个一个脚上都长冻子（冻疮）了，嗐，输缴怨壁（怨天尤人），没法讲起。"她诉说了一通，长长地叹了口气。

"叹石叹，黄金变火炭。"母亲一边安慰她，一边到里屋抽屉粮本里拿出几两油票，又从吊篮里拿了几粒晒干的橘子皮，递给亚妹婶婶："这几粒晒干的橘子皮拿去，晚上睡觉前，煮水给傀儡仔们泡脚，可以去冻子。”

亚妹婶婶刚走，阿邦哥买菜路过也拐了进来，他还是坐在灶前的老位置上，母亲递给他一杯热茶，说：“现在很罕见白毛尖（明前茶）了，这是我弟弟定铭从柘荣带来的白茶婆（粗茶），将就着喝吧。”

阿邦哥捧着茶杯闻了闻，诗从口出：“朝采茶，采茶山之阿；暮采茶，采茶山之麓。佳人窈窕结队行，撷秀只认旗枪绿。龙团鸡舌品不同，七碗通灵惠泉馥。”阿邦哥真不愧是爷爷的学生，以前他读书一定读得好，张口就来。

母亲微笑着点点头，表扬他：“念得好。”

阿邦哥顿了顿，见我们在门口玩耍，神色一转道：“这一会儿停课闹革命，一会儿复课闹革命，现在又节约闹革命，这个革命到底是什么意思呢？记得过去柘洋夫子（我爷爷）对我们说过：天地革而四时成，汤武革命，顺乎天应乎人。革命已经成功，今天这又是革谁的命呢？”

只听母亲说道：“惊国家变颜色。”看来母亲对修正主义有了新的理解。

“革来革去，总得吃？”阿邦哥摇着头：“我们老百姓是看迷糊去，嘴晓得说，饭懵懂吃，去年讲夏粮丰收增长一成，今年就市场供应紧张，肉蛋糖都成了稀缺物品，你看这粮票、布票、油票、肉票、糖票、蛋票、肥皂票、烟票，开门七件事，柴米油盐酱醋茶，哪个都要票。”

母亲眉头深锁，她看了一眼放在楼梯上的红宝书，眼神显然有些迷茫：“讲是乱了敌人，锻炼了群众，大乱才能大治，伲家人只能凭风驶船了。”

稍寂，阿邦哥还是面露忧色：“都去干革命，田也没人种了，民不耕则逸，田不水则石啊。”

阿邦哥到家里来坐，跟母亲总有聊不完的话。

福宁府前

距今四千多年，霞浦这块土地上就有人类存在。

三国时期霞浦属于吴国统治，西晋时设立温麻县，是福建最早的八个县份之一，她在历史的长河中艰难奋进，随战略地位的提升，擢升为福宁州和福宁府。

霞浦更经历过地震、海啸、饥荒、瘟疫、海盗、倭寇，地狱般的历练，在历史的天空上，留下了无数英雄豪杰的故事，留下了众多名胜古迹的佳境。脚下的每一寸土地，都埋藏着先人的足迹，所有这一切，都凝练在文字的记载中，都印刻在广阔的山川大地上。

福宁府衙门前，石狮蹲立两旁，双目圆瞪，前肢发达，十分威武雄壮，老百姓到这里都不禁心生敬畏。

现在衙门里面是守备七师师部和县革委会。

衙门照墙前有两棵几百年前的大榕树，巨大的冠盖下，是人们赤日炎炎消暑的好去处，这里叫府头街，也叫府头门。

府头街上人山人海，古榕树下水泄不通，火燃起来了，到处是红袖章挥舞着，他们高声呼喊着宣判着“四旧”的命运：

烧！

王伯大《四留堂》：“留不尽之巧还与造化，留不尽之财还与百姓，留不尽之禄还与朝廷，留不尽之福还与子孙。”

薛令之《草堂吟》：“君不见苏秦与韩信，独步谁知是英俊？一朝得遇圣明君，腰间各佩黄金印。”

林嵩《太姥山记》、谢翱《晞发集》、林湜（会造战舰）《盘隐集》、林珣《砭名论》、林遂《石壁集》、黄乾行《玉岩稿》、林爱民《哨云篇》、游朴《浙江讞书藏》、刘中藻《梅溪》、游光绎《论用人》、姚大椿《敬信录》、张彦僔《埙篪集》、林维屏《观物论》《洪范论》《三颂论》《易、诗、书、春秋论》、蒋悌生《五经蠡测》、陈尧与《易说养正》、郑承祉《华阳诗集》、朱孔时《萃珍集》、胡必相《周礼贯珠》、陈德先《居易澄源集》、张大甄《治河策》、张彦俦《四书瞭掌集》、张镜《一斋遗余集》、郑钟潮《常炯炯斋性理书》、王维《唱和诗集》、黄錧《金帚集》、郑宪《长溪志》《老农传》《渔父问答》、叶森《梅花百咏》、丁炷《长溪土产录》、游龙《道德经注解》、卢清《莲麓画册诗抄》、方镇《五经旋相为宫法》、黄钟泽《盍孟晋齐遗稿》、张光孝《兰陔诗集》、盛时《洗月丈人集》、张彦传《衰白集》、游德《隆中半榻稿》、王庚《秦州四咏》、李中美《诗书玉篇直音》、黄若金《评话本》、陶思渠《十二经方议秘要》、林开燧《活人录》、曾淦《淡渊墨本》、吴可泮《星象地理》、陈蓬《地理志》《阴阳书》《星图》、林駉《源流至论》、无名氏《遁甲奇书》……

这些都是千年来霞浦的精英文人留下的经典。

再烧！！

《三礼义疏》《四经传说》《宏简录》《册结式》《圣谕广训》《说文义证》《十三经》《十七史》《广韵》《集韵》《经解》《近思录集解》《在官法戒录》《豫章学约》《学政全书》……

这些是旧府署的藏书。

还再烧！！！

葛洪《抱朴子》内外篇和《神仙传》陆游《支提山》欧阳修《太康主簿蔡君山墓志铭》朱熹《答林正甫湜书》吕祖谦《送进士林钦夫

归长溪》魏了翁《送进士林元孙归隐石洞》叶适《长溪学记》文天祥《长溪道中和张自山韵》宋濂《宋处士谢翱传》王源《过赤岸王右军废祠》揭重熙《鹳玉斋全集》蔡新题赠《莲麓画册》张问陶《送游彤卣光绎前辈归霞浦》……

这些都是历朝历代与霞浦有着不解之缘的重要人物留下的著作诗词和不了情。

一女红卫兵拿着郑君老的《哭妹贞娘节烈》，站在火堆边轻轻地念了起来：

“哀哉吾妹兮，生不逢时！痛哉吾妹兮，死此离乱！

灰尘涨空兮，铁骑南驰。旌旗蔽野兮，日色无辉。凶徒蜂起兮，浊乱民彝。恣行劫掠兮，四野伤悲。我妹遇兹兮尚在闺闱，若逃患难兮计无可为，恐被侮辱兮决死无疑，一刀自刎兮澌血淋漓，死仆于床兮不变容仪，刀不落地兮手尚坚持，英烈如生兮人谁敢欺！嗟我独生兮于世何裨，汝危莫援兮恨无穷期。悠悠我思兮泣涕涟如，人皆有死兮特出异宜。哀哉痛哉兮噫嘻！独存汝名兮万古无遗。”

郑君老是霞浦大京人，十七岁举进士，元军铁蹄下，他的妹妹一刀自刎，英烈如生。那女红卫兵的声音越念越小，竟悄悄地把诗藏了起来。

一队男女红卫兵扛着举着拎着抱着几万元的描龙绣凤戏衣，琳琅满目的道具布景，向火堆走来：“牛鬼蛇神，封资修，大毒草，烧！烧！烧！”在他们的呐喊声中，火堆又蹿起了一片飞红……

砸！

城隍、五帝、文昌、海神、火神、天后、顺懿……

红卫兵从城北扛来七圣宫钟，此物上“赫声濯灵”，下“乾坤炉冶，岳渎孕精。子唱母和，风旋气萦。安民阜物，毓秀钟英。晨昏吟咏，声闻帝京。”岁次庚寅孟秋造。

红卫兵从城南搬来紫铜汉鼎，圆形，三足两耳，高四寸八分，径一尺一寸八分，重二斤二两。外旁遍有铭记，多古篆，模糊不可辨。

红卫兵从城西捧来一端方砚，长七寸，广五寸，砚池边隅镌“留耕”二字，镌行书“他山半亩佃秋烟，琢得方形井地连。自笑不曾持一砚，留将片石当公田。”底部镌真书“但存方寸地，留与子孙耕”；草书“笔锄墨稼慎勿荒”；隶书“留取商周制”；篆书“礼耕义耨”。

红卫兵还在旧府署后圃围着两个大铁锚：“这东西咋办？”只听有人大喊：“李超人夺贼船斩获也，砸不得，烧不得。”这个李超人是清武进士，海上斩贼寇，英勇善战，此为铁证。

废！

风云雷雨山川坛、社稷坛、先农坛、郡厉无祀坛、奶娘宫、塔岗寺……

藐！

许大夫庙、节孝忠勇祠、朱公祠、七贤祠、德怀祠、陆公祠、罗公祠、姚公祠、颜公祠、名师祠……

龙虎相争，虾鳖作灾，是非不辨，昏天黑地。

复　课

官井洋金鳞黄花鱼，是我最爱吃的鱼，我常和阿潮哥争抢黄花鱼的眼睛和鱼子。

官井洋在霞浦的南面，四面高山，洋在其中，面积有一百多平方公里，最深处达七十七米，水体温暖，盐度略低于大洋，每年春夏之交，黄楝花开的时候，鱼群就会洄游到这里产卵，所以叫黄花鱼，也叫金鳞黄花鱼，它还会发出“咯咯”的求偶声，响声如雷，绵延数里，所以也叫它黄瓜鱼。全身鱼鳞金灿，灿得可爱。渔汛季节，百舸争流，飞桨浪舞，瓜声、橹声、人声，奔腾澎湃，海都被震动了，捕捞过程极其罕见，蔚为壮观。但谁又能想到，有一天金鳞黄花鱼会因此销声匿迹呢？

官井洋这一带仙气缥缈，亦真亦幻，很有趣，很神奇，一座“霞浦山”立在风口浪尖，相传有普陀仙居此，其后的小葛洪山巅有个梨花洞，传有洞主，深不可测，可直通官井洋，当地人说从洞里投入扁担，会从官井洋漂出来。这梨花洞的北边有个黑云洞，洞内有神，叫柳将军，故事也相当离奇，还有大葛洪山上葛洪炼丹著述仙风道骨自不必说了，闹不清还以为到了西游记呢。话说回来，每每船民们经过北茭和东冲口的惊涛骇浪，驰入官井洋，看到霞浦山时，像历尽甘苦的游子看见母亲一样，会亲切地大声呼喊："霞浦尖到啦！"像一股暖流涌入心田。清雍正十二年（1734 年），福宁州升府附设霞浦县时，县名即来自霞浦山。

今天，母亲又买了一条黄花鱼，一斤两毛三分钱。

母亲做饭总爱坐在灶火明亮处边做边看书，又专注认真，这不，红霞妹婶婶刚走到母亲身边，就闻到焦味："噢，阿母，鱼烧焦了，快快。"她连忙拿起锅铲铲起来。

母亲也立刻站了起来："哦哦，焦了，焦了。"接过红霞妹婶婶手中的铲子翻着锅里的鱼，嘴里还哼哼："这烹小鱼如治大国啊，要小心又小心。"

1968 年秋，霞浦第一中学复课了，一年级收了十二个班，1966 年、1967 年、1968 年三届小学毕业生，同升初中一年级，史无前例。

十二个教室门一打开，像孙悟空吹猴毛一样，蹦出无数的小孙猴子，我也在其中。

小丽、小玉、阿海都没有再上学了。小玉进了建善寺街道办的绣花厂。阿海接替父亲搬运站的工作，成了第二代工人阶级。

小丽因为地主成分，遭受歧视，不准上学，不准进绣花厂，她失去了同龄孩子上学工作的平等机会，甚至不能把自己嫁出去，一颗活泼泼的心被委屈痛苦纠结挤占。可谁敢安慰同情和可怜她呢？

我去学校报名时，遇到了阿潮哥的数学老师，他知道我是阿潮的妹妹，就说："你哥是天才呀，肚子痛，捂着肚子考数学还考了一百分。"我不以为然地"嗯嗯"两声。

学生们都回到学校了，一颗颗狂野的心依然难以平静。读书，没什么可读的，不读书，也没什么关系呀，让我们兴奋的是可以戴上红袖章了，可以四处招摇了。

一天，一帮男同学押着一个人到教室里来，那人是我们一中的校长。

他被押到讲台处，只听一个男同学说：“他是执行资产阶级教育黑线的黑干将，走白专道路的反动权威，他专门培养尖子生，是走资派，我们一定要把他批倒批臭批垮，叫他永世不得翻身。”

还没讲完，就看到男同学们一波波地争先恐后地挤上去，对已经头上流血的校长拳打脚踢，口里喊着：“打啊！打啊！打啊！”他们施展着从未施展过的拳脚，斗啊！斗啊！斗校长！

那校长四十岁上下，满脸是血，头顶有点儿秃，一张圆圆的脸眉头紧锁，眼睛下垂。任同学们怎么打，他始终没哼一声。其实很多人都不知道校长叫什么名字。

一会儿那个男同学又大声嚷道：“好了，其他班还要斗呢。”校长又被他拎到其他班去斗，十二个班都要斗一遍。

我坐在最后一排，和所有同学一样，惊慌地站在那里看着眼前发生的一切，校长温顺佝偻的样子，看来不是第一次被斗。

这情景，看着真不是滋味，让人不知如何是好。是该怜悯？是不知所谓？还是看热闹？或者也冲上去揍校长一顿？成长中，我们的心被一次次地撞击，变得坚硬冰冷。

人啊人，有善有恶，有佛有魔，哪一方被调动起来，哪一方就是胜利者。

老师们一个个斯文扫地。

不仅校长，我小学的林老师，像仙女一样漂亮的辅导员，也遭遇批斗，在福宁府前大榕树下，她那黑油油的长辫子被剪掉了，一手拿锣，一手拿锤，凌乱的短发，无神的眼睛，胸前挂着一个写着她名字打了红叉的牌子、还挂了一双破鞋。她胸前原先挂的是红领巾啊，她带领我们升队旗，带领我们去烈士墓扫墓，她究竟做错了什么？

初二的红卫兵姐姐也说，他们班有个英语老师，从印尼回来，今年二十四岁，因印尼排华，父母就把她送了回来。她一站上讲台，同学们瞪起的眼睛就一眨不眨，她讲一口流利的英语，穿一身印尼大花连衣裙，她说的每一句话，做的每一个手势，都在同学们的心田洒下了缕缕阳光。然而，她也挨斗了，被剃了阴阳头，她那印尼大花连衣裙，被剪成了一条一条。

霞浦造反派分为“八二九”和“革造会”两派，霞浦一中红卫兵是“八二九”，学校造反气氛如火如荼。

不断地有战报传来：

某中学校长被勒令在雨地里环操场爬行……

某中学校长被勒令与死尸握手……

某中学女校长被剃阴阳头后，那晚她唱着“下定决心，不怕牺牲”登上学校的楼顶，从烟囱里跳了下去……

某中学女校长，一个满头银发的小个子老太太，开学典礼便是她的批斗会，银白的头发在八月的骄阳下缕缕行行，汗水在地下湿成一片，她颤抖着嘴唇说：“你们都是我的孩子……”

谁是你的孩子？！

毫厘压倒英雄汉！

有人问：“可知霞浦第一中学之前身？”

卷娄者答：“系福宁府中学堂矣。光绪二十八年，近圣书院、温麻艺塾并改为中学堂。此间值光绪中，初行新政，吾宁严良勋郡守拟试办中学。后任李增霨郡守设于城南旧厘税局，五邑闻风，来学者日益众，几无地可以容纳。又后任曹垣郡守大加扩充，移设于此城北之旧试院。诸公之政绩，可与中学并垂不朽。”

有人又问：“学堂以往可有此等事？”

卷娄者答：“否也。宁郡历代学风昌盛，尊师兴教，今之灾，未有。”

这是什么年代？敢把皇帝拉下马的年代！革命啊，串联啊，造反有理啊。

所有女孩都剪了运动头，叫作革命头，可我却留着两条不合时宜的长及过腰的大辫子，无拘无束地甩来甩去。我一直喜欢林老师的两条又粗又黑的长辫子，喜欢她清脆的声音：“小鸟在前面带路，风儿吹向我们……”

参　军

1969年的春天，格外寒冷。

春节刚过，北门车站一片沸腾，锣鼓喧天，一条“广阔天地大有作为”的横幅在寒风中招展。车上坐满了稚气未脱的知识青年，他们有的喜笑颜开，有的愁眉不展。车下是一群老人和妇女，他们边给孩子包里塞红鸡蛋，边絮絮叨叨：“和同学在一起要好好的，要团结。”眼里不敢有泪花。

这是一个革命化的春节，没有鞭炮，没有春联，没有压岁钱，也没有年糕小点，甚至连千百年沿袭下来的题椽洗厝活动也没了，又少了许多小伙伴，这年愈加的冷清，广播里时不时还传来清理阶级队伍的声音。

我穿着阿潮哥留下的藏青色棉袄，两条长辫在背后活泼地甩动着，我喜欢自己像男孩子，却又舍不得这两条长辫。

大年初一早上，一阵欢快的锣鼓声，从下街传来，越敲越近，不知啥喜事，齐齐人都走出家门探出身子来看，一串鞭炮声，锣鼓在我家门前刹住。

阿菊婶婶笑嘻嘻地对母亲说：“阿母啊，春节好啊，我们给您拜年了。”阿菊婶婶说完就在我们家厅堂贴上了《光荣之家》。

我高兴啊，心里却翻腾着：我也想参军。

也许天人感应，无意中得到消息：霞浦这几天正在征召七名女兵，要求军烈属、革命干部子女，十六周岁以上，条件苛刻，很多人体检不上，时间又紧迫。

我心里一阵激动，那不是留给我的机会吗？

只是我还差两岁，可我和小玉、小丽站在一起，个子一般高哟，她们还比我大两岁呢。

我决定晚上去找城关镇的武装部长。

到了部长家，我心跳得厉害，却强装镇静，我把参军的意图和条件仔细地向部长说明。

部长好像并没有把我当小孩看，很认真地倾听，最后他让我在家等待消息。

这一切的行动，我没有告诉母亲。

第二天下午，部长和阿菊婶婶来到家里，跟母亲郑重地说起此事，叫我晚上立刻到西关县医院去征兵体检。

直到此时，母亲才知道我这两天在忙些什么。

晚上，我来到西关县医院。

护士把我带走，量身高、称体重、测视力、查听力，医生还拿了一个玻璃杯，里面装着透明的液体，放在我鼻子底下问："闻一下，是什么？"

我一闻，立刻皱起眉头侧过脸："不知道是什么，很呛鼻。"

医生没吭气，但见他坐下，在我的体检表上写下：

身高一米六〇。

体重四十五公斤。

视力1.5，听力……

最后写下两个字：合格。

没完，又进来两个解放军，一男一女，他们拿着听诊器听心音，用手压腹部，还敲膝盖。

都检查完了，一个护士又让我去睡觉，说查血吸虫必须睡着以后抽血才能查到。

长这么大，我第一次到医院，第一次体验，既新奇又毫无准备，只得“任人摆布”。

我躺床上想，这血吸虫是什么呢？对了，电影《枯木逢春》里的苦妹子得的就是血吸虫病，她是什么样子？

朦胧中我真的睡着了，听到了花腔女高音在唱：“绿水青山枉自多，华佗无奈小虫何……”

好听啊，这花腔真好听，家里广播天天在播放，我都会唱了：“借问瘟君欲何往？纸船明烛照天烧。”

一会儿，我被摇醒了，护士抽走了一管血。

次日下午，阿菊婶婶和城关武装部长还有参加体检的两位解放军，都来到了家里，他们送来了我的《入伍通知书》，我这才松了一口气。

母亲接过通知书，微笑着看了看，急忙让座泡茶。

那位瘦高的男解放军叫何方，他喝着茶，对母亲说：“你舍得吗？”

母亲笑盈盈道：“舍得舍得，保卫祖国。”母亲镇定自若，其实她心里是不舍的，孩子们都飞了，本想留一个在身边，可怎么留得住呢？飞吧，孩子，将来就不会怪她了。

此时我站在母亲身边，最担心的是这两位穿军装的要查户口簿，因为我多报了两岁。我的心跳荡着，手不自主地玩着长长的辫梢，希望他们快点走。

一人参军，全家光荣，何况三个孩子都参军。阿菊婶婶自然红光满面，她对那位女解放军说：“她两个哥哥都参军了，一个海军，一个陆军，大哥前年还去北京参加了海军首次积代会，我带你去看看那张合影。”

阿菊婶婶带着女解放军到临街的那间厢房，大家也跟着去看，一面长长的镜框挂在墙上，里面镶嵌着那张珍贵的合影，所有人的目光都聚焦在照片的中间，那是我们心中的太阳。

我对着镜子笑啊，快乐极了。

临行前，我不舍地亲了亲胸前这两条长长的辫子，坚定地说：再见吧，我的辫子。

母亲举起了剪刀。

惊　蛰

3 月 6 日，星期四，农历正月十八，凌晨。

沉寂的夜空有几颗星星在闪烁，凛冽的寒风依旧，松城冻在夜幕里，龙山静默，月河无声。唯北门车站里亮着灯，没有锣鼓，没有横幅，没有新军装，没有大红花，七个女兵就要出征了！

至亲好友轻轻叮嘱，细细交代，眼中闪动着难舍又兴奋的泪光。

汽车开动了，车上车下挥手告别。

大客车上，前头坐着那两个带兵的男女军人，后面是我们七个新征女兵排列而坐，我坐在最后。

黎明的黑夜就要被冲破，车内寂静无声，我们各自还在回味至亲好友的离别之情，也在想着即将迎来的新的征程。

渐渐地，天边露出微光，前面隐约出现一个玉石般的白色牌坊，那是福宁府的西门牌坊，上面写着“政通人和”，背面是“阜成”两字，汽车在它的门下穿过。我们真的要离开自己的家乡了。

回头再望鸿蒙晨光中模糊的松城，我心中不禁涌起爱恋与不舍，十四年的养育之恩，在胸中荡漾。渐渐远去的牌坊，像穿着白色衣服的母亲，含容带笑，凌风而立，在向我挥手。阿妮，我爱您！松城，我爱您！

天就要亮了，可以望见远方黛色的山峦连绵起伏，微风携带着寒意，轻轻地吹拂着我们。

清晨的大地尚未醒来，静静地躺着，缓缓地呼吸，唯有汽车在公路上驰行的声音，在耳畔沙沙回响。

渐渐地，霞光为黛色的山峦抹上了一层淡淡的金辉，薄薄的云雾，在山间缓缓飘移浮动。

山间传来几声“喳喳”的鸟鸣声。

路边的野花青草也开始清晰可辨。

我第一次看到世界是这样从黑夜中明亮起来的，心中充满了喜悦。

盘山公路上，只有我们这辆客车在晨雾中前行。我们都扭头望着窗外，没有言语，心中不由自主地呼喊着：

太阳，你好！

高山，你好！

春风，你好！

一路晨景，非常美妙，绿叶带露，野花含笑。

第一次离开家门，离开松城，要到外面世界去了，此去会怎样呢？会去向哪里？将要发生什么？这对于我稚嫩的生命，既新奇又可贵，心中满是向往。但想过困难、危险、甚至战争吗？没有，决心已定，方向已明，一切都欣然接受。

车内有人开始说话了。

说话的人叫维子，坐在最前面，旁边是那个带兵的女解放军，她叫李芝。昨晚我们七个人在县招待所集中的时候，各自都做了介绍，才知道维子是阿潮哥霞浦一中的同班同学，她十七岁，是我们七个女兵中年龄最大的。

维子后面坐着晓华，认识她是在霞浦一中“八二九”红卫兵310总部宣传队的一次演出上，她穿着黄军装跳“白毛女”，脚尖踮得很高，身体十分柔软，心想她如果穿上芭蕾舞鞋，一定跳得更棒。月儿姐姐和她是同学，有一次月儿姐姐还带她到我家来看阿浩哥在北京海军积代会上的相片。她爸爸是我们的县委书记，刚从部队转业回来，才几个月，就开始“文化大革命”，就挨了批斗，据说在批斗大会上她爸爸表现得非常幽默，让人笑得斗不下去。她弟弟是我中学的同班同学。

晓华旁边是小梅，她比晓华高一年级，也是红卫兵宣传队的，我第一次见到她。

她们的后面是军燕，完全不认识，她读初二。

军燕右边是小萍，和我同岁，我们在中学同一年段，也都是复课后刚刚读了一个学期，她是我们年段的，个子和我一般高，笑起来脸上有两个酒窝，很可爱。

我的前面是莎莎，她也和我同龄。莎莎个子比较高大，眼睛也大大的，但眼神有点忧郁，不够明亮活泼，嘴唇有点厚，不善言辞。

我一人坐在最后，位置很宽敞。昨晚惠姐和姐夫也来招待所送我，姐夫是58年老兵，交代我到部队工作要主动，我不明白“主动”是什么意思，但我还是听话地点点头。

我们的客车在无止境的山间穿行，一会儿爬上高山之巅，一会儿潜入峡谷之中，偶尔迎面过来一辆客车，擦肩而过，也有从后面赶上来的货车，从前头一个岔口又消失不见。

我从未有过这样漫长的远行，但心里激动，感觉新鲜又刺激，天地是这样的宽广，心胸是这样的欢畅。

军营四象

傍晚时分到达马尾，我们要在此乘船去营前。

感觉在梦中漂移一样。

到达营前，经过长安，在不远处的一个村庄停了下来。

这里是一个倒T字形的马路口，我们向纵深望去，山脚下的营房门口已经有锣鼓队在等候。他们看见我们，立刻锣鼓喧天地敲打起来，咚咚锵，咚咚锵……

我们还没穿军装，一个个还穿着学生时代的衣服。

走在最前头的是带兵的何方和李芝，接着是维子，她个子高，皮肤白净，穿一身土黄色开领旧军装，那是她妈妈压箱底的。她毕竟在军营里长大，神态自若，气定神闲。

紧接着是晓华、小梅、军燕。军燕穿一件双排扣土黄色翻领旧军装，那也是她妈妈在朝鲜战场上穿过的，穿在她身上挺合适。

再后面是小萍，她穿了一件大扣红格子棉袄，围一条白色丝巾，稚气的她，看上去有一份小大人的斯文。

我穿着阿潮哥参军后留下来的藏青色棉袄，不是很合身，腰下的长辫子已经变成齐肩的小辫子了，一脸懵懵，走在最后。

我们凌乱的脚步，犹如自己的心境一样，激动、忐忑、兴奋。

我们低着头，腼腆地穿过热烈欢迎的队伍，跨进了门口两边写着“提高警惕，保卫祖国”的军营。

看到新来的女兵这个模样儿，后来老兵们都笑称我们是“土八路”。

我们是这个师第一批征召的女兵。

到宿舍里刚放下行李，天就暗了，有位管理员来带我们到食堂吃饭。军营的第一餐，我们吃的是大白菜煮面条，桌上摆着大脸盆，脸盆里的面条依稀看得见几片肉，大家肚子都饿了。稀里呼噜很快就吃完了。

宿舍楼底层西头的两个房间，是我们的女兵宿舍，里面有六张上下铺，床上白色棉垫绿色被褥都已经铺好，地板是红色方砖，窗前有一张方桌。我选了下铺，小萍睡在我上铺。我能看到窗外的天空，满天的繁星和月亮。

熄灯号吹过，军营的夜晚一片宁静。

我们听到轻轻的沙沙声，那是哨兵的脚步。

我们到军营的第一夜，就这样静静地过去。

清晨，嘹亮的军号，惊醒了军营，一个个战士穿上军装，边跑边扎腰带，向着操场飞奔。

“立正，向右看齐，向前看，向右转，跑步走。”队列在薄薄的晨雾中跑出营区大门，跑向正T型的马路口，跑向那绿色的原野……

这边，还没穿上军装的我们，也站成了一排，队伍尾巴突然多了三个男兵，他们穿着没有领章帽徽的新军装，操一口河南口音普通话。我们颇感意外，上上下下打量着他们，暗暗窃笑，他们也是新兵。

管理员向我们喊道：“立正，稍息。”他以老军人的口吻对我们说：“今天早操，我带你们先参观军营。向右转，齐步走。”

老管，大家都这么称呼他，军营里大小事情他都管，约莫三十多岁，中等个子，表情严肃。

老管把我们带到了医疗所前面的台阶上，这里是营房正面最高的地方。他说:“听着，我们是公安第十三师卫生科，这里的地名叫长限。看，我们的正前方是一条正T字形马路，向右方向是福州，向左方向是长乐，正前方是长限大队的稻田、河流、原野。在T字形内……”他笑着看我们。

我们也左看看右瞧瞧，端详着营区四周。

我们都表示听明白了，也知道了我们当的是卫生兵。

从外面到军营里，大门口弯过一堵影墙，一条白色的沙砾马路，穿过整个营区中线，直达后面山脚，路两旁是齐刷刷的白玉兰树，洁白的花朵芳香四溢。营房里还有桃树、梨树、枇杷树，地瓜地掺杂在营区的建筑物之间，恰到好处地生长着。医疗所前面有好几棵巨大的龙眼树，冠盖延伸几十米，树梢都伸到病房里来了，果实成熟时，病房里也能摘到果子吃。

跑操的队伍由远而近，从绿色的田野向军营跑回来了，战士们的脸上挂满汗珠。

解散后，个个拿着脸盆毛巾来到井边，稀里哗啦哐哐啷啷地说说笑笑洗涮开了。人多台小，许多人或蹲或站，对着井台外侧连着山涧的沟壑刷牙。

山涧沟壑流水淙淙。

这水是从高高的长限山上源源不断地流下来的，穿过营区，再穿过营区围墙，向长限村庄流去。

老　管

晚上看长限大山黑乎乎的，白天忽然一变，满山的绿树，在春日照耀下，层层叠叠的绿色扶摇直上，有如大海般闪着波光。

漫山的桃树，在这三月里孕育着星星点点粉红色的花蕾。

在没有花的岁月里，我们的军营背后却要桃花盛开了！尽管我们对这片柔软与温情视而不见，桃花依然在这个春天里奋然绽放。

早上，老管带着我们到师储备库去领军装，我领四号的，最小。

老管和李芝教我们如何缝领章钉帽徽。

我们穿上军装，戴上军帽，抢着在镜子前照呀照，我们是军人了。崭新的挎包和水壶往墙上整齐地挂上，扎上腰带，我们就跑到操场去进行新兵训练。

李芝是我们的新兵班长，队列教练则是医疗所卫生班的黄班长。黄班长65年的兵，偏瘦，一副骨感的脸，少有笑容。

“立正。”黄班长表情严肃地瞪起了眼睛：“站没站相，坐没坐相，走路摇晃……还笑！”

我们立刻不笑了。

“瞧瞧你们，披头散发，风纪扣没扣，帽子歪斜，鞋带没绑，像个军人吗？”黄班长又是一顿劈头盖脸，我们全懵了，互相看了看，呆呆地不敢说话。这个班长怎么这么凶啊？

“莎莎。”黄班长叫道。

“到。”莎莎立正，大声应答。

“出列，回答什么是‘三八作风’？”

“三八作风？”莎莎毫无准备，站在那儿眨着眼睛。

“军燕。”黄班长转向队伍中间，看着军燕；“你回答。”

军燕向前一步，昂首挺胸，口齿伶俐地答道：“坚定正确的政治方向，艰苦朴素的工作作风，灵活机动的战略战术。团结，紧张，严肃，活泼。”黄班长嘴角一动，露出一丝满意的微笑。

三八作风？这歌我小时候就会唱啊，我暗自在心里想。

晚上，在科部会议室，教导员要给我们上第一课，《从老百姓到军人》。他说：“欢迎你们，我们都是来自五湖四海，为了一个共同的革命目标走到一起来了。现在我先给你们简要讲一下我们师的军史。”

军史？我们立刻竖起耳朵。

教导员说：“我们师的前身是华东野战军第 11 纵队第 33 旅，是由抗战时期的新四军第 1 师和部分苏中苏北地方武装发展起来的。我们朱科长、医疗所盛所长、防疫所刘所长，都曾是新四军。我们部队参加过两淮战役、陇海战役、邵伯保卫战、灵甸港战役和盐南战役，战绩卓著，在淮海战役、渡江战役、上海战役、福州战役、漳厦金战役及闽西闽中剿匪中，英勇顽强……”

呀，我们师这么会打仗啊？大家听得津津有味。

教导员紧盯着维子，问：“穿上军装就是军人了吗？”

维子立刻站起来回答：“不是，还有距离。”

“对，还有距离。”教导员示意维子坐下，又接着说：“但不是万里长征，可以通过参加战争和革命，迅速消灭这个距离。”

我们茫然的神情开始明亮起来，我们要当个真正的军人。

李芝发给我们每人一张表格，上面写着《军人登记表》。

我认真地填写着，年龄这一栏卡壳了，怎么办？写真的？还是？不能欺骗组织啊。

我向李芝承认自己虚报了两岁。

李芝冷冷地说：“一个月内我们都可以退兵。”

天，当真？可把我吓住了。

其实，和我同岁的还有两个，叶华的体重还差四斤，要退兵也不止我一个啊，李芝是在吓唬我。

新兵训练都要真枪实弹来一下，我们开始训练射击和投弹。

在操场上练瞄准，三点成一线，扣扳机，训练枯燥又辛苦，我们都盼望着早点来真的。

终于在长限的山上，给我们每人发了九发子弹，枪声响过，没有九发九中的，都有脱靶，但“叭”的一声枪响，子弹飞出去的这一刻，我们才有了真实的感觉，尝到了开枪的滋味。

投弹训练也是有口诀的：

握紧弹，向前看，

助跑由慢到快把步垫，

前腿直，后腿弯，

直臂引弹在后边，

蹬腿，转体，挺胸，

挥臂，扣腕，弹出手！

投——

要投真的手榴弹了，还是有点害怕。

我们站在长限山上的石涧旁排成一队，老管守着一箱已经打开箱盖的手榴弹，黄班长站在另一头审视着。

为了安全，老管把我们安排在离山涧大约两米远的地方，这样根本不用助跑，往下扔就可以了，毕竟是真的手榴弹啊。

老管和黄班长始终紧盯着我们的动作，眼看一个个都过关了，轮到我身边的小萍，她打开手榴弹保险盖，小指头套上金色的指环，就要投了，突然，她的手榴弹掉落在地上，说时迟，那时快，老管抓起掉落的手榴弹，迅速地向山涧里甩去，只听得山涧里“轰”的一声巨响！

我们都呆呆地愣在那里，没反应过来，小萍的小指头上还挂着手榴弹的金色指环在轻轻摇晃。

天，这太可怕了，若不是老管眼疾手快，我们都没命了。

迎新晚会

开始几天大家对我们女兵是不满的：

“她们都是造反派。”

“都是干部子女，骄娇二气。”

“熄灯号都吹过了，她们还在又笑又闹。”

经过新兵训练，让我们逐渐懂得戎装的含义，知道了一个真正军人的本质，累活苦活抢着干，慢慢地沉稳下来。

很快卫生科要为我们开一个迎新晚会，吃完饭，大家把饭堂的桌子椅子往边上一推一叠，就乐开了。

先是一个上海籍的王军医拉起了手风琴：

欢迎的晚会上，
拉起了手风琴，
同志们手挽手，
激动了我的心，
想起一件事，
真是乐死人……

饭堂里灯火通明，人声鼎沸，一条“欢迎新战友”的红色横幅挂在墙上。

掌声中有人在报“下一个节目，三句半：《新战友，欢迎你》”。

只见四个男战士“咚咚咚锵锵锵咚咚咚锵锵锵咚咚锵锵咚咚锵咚咚锵”，绕场一周后，面向观众站成一排。

战士甲腰上绑着一个小扁鼓，“咚”敲了一下：“春雷一声震天响。”他右脚向前弓步，右手鼓槌指向天空，鼓槌下飘着一条红绸带。

战士乙拎着小锣“呔”：“军营来了新战友。”他也向前一步，手指向坐在观众中的新战友，一脸微笑。

战士丙双手拿着小钹“锵”，两手一合又张开：“七个女兵三个男。”

战士丁拎着大锣“哐”：“整十！”

伴着观众的阵阵笑声，他们又敲锣打鼓绕场一周。

战士甲：“女兵个个爱武装。”

战士乙：“不怕苦来不怕难。”

战士丙：“三个男兵下厨房。”老兵退伍后，食堂缺人手，新兵训练还没结束，三个河南新兵就被提前安排到炊事班去了。

战士丁：“顶档！”

三个河南新兵站在伙房门口咧开了嘴，笑得开心又腼腆。

轮到我们女兵表演了：诗朗诵《海燕》。

台下顿时安静下来。

只见女兵们整齐地走向中央，有点儿兵样儿了，军人仪态不错了。

军燕昂首挺胸，向前一步，她军姿好，口齿伶俐，声情并茂，大声地领诵：

在苍茫的大海上，
狂风卷集着乌云。

女兵们齐声朗诵：

在乌云和大海之间，
海燕像黑色的闪电，
在高傲的飞翔。
……

大家注视着她们，静静地看着她们稚气的朗诵，任由她们把自己带向高远的意境。

“我来一个《山东快书》”，一个住院的伤员自报节目。

但见那伤员从观众席上快步走到中间，手上拿着两片半月形的铜板，自报节目：《夸夸咱连的“五大员”》。

他还没夸呢，就先敲上一段：叮叮叮吭叮叮叮吭叮叮叮吭吭叮叮叮吭一吭。那铜板从胸前直敲到头顶，又从头顶敲到了胸前，上上下下，晃晃荡荡，迈着方步，突然，他的铜板在腰前刹住：“话说……”

嗯呀？怎么觉得眼熟耳熟呢？我忽然想起了阿摆叔的“卡卡糖”，不由心里直发笑。

原来连队的“五大员”是炊事员、理发员、饲养员、卫生员、通信员，连队就像一个家，一员也少不了。

节目一个接着一个。

突然灯光一暗，在黑暗中传来维子的声音：“下一个节目，舞蹈《北风吹》，表演者晓华。”

只见黑暗中一支蜡烛亮起，晓华手举蜡烛踮起脚尖，从一侧碎步而出，伴随着她的舞步响起了优美的笛声，灯渐渐亮起，晓华轻盈地旋转着身体，身段像蛇一般柔美，她旋转着，一个飞燕展翅的舞蹈动作，定格在场中央。哇，好美！一个穿着军装扎着小辫的“喜儿”，脚上踮着解放鞋，亭亭玉立，遥望着风雪中的远方……

黑暗中，李芝递给我一封信，是惠姐写来的，我打开一看，如雷轰顶，差点晕倒在地。

晴天霹雳

我心惊肉跳地看完信中短短的几行字：

“妹妹，自你走后，有人状告到县武装部，说我们家有严重的家庭问题，你不适合去当兵。妈妈也被街道叫去询问……”

我脑袋“轰”的一声，完全空白。

到底什么家庭问题？

有家庭问题，无论大小，都是十分严重的，况且还把我母亲叫到街道去询问，问什么？矜持有涵养的母亲怎经得住询问吗？我想起了斗地主的场面，完全陷入昏乱之中，怎么办？怎么办？

何曾想到，霞浦县人民武装部已经派人到部队了，随时要将我带回去。

何曾想到，部队已经派出外调人员去当地调查了。

我们很快结束了新兵训练，被分配到各所。

我和小萍、军燕被分配到医疗所，晓华和小梅在门诊所，维子在防疫所，莎莎在药房。

医疗所定编六十个床位，设内科、外科和传染科。

第一天穿白大褂，我就被安排跟小彭上护理班。量体温，数脉搏，小彭让我抱着一个小木盒，盒里装着一个闹钟，他让我摁住病人的手，摸着脉搏数一刻钟，然后乘以四，就是病人一分钟的脉搏了。

天，我刚摸到病人跳动的脉搏，就像触电一样收回了手，那脉搏贯通了我的全身，惊得我哈哈大笑起来，为了遮掩惊慌，我不顾一切地笑，病人被笑得莫名其妙。

小彭立刻制止："在病房不能笑。"

他不知道我此时的感觉，就好像盗取了别人的生命密码。

我们四个女兵轮流跟班，第二周让我跟治疗班，带我的是小江。小江长得像非洲人，圆圆脸，黑皮肤，嘴唇厚厚的。

小江带我去打针，让病人脱裤子，病人看我在场，似脱不脱，小江一下子把他的裤子拉了下来，好像他们从来不知道害羞似的。

我第一次看到男同志雪白的屁股，心头也是一震。

小江坦然地对我说："你看这屁股，画个十字，分为四等分，上外四分之一这个部位，就是我们要打针的地方。不能打到别处哦，别处有坐骨神经，打到会瘫痪的。"

这么可怕，我的心揪了一下。

后来小江又带我去拔火罐，病人趴在床上，露着个背，我左手拿着一个圆圆的空心玻璃火罐，右手上的镊子夹着酒精浸过的棉球，将燃起来的棉球放入火罐中，晃两下即刻抽出，这样就把瓶里的空气烧掉了，形成负压，然后摁上病人的皮肤。但我实实在在被燃起的蓝色火焰吓着，手脚哆哆嗦嗦，竟然把病人给烫伤了。

病人是个年轻战士，怕我挨批评，反而来安慰我："没关系，没关系。"可我还是被愠怒的盛所长批评了，我心里好难过，甚至对这项工作开始害怕。

小李也是68年的宁都兵，轮到他带小萍值夜班，早上要向医疗所全体人员报告一夜各病区的情况，重点病号要特别文字叙述。

早晨交班是一件很严肃的事情，全体人员都要站立着，小萍按照小李写在值班本上的内容，认真地念起来："外科病区16床，某某某，包菜术后。”

盛所长眼睛一瞪：“嗯？”

大家刚反应过来，“哗”地都笑喷出来。

交接班是不容许笑的，笑声立刻停止，但一个个脸上依然堆着止不住的笑容。这个病人是包皮手术，小李却故意写错，让我们出丑。而我们并不知道包皮是什么，哪怕知道错，也不知道错在哪里，看到大家笑，我们一脸懵懂，啥都不明白，更不懂羞涩了。

除了上班，晚上我们还要放哨，男同志一人一哨，女同志两人一哨。

深夜，我和小萍放第三哨。

我们穿好军装，扎好腰带，去接晓华和军燕的第二哨。黑暗中，她们两人站在操场的一棵白玉兰树下，卸下腰间的手枪，递给我们，还特别交代太平间里有个小战士。

我们环顾四周，黑黢黢的夜，寂静无声，宿舍楼里的人都在睡觉，车库、水井、操场都静极了，连白日里绽放的花儿也安然入眠，唯有医疗所值班室的灯还亮着。

从来没有半夜三更在外面闲逛过，这是有生以来第一次，真新鲜。

我们的脚步慢慢地向四周移动，眼睛环视着黑夜中的兵营，可以好好地逛一圈了。我们从操场慢慢逛到科部、锅炉房，又回头穿过一片龙眼树林，绕过医疗所后方操场，走过小灶，踏上通往门诊的小桥，桥下有山涧的流水缓缓流过，水流与石头撞击出浅浅的水花，迂回打闹一番，流向远处。在门诊所小操场简单逛了一圈，我们又漫步到大灶，就是我们的大食堂外面，一切都在深夜的静谧之中。

太平间是要去巡视一下的。

在军营的最东边，小灶后面一片无遮无拦的地瓜地尽头，山涧之际，孤零零地兀立着一座白色的小房子，那就是太平间，它被黑色包围着，惨白而突兀。

我们勇敢地向太平间靠近。

小萍忽然拉住我的手，颤颤地说："听说猫跳到尸体上，尸体会立刻站起来，然后紧紧地把人抱住。"

这时候说这话，简直会让人毛骨悚然。

我们停顿了一下，还是坚定地迈开了脚步。

太平间的门缝里透出一丝灯光，我们不敢从正面去看，小心翼翼地绕到太平间后面，踮起脚尖，从后窗往里面瞧，透过后窗的铁栏杆，我们看到：那个小战士穿着绿军装，整洁，平静，仰面躺在水泥台上，身旁有一盏煤油灯点着，他像是睡着了。他为什么死去？我们不知道。

从太平间后面我们又轻轻地绕了出来，正要往大院里走，突然小萍一把拉住我："看，白玉兰树下好像有个人。"怎么小萍总是比我要多留意到一些情况呢？

原来是黄班长在查哨。

看到班长，我们长长地吁了一口气。

班长问："第一次上夜哨，怕吗？"

我们立刻回答："不怕。"

哪有不怕的，但还是要给自己壮胆吧。

军营里的工作生活在继续，而我心里一直在等待着那只靴子落地。

有一天，师保卫科通知我去师部。

在通往师部的小道上，我的心情如黑夜里的大海波涛汹涌。

师保卫科办公室里只有唐科长和我两个人，他高大魁梧，江苏口音，一脸庄严，如同法官。

他让我坐在他斜对面的一条椅子上，我低着头，不敢正视，像要接受批斗一样，垂着头，心中涌起悲伤。

唐科长威严地看着我，扬着手中一封足有一寸厚的信，对我说：

“这是你们武装部的来信，群众告状，说你家有严重的家庭历史问题，武装部要派人来把你带回去。”

我斜睨一眼他手上厚厚的告状信，没等他话说完，我已泪如泉涌，我不想让他看到我的泪水，可又怎么能止住？我努力强制住自己不要哭出声来。

唐科长说：“你爷爷是地主，你父亲是国民党区分部宣传委员，你舅舅是富农，你三叔是……”

我的心快要崩裂了，真要号啕大哭起来，我从未谋面的爷爷呀，你怎么会是地主呀？父亲，我亲爱的父亲不是烈士吗？怎么也是？还有舅舅，我那脸色红润的山里人舅舅，春天里来为我们家砍柴，夏天里便走，帮助我们家渡过难关的舅舅竟是富农？还有三叔……

啊……顷刻间我成了一个泪人，无法呼吸。

沉默片刻，唐科长继续说：“本着有成份论，不唯成份论，重在个人表现的原则，经师党委研究，决定把你留下来继续服役，理由有三条：一是你年龄小，没有享受过剥削阶级的生活；二是你爷爷他们没有血债，你父亲虽然是国民党宣传委员，但也是烈士；三是你兄弟姐妹表现都很好，和老家也一直没有什么往来……”

我泣不成声，泪雨滔滔。

不是我不坚强，不是我不勇敢，这份沉重，幼小的我如何承受？

悲喜交集的泪水汹涌而出，像洪涛巨浪撞击着我的心灵。

坑道演兵

时值四月一日夜半三更，突然一阵哨声，把我们唤醒。

我们急急忙忙穿上军装，绑上腰鼓，走在举着牌子的队伍前面，从小路出发，向上湖师部，向长乐县城，边喊口号边游行。

到处黑摸摸的，一路上我们敲着腰鼓，小梅路上还打瞌睡，把腰鼓的鼓槌都打丢了。

这一天，我们知道了珍宝岛的战斗英雄，战争就在眼前。

这一天，军队寄信的三角专用章停止使用，我们给家里写信要贴八分钱的邮票。

这一天，军队进入了一级战备。

轻病员回原部队，重病员送后方医院，卫生科仅留少数人员值守，全部上山进坑道。

没想到，长限的高山上，漫山的桃树间，竟隐藏着部队一个巨大的战备坑道。

我们整好行装向山上出发，像过去的每一场战斗一样，只不过过去是在电影里看别人打仗，现在我们自己也要参加战斗了，刚当兵就打仗，想想有点紧张，再想想大不了死嘛，也就轻松镇定了。

我们背着背包，左军壶，右挎包，扛着抬着挑着，大箱、小箱、担架，帐篷、手术台、救护包、器械、汽灯、锅碗瓢盆生活器具，向山上的小路攀爬。

桃花漫山遍野夭夭灼灼地盛开了，在这还有些许寒意的春天里，眼前的皇皇巨丽几乎没有人看见，大家一心只关注着脚下的羊肠小道，无路可言，没有台阶，只有斜斜不平的沙土小道，即使手上没拿东西，行进也是很艰难的。

部队终于撩开丛丛桃花，穿越层层桃林，登上了山腰处的战备坑道。

站在坑道前的平台上，眼下是如海般的桃花，我们没有一丝欣赏的意思，直接进入坑道开始布局。

这座巨大隐蔽的坑道，天然巨石穿凿而成，里面黑乎乎的，不知道有多深，突然间涌进这么多的人，坑道一下子热闹了起来。

黄班长和班里的战士们打开了箱子，拿出里面的马灯，熟练地一盏一盏点亮起来，然后逐个悬挂在坑道壁上，黝黑的坑道大放光明，灯光照耀在每一张年轻又亢奋的脸上。

在长长的坑道里，有一个个无门的“房间”，先铺上铺板，然后挨个儿铺上背包。

女兵们专用一个“房间”，也无门。

五六十号人的起居、学习、吃饭、睡觉都在坑道里。

班长个子瘦高，皮肤黝黑，两眼有神，军装整洁，脸很英俊，平常不太爱说话，但爱抽烟，一有空就坐一边抽起烟来，手指甲都被烟熏黄了。

“开饭啰！”炊事班那三个河南兵在坑道口喊着。

他们留守在卫生科，做好饭菜挑上山来给我们吃，一日三餐。我们不知道这么难走的山路，他们是怎么把饭菜挑上来的。

坑道口有一个稍为平整的平台，大家就在这里或蹲着或站着吃饭，多数人能左手捧着两个墨绿色的搪瓷军碗，一碗饭一碗菜，右手拿着不锈钢的调羹，大口大口地吃着，一会儿就饭菜一空。

新兵特能吃，头一两个月就长高长胖许多。

“看，我们的卫生科。”军燕站在坑道口平台上指着山下我们的营区。

女兵们都挤过来朝下面看：绿树掩映着我们的军营，汽车连的汽车也上了伪装，还有静静的长限村庄，远远的田野河流。

坑道要继续扩大，我们从未使用过钢钎铁锤，怎么办？

黄班长就在坑道口外的平台上，用粉笔画了一个钢钎大小的圆圈，让我们举锤练习。

第二天，我和防疫所的付军医“一对一”挖坑道，他紧握的钢钎对准我正前方凌厉如牙的青色岩石上。他对我说：“来吧，没关系，对准了，砸！”

我有点心虚，这钢钎不是朝下面砸，而是朝前方砸，犹犹豫豫，最后我咬紧牙关，一锤砸过去，没砸到钢钎，却从付军医的耳根边飞过去。

付军医眨眨眼睛，捏捏耳朵：“噢，呵呵，还在。”

这一锤可真把我吓坏了。

桃花行深

晚上，在马灯下，所有军人都整齐地坐在坑道的通道上开会学习，朱科长宣讲了野战救护的训练计划，之后各所在“房间”里进行讨论。

医疗所是大所，坑道房间坐不下，通道也坐满了。

盛所长主持会议：“军人，时刻要准备打仗。”他是1942年的新四军，苏北人，身材魁伟，脸型五官像画像中的猛张飞，他是卫生科的一把刀。他说：“历次战斗证明，只有打有准备之仗，我们才能取得战争的主动权。我参军时，只在苏中坚持敌后游击战，后来淮海战役，仗越打越大，越打越复杂，越激烈，越艰难，但都取得了一个个的胜利。”

大家专注地听着，他继续说：“淮海战役是一场规模宏大、战场广阔、情况复杂的机动作战，我们旅参加了窑湾阻击战、徐东阻击战和截击围歼杜聿明集团的战斗，常常是日夜兼程，从东到西，从北到南，又从南到北进行广泛的机动，转战1200公里。在这种情况下，我们抢救运送伤员也极其的困难，为此，我们每个连队都配备了卫生员，并且训练每一个战士能够自救互救，减少了许多伤亡和损失。后来在渡江战役、上海攻坚战、福建山地战和渡海作战中，我们都是根据当时当地不同的战时情况，进行战前野战救护训练。”

“这些战时救护有什么不同吗？”有人问。

“有。”骆副所长微笑着说。他坐在盛所长旁边，一副温雅之态，笑起来鼻翼两旁有两道长长的纹沟，如果没有那套军装穿着，倒很像是个老中医。他说：“比如渡江战役是两栖作战，我们研究了航行中和水际滩头伤员的救护方法，每条救护船还准备了八条血被和四个竹制的救生筒。上海战役外围争夺战非常激烈，四肢伤的比例最大，胸部头颅腹部及血管伤也较以往多，我们采取了‘集体换药’的方法，使不足的人力、物力及医疗技术条件得到了最充分的利用和使用。”

防疫所长经过我们过道，盛所长给他让了个座儿，说：“进入福建那会儿防疫工作也很严峻，给我们说说吧。”

防疫所长也曾是新四军，他说：“进军福建那会儿，四周高山峻岭，崖壁险峻，山间多雨多风又多雾，气候忽冷忽热，疟疾鼠疫流行，我们有近十五万名指战员，还有南下干部，要浩浩荡荡通过闽浙赣边区，翻越武夷山麓，部队人均负重三十一公斤，要背武器，还要背粮食，蚊虫叮咬，还时常露宿山林，给我们的防疫工作带来了极大的困难……”

坑道口外朱科长对陶军医和黄班长下任务：“女兵要尽快掌握野战救护技术，明天上午你们带领她们到山地进行训练，下午参加部队综合演练。”

他们不约而同地用眼睛扫视着坑道口外的山地。

此时，月光倾泻，照耀着整座山峦，满山的桃花在春风轻轻吹动下闪闪烁烁，春山月夜，万籁俱寂，宁静幽美，偶有鸟鸣。若不是在这山巅过夜，又怎么能看到如此美妙的景色？

我在坑道的被窝里，久久不能入眠，想着那春涧的深处，满山的桃花，在这个静夜里，花饮春风带露酣的静谧中，那一树梨花也在月光下决然绽放，银辉洒在它的每一片花瓣上，闪着坚定的光芒。

第二天上午，陶军医和黄班长组织我们女兵进行“四大技术”训练，包扎、止血、固定和搬运。

下午的综合演练就在坑道口前方的山涧里进行，全体女兵列队山坡，男兵则列队在坑道口外的平台上观摩。

在这片开阔地的山坡上，有一个“伤员”躺着，晓华S形弯着身子向“伤员”跑去，把“伤员”拖到一个岩石下查看。黄班长说：“他大腿骨折了，腿上在流血。”晓华立刻从挎包里拿出止血带绑住“伤员”大腿伤口的上侧，又拿出纱布绷带包扎伤口，固定的夹板不够长，晓华情急之下拗断旁边树枝当夹板，然后从身后挎包里取出雨衣，将“伤员”挪到雨衣上，再用背包带绑住“伤员”的臀、腰和肩下，背包带一头则挂在自己的肩上向前拖行。男兵们站在坑道口平台上微笑着点头。

军燕也猫着腰向山坡上前行，到了“伤员”身边，“伤员”痛苦地呻吟着。黄班长说：“这名‘伤员’腹部受伤，肠子已经流出体外。”军燕将“伤员”挪到隐蔽处，她侧卧着，麻利地把挎包往前一挪，从中拿出一个绿色军碗，盖住“伤员”的“肠子”，包扎好，只见小梅扛着担架前来增援，她们一起把伤员放到担架上抬走。

我也学着她们那样向山坡上运动，见一伤员躺在一棵树下。黄班长说：“他头部中枪，现在已经昏迷不醒。”我将“伤员”的伤口包扎好，怎么办呢，一点儿都不会动了，我只好将“伤员”揽在怀里，侧卧着向前爬行。这个伤员一米八的个子，我艰难地侧抱着他，他居然还会对着坑道口高处的男兵们眯眼歪嘴地坏笑，那小彭、小李和小江更是咧着嘴笑了。

女兵们演练完毕，开阔地上立刻搭起了帐篷——野战手术室。

战士们从山下抬着一个担架上来，担架上是一条“狗伤员”，它的肚子被开了两枪。

军医们煞有介事地穿上手术衣，戴上手套，紧张地给“狗伤员”输液、麻醉、剖腹探查。肠穿孔，就将肠剪断缝扎；脾破裂，就将脾切除……

一旁的战士们都暗自高兴：嘻嘻，晚上有狗肉吃啦。

晚霞满天，五彩夺目，红红的落日像红灯笼一样挂在西天，盛开的桃花沐浴着金辉，烂漫的花海金波荡漾，远处是连绵无尽的原野，山下是炊烟四起的村庄，军人们站在坑道口前的平台上，情不自禁地赞叹欣赏，从未想到此处会有如此烂漫瑰丽的落日景象。

一个馒头

桃子结出毛茸茸的小果子时，我们下山了。

我们回到了军营，卸下全副武装，感觉轻松多了。

锅炉房烧起了热水，洗澡啊，太舒服了，多久没洗澡了呀。洗呀洗，洗去汗水与尘土，洗去紧张与焦灼。女兵们穿着白衬衣，拿着脸盆，甩着湿漉漉的短发，在操场上欢快地晾晒着军装和军被。

晚上在宿舍灯光下，晓华吹口琴，我唱歌，军燕在看苏联小说《卓娅与舒拉》，我们好不容易轻松一下。

突然间急促的哨声响起，有人大声喊："集合，全体人员到食堂集合！"

咋啦？大家紧张地跑到食堂集合。

科长、教导员，还有师长也在食堂，他们面前摆着一个碟子，碟子上面有个咬过一口的馒头。

原来晚饭后，师长突然来卫生科检查，在食堂一个泔水桶里看到一个被咬了一小口的馒头，他大发脾气："是谁？把馒头给扔了？这么好的馒头给扔了？啊，查！"

教导员赶紧将泔水桶里的馒头捡起，用一个瓷盘盛着，放在饭桌上，立刻召开大会。

饭堂里气氛十分紧张，大家看着那个白白的馒头，不知道究竟是谁干的。

朱科长紧绷着脸，指着桌上的馒头说道：“同志们，这是什么？这是粮食，我们就这么把它扔了？这不是忘本吗？解放战争时，老百姓宁可自己吃山芋丁、棒头糊糊，也要把埋藏下来的仅有的一点粮食，送给我们。淮海战场上，成千上万辆满载着军粮的独轮车、驮着军粮的牲口、数不清的肩挑军粮的民工，还有一条条装满军粮的船只，汇成了支前的滚滚洪流，这样壮观的场面容易吗？”

师长生气地站在那里，神情严峻，他曾是八路军。他说：“让你们教导员说说，当时他就是我们兵团后勤部警卫连的二排长，他们是怎样用生命来保护粮食支援战斗的。”

教导员站了起来，说：“淮海战场敌我双方投入的兵力都相当多，敌兵力八十多万，我军六十多万，吃饭就是个大难题，兵团后勤部财粮科夏科长，骑着从日军缴获的红鬃马四处筹粮，后来我也跟着去。我们坐着美制大道奇卡车往返于苏区，亲眼看见乡亲们不论男女老幼，不分白天黑夜，废寝忘食地奋战在磨坊里、碾米机旁，好不容易筹集到的粮食，颗颗都是宝啊。渡江时，我和夏科长负责运送一百万斤机动粮的船只，船队起渡离岸不到二华里，就遭到敌舰炮击，冲天的水柱，掀起的巨浪，一下子冲翻了我们好几条船只，许多船工民工牺牲，就这样大家还是冒着敌人的猛烈炮火，一夜之间往返摆渡达八次之多。上海战役，在敌我火力交叉的阵地争夺战中，向前沿阵地运送粮食唯一的办法只有利用夜晚，用小木船分散隐蔽地通过四通八达的小河沟，避过敌人碉堡群的火力，八个夜晚我们运送粮食达六十多万斤，有些地段河床太矮，运粮小木船在敌人的照明弹下，无法藏身，被敌人炮火轰沉，运粮船总队一位排长在送粮返回途中暴露了目标，被敌人捕去英勇就义。部队进军福建，筹粮更是难上加难，福建缺粮，加之南下作战部队十几万人，南下干部也十几万人，还有骡马，还有敌人十几万人马，粮食需求大大超过了当地人民群众的负担能力。用兵制胜粮为先啊，诸葛亮挥泪斩马谡，不就是因为他屯兵山顶，不备粮秣，结果兵马被困、粮水被断，导致街亭失守吗？今天，我们从坑道下来了，但战火硝烟并没有消失。”

人群中默默地站起一个人，他是医疗所手术室卫生员小林，他两眼湿润了。他走到饭桌前，面对师长，敬了个军礼，轻轻地说了声：“师长，我错了。”

旁边的黑板报上写着“备战备荒为人民”。

我们也在反思，渐渐睡去。

夜里，一阵尖锐的哨声响起，紧接着是老管的声音：“打背包，紧急集合！”

正在熟睡中的部队立刻惊醒，黑暗中只听到宿舍里窸窸窣窣打背包的声音，一分多钟部队全副武装，跑步到操场集合。

在这关键时刻，女兵宿舍里莎莎和小萍乱成一团，睡上铺的莎莎在慌乱中把背包带的一头掉到了小萍的下铺，小萍在黑暗中又误把莎莎的背包带当成自己的，搅和在一起，那个乱啊急呀，好不容易扯开来，跑到操场喊一声：“报告！”却已经是迟到了。

老管没喊她们入列，让她们两人紧张地站在队列面前，他拿着手电筒照着她们，这个亮相可真够惨：帽子不正，风纪扣没扣，背包松松垮垮，小红挎包和水壶背错了方向，莎莎手上的红皮腰带还没来得及扣上，她们的解放鞋后跟也没来得及提起……

朱科长走到她们面前：“你们俩这样还能打仗？”

朱科长转过身，对着大家说：“同志们，想当年我们部队每昼夜以一小时六十公里以上的速度，经三昼夜的强行军，赶到永城以南地区黄石（松）林一线，追在徐州逃敌的前面，切断敌人向西南逃的道路，把杜聿明集团八个军包围在永城东北、徐州西南的陈官庄、青龙集、李石林五十平方公里的区域内，是多么的惊心动魄啊，为战斗的胜利争取了可贵的时间，那时候我们的口号是什么？”

几个老战士响亮地回答：“我们的两条腿一定要跑过敌人的汽车轮子。”

这话听起来咋这么熟悉呢？对，在电影《南征北战》里听过。

“而你们这样儿，”朱科长回过头来看着站在一旁的莎莎和小萍：“别说强行军六十公里，一公里你们的背包就要散架。”

朱科长对大家说：“平时不刻苦，战时就要吃败仗，紧急集合是我们经常性的训练课目。解散。”

夜空里没有一颗星星，周围伸手不见五指。

回到宿舍，电灯亮起，刚打的背包又被拆开来，莎莎吓得都不敢脱衣服睡了，其他人却演了起来。

军燕边挂挎包、水壶边拿腔拿调道：“哼，就算你共军的腿跑得快，总跑不过我们的汽车轮子。”

“这不是我们无能，是共军太狡猾了。”维子瓮声瓮气，边脱解放鞋边说。

小梅放下蚊帐，又回转身撩起蚊帐，说：“报告军座，将军庙附近发现共军主力。”

军燕刚要跨上维子的上铺，立刻回头，板起面孔：“胡说，他们是从天上掉下来的？”说着便钻进了被窝。

晓华和小萍听到我们讲话，也从对面宿舍披着绒衣跑了过来：“凤凰山那边怎么还没有动静？”

我掀开蚊帐一角，露出脸蛋神秘地说：“没有动静就是快了！”

“请你们赶紧向我们靠拢！”军燕在被窝里还在说。

“请你们坚持最后五分钟！”维子也在被窝里喊着。

“谁还在说话！”从走廊西头传来老管的声音。

我们立刻熄灯，躲进了被窝。

铁的纪律

我们要到师卫训队学习了，课堂设在运输连。

运输连的操场上突然多了百多号人，一下子热闹起来，都是全师选送的卫生兵，总共12个班，我们女兵是11班，来锻炼的师里干部子女是12班。

陶军医调任卫训队队长，他是大比武时的尖子，身材挺拔端正，两眼炯炯有神，语速快而响亮，走路疾步如飞，永远保持着站如松、坐如钟、行如风的军容军姿，这让我们的学员不敢有丝毫懈怠。

讲台上的陶队长精神抖擞，容光焕发。他说："同志们，卫训队开训了，你们是全师的优秀卫生员，到这里来学习只有一个目的，那就是学好医学专业知识和技能，学好野战救护技术，为战争服务，为连队服务，保障部队完整的战斗力。你们面前摆放的《卫生员教材》，是我们卫生科几个军医一起编写的，全军第一本。"

我们看着面前这本书，浅黄的封面，上面印有红字《卫生员教材》，书不厚，却囊括了解剖、生理、病理、内科、外科、传染科和野外战救技术，甚至还有一点点中医，后来这本书果然被解放军总医院改编为《医院卫生员教材》，下发全军。

陶队长接着说："同志们，我两岁丧父，十岁丧母，八岁当童工，在饥寒困苦中度过童年，解放时我参军入伍，到部队才开始了真正的人生。那会儿，我年纪小，才十四岁，什么都不懂，就是跟着老军医老护士学习，在战争中学，在战争中用。今天，你们有条件坐在这里学习，一定要珍惜，要有理想有抱负，要有铁的纪律。”

炎炎夏日，午休时间，后山传来知了的鸣声，好热啊，身下的席子都湿透了。我从枕边拿起一把黑色折扇，呼啦呼啦地扇着。

我没有午休的习惯，怕睡着了起不来，起来了身体软绵绵像没睡醒，就拿起晓华学英语用的收音机，插上耳机听，耳机里传来柔软的女播音员的声音，嗯？靡靡之音？难不成是敌台？赶紧赶紧，短波中波长波乱拨着，突然一个声音止住了我的拨动：“美国东部时间 7 月 20 日 22 点 56 分，小鹰号月球着陆器避开月球冰砾，在宁静的沙海平稳着陆，登上了月球表面。”美国人登上了月球？再听：“阿姆斯特朗从舱梯的最低一级伸出穿了靴子的左脚，在月球上踩下了人类的第一个脚印，说‘这是个人的一小步，也是人类的一大步。’”真是不可思议呀！

小梅睡不着，在床铺爬上爬下，又上厕所又喝水。

夏天的午休时间特别长，大家都躺不住了，小梅低声对大家说：“嗨，后面山坡上有很多葡萄，我们去摘葡萄吧。”

“好啊。”女兵们一个个都热得睡不着，就悄悄地跑到后面山坡上去。

葡萄架下，我挨着晓华的耳边轻声说：“美国人到月球上面去了。”

晓华一愣：“你怎么知道？”

“收音机里听的，不知道是真是假？”我说。

“你一定是拨到敌台去了。”晓华小声说。

“我也不知道怎么会拨到那里去了。”我倒是有点兴奋。

我们摘了很多葡萄，有的还是绿的，边吃边往回走，被值班长发现了，立刻报告陶队长。

女兵们刚回到宿舍，就全部被叫到运输连办公室。

陶队长狠狠地将我们剋了一顿，然后要我们每个人写一份检讨书。

就这么点葡萄，也要写检讨书，是不是太小题大做了？况且这葡萄是运输连自己种的，又不是老百姓的，也算偷吗？这“偷”字多难听啊，运输连指导员都说算了算了，就陶队长认真。我们很不高兴，又不敢表示不满，只好埋头写检讨，我绞尽脑汁也就是写了三行。当我们把一份份检讨书交到陶队长手上时，看到他犀利的目光，明白了开训当天他说“要有铁的纪律”是什么意思了。

秋收了，我们师的文武沙农场几百亩稻田，已是稻浪滚滚一片金黄。

这一带原来是荒漠沙滩，俗称“凤母沙”，方言谐音“文武沙”，1956 年国家在此修筑堤坝，建立国营农场，取名“文武沙农场”。

在这个丰收时节，我们卫训队要协助收割稻子，军燕发烧 39 度，不知为啥她还是坚决要求参加劳动，没人拦得住她，各班割稻子比赛她也参加，居然没事儿。那时候的人真是钢铁炼成的。

午夜惊魂

教室里放着一具人体骨骼。

人，究竟怎么回事儿，我们得懂。这具骨骼立在教室一侧，是我们上“人体结构与功能”课的教具，乍看起来是令人害怕的，但男战士们围着人体骨骼指指点点，还摸着数骨头。

我只是远远地望着，只觉得眼前这具空落落白色的骨骼，因为有血有肉才像个人，因为有情有义才是个真的人。

让我彻底发怵晕厥的，是上一次在手术室里看剖腹探查，盛所长亲自操刀，人的肠子被掏出来了，一节一节地检查，就像小时候看杀鸡。

白天我们学习新医疗法，背人体几百个穴位口诀，用银针自己扎和互相扎穴位。也到长限大山涧里认草药，乱七八糟的野草也都有了自己的名字：鬼针草、叶下珠、一见喜、车前草、酢浆草等。陶队长还编了一本足有三寸厚的红皮中草药书，里面每种草药都配上彩色照片。我们还到山上训练，搞野外救护。晚上回来累得不行，夜里还要站岗放哨，只要一躺下就呼呼大睡。

这是一个大宿舍，女兵全部住在里面，东面紧挨教室，南面有两个大窗对着操场，窗户东西侧两张上下铺，两窗之间也是并排两个上下铺。北面隔着走廊是 12 班。

我和小红睡西头下铺，中间隔着窗，床前摆着各自的凉鞋，鞋尖朝外。这么热的天，又没有电风扇，只能开着窗，门也开着，与隔着走廊北面的 12 班宿舍通风。好在西头只有我们女的，男兵隔着教室全部在东边。

夜是那么的静，偶尔传来哨兵的脚步声，那具人体骨骼就在我们隔壁教室，他也安安静静地站在教室里，不过说不准他也会出去遛遛呢。

不知睡了多久，忽然听到小萍软软的声音："维子，维子，快开灯，快开灯，我这里有个男的。"

声音不大，却像炸雷一样！

我腾地坐起，从床铺的这头翻到床铺的那头，缩在蚊帐靠墙的角落里，不停地发抖，完全不能自主，眼泪都要滚出来了。

维子是班长，她睡上铺，听到小萍的声音，紧张地胡乱在头顶上抓着灯绳，刚一开灯，那人已经跑得无影无踪。

整个宿舍乱成一团，一个个惊慌失措地穿着背心短裤，趴在窗口，对着黑暗中的大操场喊叫着，叽叽喳喳要抓住这个坏蛋，北边来锻炼的师里的干部子女也闻声跑过来，哨兵、陶队长、运输连指导员也都跑了过来，大家这才意识到衣裳不整，赶紧穿上。

我抖抖索索地找鞋子，找不到，咦，奇怪，我的凉鞋到哪里去了？明明睡前我的鞋脱在床下呀？往前一看，我的鞋在小萍的床前，鞋尖还对着我的床铺，怎么会这样呢？

越想越是全身发抖，我从来没有这样害怕过。

师保卫科的人来了。

"起初我以为是谁下哨睡到我床上来，后来觉得不对劲才喊。"小萍郁郁地对保卫科的人说。

维子自责道："我们都睡太死了，进来个人都没发觉。"

没几天，案子破了，是三排长所为，他立即被退伍。

这是个优秀的排长，谁也不会想到是他。

批判的声音，惋惜的哀叹，不绝于耳。

优秀与无耻，就这样在一念之间。

可是军燕却对小萍说：“漂亮也是一种错。”

晓华担纲

晓华是个有独立思想的女孩，每次开会讨论，她总是踊跃发言，不是人云亦云，而是有自己的独到见解，既细致入微，又敢作敢为，干部战士们都喜欢她。虽然身体瘦弱，但劳动起来她总是抢先。有一次我们在菜地里劳动，我在医疗所菜地，她在门诊所菜地，忽然一条蛇在离我几米远的菜地里向我游来，我不知所措，大叫起来："晓华，晓华，有蛇。"晓华二话没说，举起锄头，从门诊所菜地飞跑过来，一锄头砸下去，那蛇就死了。晓华的壮举，让我惊呆在那里，说不出话来，不由对她敬重有加。

卫训队毕业，这年年末，文武沙农场来了一批厦门大学的学生，他们是来部队劳动锻炼的"臭老九"。

晓华被师里派去文武沙农场，当女生排的副排长。

都说时势造英雄，在这个时代，十四五岁的孩子雄心勃发，堪当大任的已成一道亮眼的风景线，所有的大人都要高看他们一眼。

晓华才十五岁，副排长也不是好当的，不是跷着二郎腿指手画脚，而是要带领大家一起劳动的，风风雨雨要一肩挑。临行前，晓华把一只梅花表交给了我，说："这表，你帮我戴着，记得上发条。"

梅花表纽扣大小，圆圆的、金闪闪的，表面上有一朵小小的梅花，表链也是金色的，十分精致可爱小巧迷人，这是晓华妈妈在女儿参军前送给她的。

晓华是家中唯一的女儿，父母视若掌上明珠，从小呵护有加，现在当兵了，多苦多累父母也看不到了，疼不到了，这表便是母亲的心意。可我从没见晓华戴过，部队有规定，战士不准谈恋爱，不准骑自行车，不准戴手表。

病房里来了一个在文武沙农场锻炼的厦大女学生，个子不高，胖胖的，戴着眼镜，说是神经衰弱，成天躺在床上念英语。

我问她："晓华好吗？"

她腾地坐起来，说："晓华是我们的副排长，很能干，对我们可好了。"

"她舞也跳得很好呢。"我开心地告诉她。

"我们都喜欢她。"那个女大学生低声对我说："她还向我学英语呢。"

"那你念一段我听听好吗？"我说。

她大方地念了一段给我听，很新鲜很好听，就像小时候听姐姐哥哥们练习俄语一样，虽然听不懂，但听起来很有趣，这是很远的外国人说的话。

我问女大学生："你在农场可以读外语吗？"

"可以。"她说："部队规定学外语的学生，每天保证一小时复习时间。"哦，那还是有特别之处。

女大学生出院的那天，突然救护车送来了晓华，她躺在病床上打滚，痛苦不堪，那样子实在令人不忍，我给她打了阿托品不行，再打杜冷丁还是不行，止不住的痛啊，所里只好赶紧将她送往军区总医院。

后来传来消息：晓华得的是急性阑尾炎，要开刀。

"天，晓华能承受得起吗？"维子担忧地蹙着眉头。

“她很坚强。”军燕依然冷冷地说。

“何方所长说也可能会用保守疗法。”小梅说。

保守疗法就不用开刀了。

让晓华去这么艰苦的农场带队劳动，是因为她素质全面，因为她是一个值得信赖和培养的好苗子，艰苦环境正是她经风雨见世面锻炼的大好机会，可在超负荷的体力劳动中，她还是倒下了。

所幸，晓华很快就恢复健康，身体逐渐好起来，我高兴地去总院接她归队。

晓华的爸爸从霞浦调到省里来工作了，在她家里，我见到了晓华的母亲，还见到了她弟弟，我初中时的同学。晓华母亲笑盈盈地看着我，像看到自己的女儿一样亲切慈祥，她和我讲起晓华此次生病，就心疼不已。当她看见我军装里面穿着一件鲜艳碎花内衣时，便跟晓华说：“你也可以穿一件这样的花衣裳啊。”母亲疼爱女儿，如此这般，点点滴滴。

《珍宝岛的怒火》

在军营里，一日三餐，从未有过鱼，我以为这里无海。

师部在长乐上湖，门前横亘一条马路，马路向东北后折，通往长乐县城，马路向西，沿路伴随一条能通小汽轮的狭长水道，水道前面的沃野良田，在永乐年间叫兹港，也叫太平港，通闽江，江面宽阔，水深可泊巨轮，那是郑和七下西洋船队的驻泊港和航海基地，多了不起啊！

今晚师部大礼堂灯火辉煌，要上演自编自导的文艺节目，部队官兵从四面八方赶来参加这一热闹的活动。

我突然发高烧39.2度，急性扁桃体炎，喉咙有些痛。盛所长要我住院，我执意不从，因为今晚上我们要演歌舞剧《珍宝岛的怒火》，我要领唱，要演女民兵，怎能不去呢？

我们是最后一个节目，我在后台高声地领唱：

啊……
硝烟滚滚来天半，
冷风阵阵刺骨寒，
反修战士硬骨头，

拖不垮来压不烂。

（合：）心中升起红太阳……

我的歌声出乎意料的甜美嘹亮，让我有点喜出望外，疼痛的喉咙经这么一唱反倒觉得舒服了许多。

在歌声的旋律中，舞台上一队战士和民兵肩枪背对观众，缓缓走出，表演正在祖国北疆的冰天雪地里巡逻。我和女民兵们身穿蓝底白色碎花的对襟上衣，和蓝色粗布裤子，腰扎皮带，演到高潮处，晓华将一把步枪扔给我："快，要冲锋了。"

说话间，晓华已经端起枪喊"冲啊！"

女民兵们一个接一个地端着步枪冲了出去。

这是过场戏，显得冲锋场面激烈和士气高昂，当我们刚冲到对面幕间，就听到台下传来观众一阵阵"嗡嗡"的声音。

我们面面相觑："怎么啦？"

"不知道啊。"

没时间问了，女民兵们从后台绕过来，还要继续冲："冲啊！"

我端着步枪，刚冲到台中央，整个礼堂的"嗡嗡"声立刻变成了哄堂大笑，我们却是一副莫名其妙的表情。

谢幕时，政委和师长都上台来和演员们握手，到我面前时，政委笑着对我叫了一声："小鬼。"我立正向政委敬了个礼。

师长随后也笑眯眯地对我说："你啊，把枪拿反啰。"

枪拿反了？怎么反啦？大家看着我笑。

原来演出的步枪是木头做的，我慌乱中抓起枪，扳机朝上就往外冲，拿枪的架势倒挺像，可这一冲哪能躲得过台下老兵们的眼睛呐，能不把他们笑翻天吗？

我难为情极了，私下里又握了几次那把木头枪，正握反握都觉得挺顺手啊，为什么会这样呢？因为那不是真枪。

之后我又被师直属队调去排节目，演歌舞剧《军民一家亲》，剧中三个角色，解放军副指导员，大爷，大娘，我饰大娘。剧目的内容是解放军某连一个副连长救了小伙子，小伙子的父母很感激，带上礼品，坐上牛车去看望解放军的故事。

大娘六十岁，蓝色大襟上衣，黑色裤子，脚穿布鞋，头发全部往后梳成一个圆圆的发髻，光光的额头上画了三道皱纹线，挽着包袱，坐（站）在牛车上。

赶车的老头，头扎白巾，唇上两撇胡子，腰绑蓝布带，手拿长烟斗。

我们合着歌的节拍，轻摇着身体，在舞台上边行边唱：

公社麦田千里长，
棉田连到蓝天上，
蓝天高来草原广，
怎比解放军恩情长。
解放军救了我的小巴郎（孩子），
今生今世永不忘，
雪莲花开在天山上，
解放军记在我心坎儿上。

扮演解放军的是通信连的副指导员。

他来了，英俊的他舞出来了，青春的光芒照亮整个舞台，他来到大爷大娘面前，大娘睁大了眼睛：啊，他的笑容像春光，照亮我的身，他的眼神像美酒，沁入我心脾。

突然心头一震，感到一阵温馨，我渴望有人抚慰心灵，我渴望有人为我遮风挡雨，忽然我想，他若能成为我的白马王子……

我对他“含情脉脉”，可他并无知觉，待他明白，却为时已晚矣。

战斗英雄

小梅和小萍调到别的医疗单位去了。

师里要组织田径队参加军里比赛，必须要有女兵参加，还好今年又征了几个女兵。

晓华“五项全能”，100米短跑、跨栏、铁饼、跳远、跳高。

我400米、1500米跑。

新兵小艺跳高。

比赛在莆田后桌军部操场进行，来自守2师（我们师，不久前改的番号）、守3师、独立2师、85师、92师还有军直军后的运动员，站满了一操场。

我没参加过体育比赛，一时也没把兄弟单位的运动员当回事儿，事实是我既没眼界又没实力。

晓华的成绩还不错，却也不在前头。

小艺一米高也没能跳过去。

我的成绩更是难以启齿。

比赛前我就脚崴了，可我觉得大家彼此彼此，算不了什么。

先是跑1500米，七个人跑，我跑得相当累，差距越来越大，落后我前一名一圈，一个人艰难地孤独地在田径场上跑着最后那一圈，脚踝痛到了没有知觉。看台上坐着几层高的战友啦啦队，一直在为我加油呐喊，可我觉得他们像在可怜我。我咬紧牙关坚持到底，5 分 23 秒，最后一名。

广播里传来了表扬我的声音，我却坐在汽车驾驶室里喘着粗气哭起来。

我没想到来竞赛的女兵，好多都是来自“田径之乡”的莆田，太大意了，太轻敌了。

这一年，师卫生科改为师医院，床位加到了一百张。

病房里有个病人每到下午三点就会全身发抖，牙齿打颤，面色苍白，口唇发绀，持续寒战，我给他盖两床被子还不顶用，直喊冷，一会儿体温就迅速上升到 40℃，面色潮红，烦躁不安，呻吟不止，剧烈头痛，皮肤灼热干燥，我用酒精掺水给他擦拭全身降温，依然难以奏效。高热过后，就大汗淋漓，衣服被子全部湿透。

所长军医们站在一旁束手无策。

军医办公室里展开了讨论。

盛所长说：“明显的疟疾症状。”

张军医边写病历边说：“我们已经先作抗疟治疗了。”

说话间化验报告出来，查到疟原虫。

骆副所长看着报告略有所思：“我看过一个资料，越南战争已经五年，疟疾也在全世界大肆流行，疟原虫对王牌抗疟药氯喹产生了抗药性，每年疟疾在全球的发病人数达到数亿，病人死亡率急剧上升。目前全球都在寻找新结构类型的抗疟药，但都没有获得满意的结果。”

“除了用常规抗疟药外，我们也可尝试一下中草药。”盛所长说。

病人姓陆，是个战斗英雄，我们师的副参谋长。

第二天病人体温降下来，人清爽了许多，但有一种大病之后的疲倦困顿和全身酸痛。

我给他测体温和脉搏，询问他的感觉，拿了碗牛奶和几块饼干给他吃。

他认出了我，问：“上次看见你们演出，不错，你在里头领唱？”

我不好意思地点点头：“是的，可我把枪拿反了。”

“哈哈，”他笑了起来：“我们都看到了，没什么啊，你是新兵，又是演戏嘛，真要打仗，你还会把枪拿反吗？”

“所长说您是战斗英雄？”我崇敬地问。

“算不得什么，那都是过去的事啦。”他淡淡地回我。

“打仗的时候，你怕吗？”我紧着问。

“怕？”他说：“那时候没法怕，倒是现在有点怕了。”他呵呵又笑了一下，喝了口牛奶。

“现在不打仗了，为什么还怕呢？”我问。

“现在虽然不打仗了，但过去那战斗的场面都历历在目啊，挥之不去，像过电影一样。”他沉着脸说。

“你给我讲一段你打仗的故事吧。”我请求道。

“哪有什么故事啊，那真不叫什么故事。”他顿了顿，看看我有点不忍，就说道：“好，讲一个。”

他半坐着，我将一个枕头往他背后垫了垫。

他问我：“你看过电影《战上海》吗？”

我点点头。

他说：“兵无常势，水无常形。攻打月浦是上海战役最艰苦的一段战斗，我们部队伤亡很大，全师没有几个完整的连队，所有的营都由三个步兵连合并为一个步兵连。占领月浦街区后，敌人为了夺回失去的阵地，连续组织对我们反击。那是15日的下午，敌人以步兵一个营为先导，在炮兵火力的掩护和坦克支援下，沿月宝公路两侧，对我们260团、261团既得阵地进行猛烈反击。我当时是261团1营3连连长，在敌众我寡敌强我弱的情况下，我指挥部队放过敌人坦克，集中火力狠杀跟随在坦克后面的敌人步兵，眼看着他们在我的枪口下一个个倒地，横尸街头，我又组织小分队出击歼敌先头部队一个排，缴获了轻机枪 2 挺，步枪 12 支，毙伤敌人百余人，俘敌 12 名，我们三连就像钉子一样，钉在东寺宅西南方三百米的桥头公路上。”

“那两辆坦克呢？”我焦急地问。

“那两辆坦克越过我们阵地后，被我们营的加强工兵用炸药摧毁。我们营得到了师长的传令嘉奖，29 军还给我记了一等功。嘿。”他有点不好意思地笑了。

“看见一个人倒在自己的枪口下，你会不会一直记得他的模样？”我忧忧地问道。

“当然记得，一辈子都记得。”他说：“战争的场面对人的心理影响是巨大的，所以从战场上过来的人都会举双手反对战争。”

“是的。”我忽然想起：“您的病诊断出来了，是疟疾，蚊子咬的。”

“喔，小小蚊子把我整苦了。”他显得很无奈。

我说：“我们家乡有一种草叫‘青蒿’，每到夏天，家家户户都会用这种晒干的草，扎成一人高碗口粗的草把，烧着了熏蚊子，那草的味道可好闻了，蚊子很怕这种烟味，不敢来咬人。”

“你们这里山地多，蚊子也多。”陆副参谋长是江苏人，他努力适应着这里的环境。

小鲁之恋

师医院今年新来五个女兵。

十四岁的小鲁分在医疗所，圆圆的脸，樱桃小嘴，一张古代仕女的脸谱。

这一天病房里来了一个叫小军的病号，师特务连侦察排的战士，十六岁已经当兵两年了，事实是两年前他的父母也挨了批斗，干部子弟们混在一起，无处可去，就把他送到了我们师文武沙农场锻炼，就地参军。年纪虽小，一副老成模样，一米八的个子长得帅气，擒、拿、格、斗、射击、投弹、骑马、开摩托车样样都会。这会儿来住院就是因为骑马不小心摔下来，尾骨骨折了，小腿也受了伤，住在二楼外科。

小鲁上班，看到小军先是一愣，便呆住了，小军注意到她神色的变化，似曾相识。

吃过晚饭，大家和以往一样走T形沙砾路，到外面公路去散步。走过长限村庄和师运输连，穿透T形马路，前面就是广袤的田野，习习的晚风，带着我们弯进南边小道，步行一段再向左拐，有一个小小的石灰厂。往前又有一条长长的石板桥横跨在水道上，水道里裸露着大大小小的怪石，水丰时这里可以行船和游泳。水道向东一条小道通往师部，散步到了这里就会回头，这里还算是在营区的纪律范围。

小鲁没去散步，她去了小军病房。

小军腿伤，乖乖地躺在床上休息，正感到无聊，看到小鲁来，挺高兴的。

小鲁拿了一罐麦乳精给小军，当场泡了一杯递过去："喝吧。"

小军翻过身，披上军装上衣，坐在床沿："没想到你也来这里当兵了？"

"是啊，我也没想到会在这里碰到你。"小鲁坐在另一张床沿上："刚才我一眼就认出了你。"

"上次你爸带你到我家，是几岁呀？"小军问。

小鲁想了想："大概十岁吧。"

小鲁看着小军，心里说不出的喜欢，几年时间，他竟变得如此倜傥英俊。

小军也细看了一眼小鲁：小姑娘长大了，脸上还长了几粒青春痘。

他挠挠头皮说："记不记得我爸跟你爸讲起的那匹日本产高头大马呀？"

"记得。"小鲁说："那天我趴在我爸膝头上，一听说马，就跳下来要爸爸带我们去看马。"

小军得意地说："爸爸他们只是笑，他们说那匹马是红棕色高头大马，鬃毛像绸缎一样漂亮，眼睛炯炯有神，四条马腿不停蹬着地面，十分矫健有力。爸爸说是三十三旅旅长送给他到苏北兵团供给部走马上任的礼物。爸爸可爱它了，骑着它走遍了苏北大地。"

"那上次为什么不带我们去看马呢？"小鲁问。

"那马不适合留在省城，爸爸留给了闽北指挥部，那里山多草茂，后来在一次执行任务中那马牺牲了，我爸还流了泪，好几天不说话。”

小军低着头，又抬起：“我这次骑的是山丹马，黑鬃黑尾巴的红马，雄健剽悍，粗壮结实，速度和持久力都相当的好。但它对我有点使坏，我一上去就被它给掀下来了。”

他们开心地聊着，有说不完的话，真是知己者亲啊。

这之后小鲁成了小军病房里的常客，小军稍好点儿，他们就一起到村外去散步，也常走到石灰厂前面那条石板桥上谈天。

小军说：“我常常去偷翻我爸的书橱，发现了很多秘密。”

“说说吧。”小鲁好奇地听着。

“淮海战役开始时，”小军说：“我爸他们驻扎在八里桥，接管了歼灭敌一〇七军孙良诚部队时俘获的大批俘虏，接收了大批武器弹药和其他军用物资，还有敌随军的一个军乐队、一个京剧团。后来仗越打越大，运输线越拉越长，我方兵团抬担架的、挑弹药的、推粮车的民工就有三万七千多人，部队大规模地迂回穿插作战，大踏步地前进，越走越远，光靠人力运输已经越来越难适应前线作战的需要了，弹药物资供应不上。我爸快急死了，后来发现俘虏中有很多汽车兵，又通过他们找到了他们藏匿起来的汽车，便成立了汽车大队，我爸当了第一任汽车大队长，可把他高兴坏了。”

“真有意思。”小鲁也笑了。

“有了汽车大队，那是如虎添翼啊。”小军继续说：“在歼灭黄维兵团、合围杜聿明集团期间，有一次，兵团二纵队正在固镇南段阻击由蚌埠北援之敌，急需迫击炮弹、手榴弹和炸药，兵团供给部前指命令用汽车连夜赶运，不得延误。这时候，天下着鹅毛雪，大地一片白茫茫，路滑难行，我爸带领十五辆弹药车，摸黑向固镇开进。车队来到固镇旁的铁路大桥时，发现有两段桥面已经被敌机炸毁，虽然我们南进部队的工兵已补搭上两条平行的通道，但每条通道都只用两条铁轨捆扎而成，非常狭窄难行，这样的通道人勉强可以行走，而汽车尤其是载重汽车能通过吗？我爸下了车，和全体押运员、驾驶员互相携扶着走过临时通道，仔细勘察，都说汽车太重，通道太窄，无法通行。我爸真是心急如焚啊，已经凌晨三点了，耳边不时听到隆隆的枪炮声，部队正在浴血奋战，这批弹药若不按时运到，势必影响他们的战斗，再说装满了弹药的汽车也不能老停在桥边，不然天一亮，就会遭到敌机的袭击，后果不堪设想。”

“那送上去了吗？”小鲁急不可待地追问。

“前进，只能想办法前进。”小军接着说：“这时在焦急的人群中一声响亮的‘报告’。我爸回头一看，是刚俘虏过来不久的驾驶员敏志，他说：‘大队长，我有办法把全部汽车开过桥，不过要有条件，每开过一辆汽车，你得赏我两条纸烟。’他这一说，全场顿时静下来，有的怀疑，有的看不惯，有的气愤，我爸又喜又忧，边听议论边权衡利弊得失，看了看表，时针已指向四点，作战命令要求五点前把弹药运到前方，时间逼人，不能犹豫，就答应了，让他试着开车过桥。这一刻，阵阵寒风卷着雪花，猛扫田野，路旁的小树和枯草被吹得直晃荡，虽然天阴沉沉的，布满了乌云，但在雪光下，还可以非常清楚地看到残断的铁路大桥的躯干。我爸他们分散在桥头两侧，睁大眼睛，注视着敏志驾驶的汽车，只见车轮紧贴着搭在桥墩上的两条狭窄通道，徐徐地驶了过来，每开过一辆汽车，大家都捏一把汗，终于头尾不到半小时，敏志靠他的胆量和技术，把十五辆装满弹药的汽车全部开过桥，全场欢呼雀跃啊。”

“真让人激动，”小鲁说：“那纸烟兑现了吗？”

“费了老鼻子劲儿。”小军摇摇头说：“因为这种物质奖励的办法，不符合我军的传统习惯，规章制度不允许。我爸向上级申述了奖励的理由，终于实现了诺言，当众把三十条纸烟奖给了敏志。那俘虏也很有意思，只给自己留下一份，其余全部分给别的驾驶员。

我爸说通过这事，他得到启发，政治觉悟和高超技术多么重要。”

天色已晚，小军和小鲁还在石板上谈啊谈。

黄班长到处找小鲁开班务会。

病房值班员也到处在找小军。

有人悄悄向盛所长报告：“他们可能在谈恋爱。”

因为我爱

这还了得，战士不准谈恋爱是部队的纪律，谁也不能违例。

所长找到还在休养的陆副参谋长，说："小军和小鲁在谈恋爱，他们还都是战士，这些干部子女要好好教育，你找他们谈谈。"

"不至于吧？"陆副参谋长皱皱眉说："他们还都是孩子，只是聊聊天吧。我找小军问问。"

吃过晚饭，陆副参谋长邀上小军去散步，他们也来到那座石板桥上，看着桥下清澈的流水，在石头间撞击，激起的水花又在石头间顺流而去。

"副参谋长，我非常敬佩您在占领月浦街区后的那场反击战，打得太漂亮了。"小军带着敬慕的表情看着陆副参谋长。

"那没什么。"陆副参谋长笑笑说："换你可能点子更多啊，更勇敢啊。哈哈，屁股好点没有？"

他们两个在上湖师部本来就无话不谈。

"还说呢，山丹马正是我爸当年骑的那种日本产的高头大马。我小瞧它了，活该被它掀下来。"晚风吹拂，小军稚气十足的脸充满自信："我会成为它的朋友的。"

"有志气。"陆副参谋长说："岳云十二岁就从军抗金，比你还小呢，使两把铁锤，勇武过人，在郾城之战中，他率背嵬（古代大将的亲随军）骑兵奋勇冲杀，打乱金军阵势，与步兵配合，大败金军精骑。在颍昌之战中，他率八百背嵬骑兵左右驰突，先后出入金阵十余次，击败金军。在朱仙镇，他率五百背嵬精兵大破十万金军。岳飞的部队把金人打得落花流水，溃不成军。”

“背嵬骑兵什么意思？”小军疑惑地问。

“在岳家军中，有一支强悍的骑兵，屡屡以少胜多，其中最精锐的就是‘背嵬军’，统领是岳飞的儿子岳云。”陆副参谋长继续说：“别小看这几次战斗，那是划时代的，在当时的历史条件下，骑兵是野战、进攻最有效的兵种，在广袤的华北平原上，可以说没有任何兵种能与骑兵匹敌。宋军想击败金军，必须以骑制骑，当时宋军能做到这一点的，只有岳家军。”

“跟古人比，好惭愧。”小军嘀咕着，他一直以自己军事技术样样出色为豪，听陆副参谋长这么一说，开始沉思起来。

陆副参谋长说：“当然，现代战争与古代作战有天壤之别，我们不也是小米加步枪打败飞机加大炮吗？我们反对战争，但战争与和平是辨证的关系，所有的和平都是建立在战争基础上的，国与国之间鲜有道德层面的东西，只有形成暴力制衡，才能拥有和平，虽然残酷，但从理论上讲战争也有许多正面意义。以后你应该争取到军事院校去读读书，成为一名出色的军事指挥员。”

“我渴望有这个机会。”小军说。

“和小鲁以前认识吗？”陆副参谋长忽然问。

“认识啊。”小军坦率地说：“小时候她爸带她到我们家来过。”

“哦，这样，很好，但要注意纪律和影响哦。”

“是。”

小鲁被批评了，让她在班务会上做检讨，说她无组织无纪律，说她对伤病员态度生硬，甚至有人警告她战士不准谈恋爱。她委屈地哭了："哼，我就要跟小军谈恋爱，怎么样？我就是喜欢他！"

小鲁去找小军，一定要和小军谈恋爱。

小军就把她带到了石板桥上，语重心长地说；"我们还小，不能谈恋爱。"

不，小鲁执拗地坚持着："你不肯，我就跳下去。"

望着深深的河床，小军害怕了：我无论如何不能跟她谈恋爱，但她这样怎么办呢？

熄灯号已经吹过，还不见他们俩的踪影，领导急了，让女兵们到处去找，这出事了还了得。

终于在石板桥上找到了他们。

回到宿舍，军燕打开《莎士比亚文集》又合上，支起身来，轻声地对晓华说："小鲁和小军真的在谈恋爱呢。"

"也许只是好感吧？"晓华也合上苏联小说《怎么办》。

"是真的，所长批评她了。"军燕换了一副甜蜜的表情："马尔林斯基说，毫无经验的初恋是迷人的。"

我没有资格谈论什么爱，看了看放在枕边已经读了一半的《约翰·克利斯朵夫》，有点烦。这书写得太艰涩，太难懂了，读一半就想放弃读它，可又心有不甘，坚持咬牙读下去，居然大觉过瘾。

晓华随手关上灯，懒懒地说："因为我爱，所以我爱。"

军燕躺在被窝里，闭着眼睛还冒出一句："莎翁《爱的徒劳》中说：爱能战胜一切。"

《智取威虎山》

师的番号更改后，各团也分别改为守备5团、6团、7团和8团。

夜里，南日岛上没有电灯，茫茫大海黑漆漆，阵阵海风呼啸着，发出哨子似的尖叫声。

岛上驻扎着我们师的7团，所有营房已经淹没在黑暗中，唯有一个石头屋子的窗户，还在忽闪着亮光，那是宣传股许股长的宿舍。

许股长正点着蜡烛，坐在收音机旁，收听现代京剧《智取威虎山》。他一遍又一遍反复地听，一笔又一笔认真地写，默默地艰难地记下了《智取威虎山》的全场音乐总谱。

想想就知道，这是一个非常艰巨的工作，各种乐器、节奏、锣鼓点都得一丝不苟地准确记录下来，在这样的条件下，真是太难了。样板戏如火如荼，没有对样板戏的执着和热爱，没有对戏曲的深入理解和钻研，是不可能在这样的情形下，记录下如此纷繁复杂的乐谱的。

许股长不仅把总谱默记下来，还组织起了乐队和庞大的演出队伍，布景、灯光、服装、道具、音响、效果，光是效果就有烟火、枪声、响声、雪花、雷雨、阳光。为了搞火药效果，有个战士还把脸都烧伤了。后台还有大提琴、小提琴、大号、小号、唢呐、黑管、京胡、月琴、板鼓，事无巨细，面面俱到，台前、台后、装台、卸台，所有这一切，二话没说，全部由这些二十岁左右的战士们完成，和专业剧团一样，真的很了不起啊。

最难的是没有女演员，团里牛政委就把还在上小学的女儿推出来演小常宝，说："没有条件也要创造条件上！"

还借用了岛上的女民兵。

南日岛是个公社，本来就没几个人，可是决心来了，什么都挡不住啊。

全师汇演，7 团的全场《智取威虎山》一炮打响。功夫不负有心人，7 团无可争议地成为师宣传队的主体，参加军汇演。

《智取威虎山》剧情丰富饱满，斗智斗勇，新鲜活泼，人物性格鲜明，个个形象生动，特别是土匪们黑话连篇，非常有趣，部队人很喜欢看，直呼过瘾。

饰座山雕的是一名江苏籍战士，他的表演真是惊艳四座，形象与座山雕极像，声音嘶哑，动作老道，一副阴险老辣的嘴脸，让人无法忘却。

饰三连长的是一个有印尼华侨背景的士兵，他最后有一个难度极大的动作，在我军冲进威虎厅时，他试图跑向座山雕座椅下的地道逃跑，随着一声枪响，他两脚插进座山雕的椅子，上身倒下，台下的观众惊呼不已。

饰滦平的也是绝技惊人，明明是个很端正的战士，一化起妆来，表演得极其猥琐丑陋，还会擦鼻涕，台上台下完全是两个人，观众无不叫好。

所有土匪演员全部出自 7 团，个个匪气十足，气焰嚣张，为非作歹，无法无天，7 团竟成了一个"土匪窝"。

对土匪，我们师并不陌生，解放初期福建剿匪战斗中，那啥"突击军""救国军""自由军"我们都打过交道，会剿戴云山，围剿陇西山，进剿武（平）上（杭）长（汀）边区，昼搜夜伏，翻山越岭，飞兵追捕，那也是一部波澜壮阔、精彩纷呈的故事。

营前炮营的干部战士都去拉练了，剧组就在炮营里排练。

这里是闽江边，风景独好，任由战士们甩开膀子翻跟斗，京腔京韵吊嗓门儿，画布景的，搞灯光的，锣鼓声声不断，寂静的营房变得热闹异常。

炎热的夏夜，大家练得一身汗，洗过澡，会在江边散散步，演杨子荣的周排长和小艺常常会一起走，在榕树下石凳上亲密谈天，谈着谈着就忘了回营房，这多少引起了大家的关注。

彩排那天晚上，政委、师长就座在台下第一排。

音乐响起，大幕拉开，漫天飞雪，这是灯光的功劳，这灯光是我们自己制作的，两台布满圆洞的灯光圆球，就放在布景后面的地上，由两个战士蹲在那里用手摇，飞雪立刻布满了舞台，漫天飞舞。

穿着白色披风的战士们，在东北森林的飞雪中滑行，真是一幅绝佳的美景。这壮丽的战士集体舞架势，一下子镇住了台下的部队，没有人讲话，没有人吵闹，连家属、小孩都全神贯注地看着舞台上的表演。开场不错！

一场接一场，场场都博得台下战士们的阵阵掌声，到了剧情的高潮处，只听得座山雕突然大喊一声："天王盖地虎！"

杨子荣一个转身，掀起裘皮大衣一角，一手对座山雕伸出拇指："宝塔镇河妖！"

众金刚："么哈？么哈？"

杨子荣面不改色道："正晌午时说话，谁也没有家！"

座山雕坐在虎皮座椅上，弯下腰问："脸红什么？"

杨子荣答："精神焕发！"

座山雕立刻在座椅上单脚蹲着画一圈："怎么又黄啦？"

众匪徒持刀枪逼近杨子荣。饰演杨子荣的周排长是6团的，入伍前在采茶剧团，唱念做打样样精通，长相俊俏，嗓音高亢。

杨子荣看着眼前亮闪闪的刀枪，镇静地笑道："哈哈哈哈，防冷涂的蜡！"

座山雕手一伸，要了把手枪，一声枪响，打掉了威虎厅上一盏油灯。

杨子荣也不含糊，手一伸，要了同一把手枪。

台上台下所有人都屏住了呼吸，眼睛直盯着威虎厅另外两盏还亮着的油灯，等待最精彩的瞬间。

只见杨子荣一个旋转飞身，向头顶上的油灯举枪射去，两盏油灯立刻灭了，但是枪声却没有响。一时间杨子荣愕然，观众也愕然：枪怎么没响？

杨子荣故作镇静，收回手枪，潇洒地吹着"冒烟"的枪。"砰"一声枪又响了，杨子荣吓一跳，观众也吓一跳：怎么回事儿？

原来是小艺，她在后台负责音响效果，手上拿着竹片蹲着，看着周排长的表演，被他的光辉形象慑住，忘了手中要打下去的竹片，导致英雄杨子荣"一枪灭两灯"的壮举，没有了枪声的配合，当她忽然想起把手中的竹片打下去时，正巧杨子荣在"吹枪"。

整个礼堂哄然大笑，政委、师长也笑得合不拢嘴。

献联络图

这几天，饭堂里总有很多人在打乒乓球，脸上挂满了笑容，名古屋世界乒乓球锦标赛，小球推动大球，友谊第一，比赛第二，这些新词在大家的嘴边不断冒出，不会打的战友也要来两下，然后说句“友谊第一，比赛第二”走人。

我和晓华正打得欢，突然接到师宣传科通知，要我明天到29军军部找师宣传队报到。

来到军部报到的第二天上午，我被带到军部礼堂进行临时排练，让我顶替调到师闽清留守处的小艺的角色，演李勇奇的妻子。

这是个悲惨的角色，土匪从她的怀中抢走了孩子，又把孩子从悬崖上重重地摔下山去。为了抢夺孩子，李妻不顾一切与土匪搏斗，为救丈夫她中弹身亡。

在这场紧张悲壮的剧情排练中，我和匪参谋长有了一个照面，他的眼神像电一样，闪着笑意，我本能地像触了电一样，情不自禁地“咯咯咯咯”笑起来，我从来没见过这样的眼神，这哪里是土匪啊？

许股长坐在台下，见状马上站起身来走近台前：“不能笑啊，不能笑。”

是啊，我怎么能笑呢？这是悲壮的一幕啊。

再排一次，这次和匪参谋长再见，我又看见了他的眼神，闪着光，不知咋的我又忍不住“哈哈哈哈”笑起来，他为什么有这样的眼神？

许队长走上台来，严肃地批评我，那些在后台打板鼓陪练的战友们也有意见了：“咋呢，这有啥好笑的？”

我也不知道为什么会发笑，他是谁？我不知道，他对我也没有台词，我觉得他不像土匪，那像谁呢？像郭振清，“李向阳”啊，嘴角还带着一丝调皮的微笑，眼里没有一丁点儿匪气。对，那眼神光里有丝丝的电流，让我觉得很不自在，为了掩饰我的慌乱，我才大笑。

其实他长得更像我英俊的大哥阿浩，他如果是我的亲哥哥多好啊，我可以把心中所有的委屈和痛苦向他倾诉，我喜欢他的样子，可我不能接近他。

晚上在军部大礼堂演出，所有参演单位里唯独我们师演全场样板戏。

军长和政委都来了，我们师长和政委也来了，他们都坐在观众席的第一排。

军长对师长说：“今晚就看你们的啦。”

军政委对我们师政委说：“听说你们演得像那么回事儿啊。”

师长笑笑说：“当初剿匪军里不也是让我们师挑大梁嘛。”

军长不禁笑了起来：“噢，哈哈哈，看来你们没白剿匪啊。”

红色大幕徐徐拉开。

我们演得很认真，部队看得聚精会神，剧情在跌宕起伏中被推向高潮：

“三爷有令，带一溜一子。”威虎厅中匪参谋长对着洞口传令。

“带溜子哦。”小土匪们跟着吆喝起来。

精彩的一幕开始了，只见周排长器宇轩昂风风火火地来到了威虎厅，一个漂亮的亮相，聚光灯打在他的身上，啊，真英雄！

杨子荣与土匪斗智斗勇，精彩纷呈，台上台下那个乐呀。

该杨子荣献宝图啦。只见他对座山雕说道：“崔旅长，抬头请观看。”

一个转身亮相，手往口袋里一摸，嗯？图呢？另一个口袋再摸，没有，糟糕，联络图哪儿去啦？他急中生智掏出空空的手，作捧图状：“宝图献到您面前。”

那座山雕一愣，也是机智，知道坏事了，杨子荣没带联络图，咋办？只好空手接过“联络图”，满怀深情地唱道：“联络图，我为你朝思暮想……”

“哎，哎，杨子荣没带联络图？”台下开始嗡嗡议论。

幸好座山雕表演得实在太好了，公鸭嗓子把部队观众紧紧地吸引住。

军长扭头笑嘻嘻对师长说：“你们杨子荣真厉害啊，没有联络图也敢上威虎山？哈哈哈哈。”

今晚演砸了，周排长把放在马甲口袋里面的联络图丢在后台过道上了，太慌张了。

不过军长、政委还是表扬了我们，说好好去部队巡回演出。

晚上，宣传队住在军山炮团，几个“匪兵”洗完澡不去睡觉，在山炮边儿转悠，昏暗中他们说：

“这山炮老旧啦，该淘汰了。我爸说，打上海的时候，敌人工事非常坚固，纵深火力交叉严密，我们进攻受阻，对峙中，敌人舰炮、地面炮兵对我们阵地进行覆盖式射击，敌机也轮番轰炸，我爸那团的阵地上只有三门山炮，刚一回击，就被敌人炮兵击毁两门，哑了。”

“你可别说，那时候若没有那几门山炮还真不行，我爸说在向月浦镇发起总攻的时候，就是在军山炮团和各团迫击炮的火力掩护下，利用夜暗猛攻，当时阵地前不远处有敌人四辆装甲车挡在我们的冲锋道路上，我爸就指挥山炮对敌装甲车进行抵近射击，首发便命中目标，击毁敌装甲车一辆，其余三辆掉头南逃，突击队一举突入街内，攻占了月宝公路西边的一片房屋，为主力向月浦街进攻打开了通路。”

“是啊，没有这老山炮，怎么能打开进攻宝山、吴淞的突破口？”

“这是攻坚，我爸说那时候我们用山炮将敌堡摧毁，用82迫击炮送炸药，震得敌人七窍出血，敌人惊呼‘共军使用什么新式武器？！’哈哈。”

这几个匪兵都是军队干部子弟，黑暗中，他们说得有来有去。

大团小团

我在海边长大，却从未亲近过大海，这次师里命令我们到全师巡回演出，可把我高兴坏了。我们师有两个团在海岛上，6团在平潭岛，7团在南日岛。

想象一下吧，站在岛上，看着四周如画般的大海，无边无际无遮无拦，汹涌的波涛，哗啦啦的海浪，点点风帆，该多美呀，我的心里装满了大海的诗情画意。

五辆解放牌汽车齐刷刷地停在码头上，等待着从远处驶来的登陆艇，我们要渡船去平潭岛。

“那些登陆艇是海军的吗？”我兴奋地问许队长。

“不是，”许队长说：“是我们师的船运大队。”

“我们步兵师也有船运大队？”我很好奇。

“是啊，我们师的船运大队渡江战役的时候就成立了。”许队长边指挥车辆开上登陆艇边回答我。

很多战士一踏上登陆艇的甲板，就蜂拥着涌向船头，“匪参谋长”带着几人索性登上指挥台上方的甲板，感受着乘风破浪的刺激，海风吹开了一个个年轻的笑脸。

我站在船头甲板上，还在想着许队长的话。“队长，你刚才说我们船运大队渡江的时候就有啦？”我问。

“对啊，”许队长手扶栏杆，面对大海说：“渡江战役时，军里分配给我们师各类的木船有两百多艘，就在那时候成立了船管大队，各团也成立了船管中队。我们的小木船当然不能跟他们美式武装的洋枪洋舰相比，但是我们赢了！”

“为什么会赢呢？我们用了什么战术？”一个战士问。

“我们的战术是：船船突击，人人突击，只能前进，不能后退，一次成功，哈哈哈哈。”许队长边说边开怀大笑。

战士们也跟着哈哈大笑，阵阵笑声都落在了滚滚的海浪里。

“平潭岛离台湾近吗？”一个山东籍的战士问。

几滴海水溅上了我的黄衬衣。

“很近，岛的东面与台湾新竹港只相距68海里。”许队长接着说：“每年部队都要在这里组织武装泅渡。”

我望着汹涌的浪花，疑惑地问：“队长，你渡过去了吗？”

许队长笑笑说：“我在指挥艇上，我是宣传员，要宣传，要鼓动，要不断地鼓动，我会在艇上对武装泅渡的部队大声呐喊：渡过去呀！渡过去呀！勇敢地渡过去呀，向彼岸渡过去呀！”

大家又是一阵哈哈大笑。

许队长说：“每年武装泅渡总有些个战士渡不过去，实在不行的，就把他们捞起来呗。”

岛影越来越近，平潭岛上驻扎着我们师的“天下第一大团”6团，这个团有五个步兵营，一个高炮营，一个榴炮营，还有一个武工队，一个运输队，牛皮不是吹的，火车不是推的，部队从小到大参加的战斗可不少，老狼街战斗、反扫荡攻炮楼、高邮战役、邵伯保卫战、通榆路阻击战、盐城战役、盐南战役和解放战争，多了去了。

我怀着梦想，踏上了平潭岛。

慰问演出之余，许队长安排我们到梦山4连参观，4连是苏中战役中七战七捷英雄连，就是“母亲连”。

梦山，是这个岛的最前沿，连队就在大海边，操场前面就是惊涛骇浪，愤怒的海浪撞击着巨大的礁石，激起高高的浪花，发出隆隆的吼声。

我问许队长：“这样的吼声，战士们晚上能睡得着吗？”

许队长嘿嘿一笑，说：“没有海浪的声音，战士们还睡不着。”

难以想象战士们在这里是如何站岗放哨的，如何练兵入眠的。

我们又启程要转去南日岛，岛上驻扎着我们师“天下最小的团”7团，这个团只有连没有营。过去是有营的，1944年3月6日，车桥战役胜利后，部队很快就发展到2300多人，编为3个步兵营，历经无数次的战斗，宝应城战斗、苏中战役、南马塘设伏、汤家园战斗、二窎设伏、灵甸港战役、攻克海启县三阳镇、攻克刘桥、参加岔河、石港战役和解放战争，所向披靡。

可是谁料想，我们也有马失前蹄船翻阴沟的时候，继金门失利再次失利，1952年10月胡琏派兵进攻南日岛，我军损失惨重，故此7团不再有营的编制。

南日岛历来就是兵家拉锯之地，过去朝廷也在这里设过南日水寨，后因水寨“在涨海中孤立无援”，遂迁往一水之隔的石城，清廷也实行过截界。

7团虽小，却敢演难度极大的样板戏全场，胆量够大。今天要进岛，“土匪”兵们可高兴了，已经离开部队很久了，他们想念战友，想念自己的连队和大海。

我问许队长：“南日岛好玩吗？”

许队长说：“好玩，可以看海上日出，还可以到海边捡贝壳。”

我们演出队已经登船了，突然接到岛上牛政委的电话：停止前进，立刻返回，紧急战备。

咋啦？

温都尔汗升起了一股浓烟！

娇娇花蕾

新医疗法如雨后春笋层出不穷。

刘军医去学习回来，带回鸡血疗法、埋线疗法、耳针、针麻，十里八乡的疑难杂症病人也都闻讯赶来，聋哑的、痴呆的、小儿麻痹症的、神经衰弱的、梦游的、手脚发抖的，一时间热闹非常。

刘军医忙得团团转，他把银针扎进病人的穴位，不断地抽动捻转强刺激，不断地问病人："酸吗？""胀吗？""麻吗？""有触电感吗？"

我在刘军医旁边打下手，看他桌上摆着一个全身布满穴位的白色橡胶小人，记起在卫训队背诵的穴位口诀："肚腹三里留，腰背委中求，口面合谷收，头项寻列缺，心胸连内关，小腹三阴谋，快痛阿是穴，急救掐人中。"找穴位我们也是行家里手啊。

我们热烈地拥抱着新事物，企盼着解除痛苦的奇迹出现。

晓华去了一趟县城，带回一本《战地新歌》，里面就有《千年的铁树开了花》，我们唱啊唱啊，心中也是激情澎湃，漫漫长夜几千载，聋哑人终于开口说出了话，这是多么可喜可庆的事啊，是从未有过的事啊。

后勤部军需股花股长的家属小邹，在我们师医院服务社上班，带了一个不到三岁的小女孩，名字叫花蕾。

花股长十分疼爱她，视若掌上明珠，他们结婚多年一直没有孩子，直到两年前，才有了这个宝贝女儿。晚饭过后，总能看见花股长牵着女儿的小手在操场上兜圈玩要，水灵灵的花蕾，人见人爱。

小邹也是苏北人，个子不高，略胖，圆圆的脸上总挂着笑容，女儿像她，一家子其乐融融，很是幸福。

屋里小饭桌上放着小木盒，盒里装着一堆识字卡片，一有空小邹就在饭桌边，一个字一个字地教花蕾认字，谁经过她家门口，都会停下脚步，称赞花蕾伶俐乖巧，

自从有了花蕾，花股长老来得女，心花怒放，这难得的天伦之乐，让他每时每刻都生活在甜蜜之中。

几个苏北来的小战士，运输连的，储备库的，还有住院的病号，他们有事没事的就溜达到花股长家，聊聊天，拉拉家常，房间虽小，灯光下，更添一股暖融融的温馨。

战士们看见木盒里的识字卡片，也会忍不住翻出来玩儿，眼、耳、鼻、舌、身。

花蕾是个小精灵，学着逗叔叔，站在小桌旁，像妈妈一样把卡片藏在身后，然后一张一张地举起图，要叔叔们一张一张地念出来，念对了，她就咯咯咯笑个不停。

花股长抽着烟，斜坐在饭桌旁边，看这般情景，两眼笑眯眯。

最近部队在学习哲学，《矛盾论》《实践论》《人的正确思想是从哪里来的》《哥达纲领批判》《国家与革命》，听到了从未听到过的名字：黑格尔、亚里士多德、柏拉图。

部队也让我们看小说，《李自成》《红楼梦》《水浒》《红与黑》。

花股长拿着桌上的图对战士们说："最近学哲学学得怎么样？"大家没回答，花股长就继续说："我们知道了无数客观外界的现象，就是通过人的眼、耳、鼻、舌、身这五个官能反映到自己的头脑中

来的。开始是感性认识，这种感性认识的材料积累多了，就会产生一个飞跃，变成理性认识，这就是思想。你们是不是这样学习的？”

花蕾坐在一个叔叔的腿上，瞪着眼睛听爸爸说话。

“但这思想不能说就是正确的了。”花股长说完把图放下。

一个小战士天真地接过话：“我奶奶说这些眼耳鼻舌身，就叫‘六根不净’。”

花股长笑了，若有所思地说：“人生的意义就在于悟吧，所谓觉悟就是知道自己错了。”

花蕾忽然“咳”了一声。花股长把女儿从小战士那儿抱了过来：“又咳嗽啦？”

花蕾“咳咳”又两声。

“还是到药房去拿点止咳糖浆给她喝吧。”一个小战士说着，就向药房飞快跑去。

花蕾喝了一天止咳糖浆，也不见好转，医生跟花股长建议打链霉素。

在门诊所治疗室里，卫生员给花蕾小心翼翼地做着链霉素过敏试验，在她细嫩的小手臂皮下注射了0.1毫升稀释过的链霉素，花蕾的小胳臂上立刻隆起一个小皮丘。花蕾哇哇大哭，花股长使劲儿哄着，花蕾眼泪挂在圆圆的小脸上，看着手上的小皮丘，嘴巴噘得老高。

十五分钟过后，卫生员看了看花蕾手上的皮丘，没什么反应，没有红肿，没有扩散，花蕾也不哭了，便准备给她注射链霉素。

一针扎下去，花蕾又哇哇大哭起来，花股长把她抱得更紧了，用手轻轻拍着她的背：“好了，好了，乖乖，打一针就好了哈，就不咳嗽了。”

花蕾果然不哭了。

卫生员放下注射器，回头看了一下花蕾，忽然惊叫起来：“花蕾！”

花蕾面色苍白，口吐白沫，眼睛紧闭。

花股长只觉得女儿的身体在抽搐，他立刻把女儿放平在急救床上。

这是一个老卫生员，他立刻把氧气管插进花蕾的鼻孔，边喊隔壁正在看病的王军医，边从急救盒里取出肾上腺素注射。

门诊所长、院长先后赶到。

花蕾珠子般明亮的眼睛再也没有睁开。

花股长抱着花蕾的尸体，像一头狮子兀立在操场中央，对着天空大声咆哮：啊！！！花蕾！我的花蕾！还我花蕾！

撕心裂肺！天地震动！

从未见过如此惊骇的场面，所有人都颤栗了。

花股长眼神瞬间呆滞，仰对着无言的虚空，流下了两行泪水。

小邹发疯似的从军人服务社冲了过来："花蕾，花蕾。"她颤抖着身子，哭喊着从花股长手中抢过花蕾的尸体，跪在花股长的脚下，呼喊着："花蕾，花蕾，你怎么了，不会吧，啊……"

链霉素过敏性休克，发生率比青霉素低，但发生休克后，死亡率却很高，这是有过报道的。可谁能想到，这几乎不可能的事情就发生在眼前，军医、卫生员们全都惊颤地呆立在那里。

皮试没有问题啊，怎么会这样呢？

太突然了！一个活泼泼的生命转瞬即逝。

此后，师医院再也见不到花股长和小邹的身影。

神练射击

忽如一夜春风来，千树万树梨花开。

1973 年 1 月 1 日，我和晓华第一批女兵提干，欣喜若狂的我，庆贺自己可以拥抱灿烂了。

我立刻向家人报喜。

今天，对于我们家，不可谓不是一件天大的喜事，我们的包袱可以放下一点了，向前的脚步可以大胆一点了，精神可以放松一点了，虽然家庭问题对我们依旧影响不小。

不久，我和军燕、小鲁参加了师射击队，准备到军里进行“射击、军事三项”比赛。

师里让我们在师部后山进行单独强化训练，作训科魏参谋当我们的教练。

女子军用枪射击竞赛项目：

一是半自动步枪 3×20 射击。

目标：胸环靶。

距离：一百米。

姿势：卧、跪、立姿无依托。

弹数：每种姿势二十发。

时间：每种姿势射击时间，自下达“放”的口令时起，不超过四十分钟。

报靶：每发一报，并指示弹着。

二是五四式手枪慢射。

目标：胸环靶。

距离：五十米。

姿势：立姿。

弹数：六十发。

时间：射击时间自下达“放”的口令时起，一百二十分钟内完成。

报靶：每发一报，并指示弹着。

说真话，没打枪时想打枪，真打枪时怕打枪，三种姿势都是无依托，光那杆枪托在手上就够沉的，一点点抖动，三点就不能成一线，呼吸稍稍粗一点，子弹就飞了。

自小就喜欢玩手枪的英雄，像百发百中的双枪老太婆，一枪能灭两灯的杨子荣，左右开弓的李向阳，都很受人敬佩。听说李向阳右手那把驳壳枪还故意锯掉了准星，为的是出手快，当年“雁翎队”就专门训练用无准星的盒子枪快速出枪射击，十步开外可以不用瞄准击中鸡蛋，这就是练神，练意志对肉体的操控能力。

我们能练到这样炉火纯青吗？

魏参谋要求我们不脱靶，说不脱靶就有希望。

晚上师部放越南电影《森林之火》，电影还没有开始，就有人念顺口溜了：

> 国产电影新闻简报，
> 越南电影飞机大炮，
> 朝鲜电影哭哭闹闹，
> 罗马尼亚电影搂搂抱抱。

看完电影，又有更多人疯了，一路上念着："丁零开，丁零开，妖魔鬼怪快离开，大鬼二鬼别进来呀，天门开，地门开，阿灵这孩子要死啰……"

师部的夜晚真是热闹啊。

维子和晓华来师部，我们一起在招待所吃午饭。维子问谁是我们的教练？我们说是师作训科魏参谋。她们听了哈哈哈大笑起来，还不停地笑着说："A ging kolo！ A ging kolo！哈哈哈哈……"

等她们笑停，告诉了我们原委：她们去年参加部队拉练，途经莆田，师里给师直榴炮营一连下达演习命令：122mm 榴弹炮超直射距离放列观察射击！

那时魏参谋是师炮兵科参谋，莆田人，他给榴炮一连连长的演习条件是：行进中的炮兵分队突遇穿插的敌坦克，就地对 1000 米左右的目标实施放列观察射击。

他对连长说："要保证开架就打，瞄好就打。"

最后他还对连长耳语了一句，连长"是"一声，立正转身跑步走。

演练开始，榴炮一连的战士们见前面指挥车刹车灯一亮，立刻就从两侧飞身下车，转眼之间，令人震撼的全装药的炮弹呼啸着出膛，平地卷起狂飙，2400 公斤的火炮跳起一尺多高，首发命中！二发命中！ 960 米开外的目标瞬间灰飞烟灭！

接着全连开始效力射，每炮三发，目标完全被灰色的爆烟覆盖，成功了！

这时榴炮一连连长小旗一挥，喊道："A ging kolo！"

全连迅速撤出，时间"两分十五秒！"

这句"A ging kolo！"不是英语，是最后魏参谋对榴炮一连长的那句耳语：撤退密令。

这是一句莆田话："快跑！"

哈哈哈哈哈哈哈哈……真绝！

我们笑得前俯后仰直不起腰来。

险胜 570 环

29 军“射击、军事三项”比赛开幕式，就在我们田径比赛的操场上进行，参赛部队依然是六个师和军直、军后代表队。各部队战友们都意气风发、斗志昂扬，生龙活虎的军事比赛场面即将拉开。

一开始比赛就很激烈，这是一个部队战斗力的体现，谁愿意落在后头呢？领队都是各师的副师长，队长魏参谋曾参加过 1964 年全军大比武，他一次投弹，能投七十六米远。

竞赛成绩不断地向领队和队长报告，我们的心也跟着一分一秒地紧张起来，特别是“军事三项”比赛，一个战士要在射击、四百米障碍和十公里武装越野三项运动中夺魁，是一件了不起的事，也最能体现战士的素质。看他们每天训练得汗流浃背，连说话的力气都没有了，这样强度的训练，唯有拼命、拼命、再拼命！

比赛成绩好，领队和队长就很高兴，比赛成绩差一点，他们的脸色就有点阴沉。我们一个个也心里忐忑不安，因为我们成绩的好坏关系着团体荣誉。

比赛前一天晚上，领队和队长来看望我们，鼓励我们不要紧张，可是能不紧张吗？比赛场上多一环，少一环，心里头就跟着那报靶杆蹦跳着，呼吸都不能平静，精神紧张到要崩溃。

比赛结束，军燕被师里叫回去参加师乒乓球队，我和小鲁留下，又参加了军射击队。

我不适应这种紧张的节奏，不想留下来，又不好启齿。

军射击队队长是85师的刘副团长，他把我们女子射击队分成手枪组和步枪组，我被分在步枪组，这让我轻松了许多。

步枪组依旧是卧、跪、立无依托三种姿势，但要求更高了，不容许靶上出现八环。

军记者为我现场拍了两张照片，一张是卧姿瞄准压子弹，另一张是和队友射击后看靶上命中率找问题。

晚饭时，稀饭桶上面漂着一只蚊子，我立刻放下碗筷掉头就走，我不吃了，快步走向宿舍。刘队长在后面叫住我："怎么不吃饭呢？蚊子舀掉就好啦。"

"队长，我真的不想吃了。"我说。

"人是铁饭是钢，不吃饭怎么训练？"队长笑着责备我，"不干不净不生病嘛，打仗的时候我们在飞机大炮轰击下，连土带泥都吃呢。"

"队长，你也打过仗？"我忽然来了兴趣。

"打过。"刘队长说，"我是你们师长的部下，上海战役、福州战役时，我们253团归你们师管过，那时我是连长。"

"难怪那天你做立姿射击示范，一眼就看出是老把式。"我早忘记吃饭的事了。

刘队长说："无论什么运动项目，只要姿势正确，身体放松，就好。"

我还想争取，就说："我还是回师里吧？"

他看看我，冷冷地说："保持一颗平常心，不要纠结。"

军区比赛结束，我又被留在了军区射击队。

刘队长对我说："把你留下来，是因为你有发展潜力。"

天哪，我有发展潜力？

我知道回不去了，就提出条件："那我要去北京。"

刘队长微微一笑，走了。

到了军区射击队，我还是步枪，但只是单项卧姿无依托射击了。

军区射击队的训练靶场在福州金鸡山。

我们天天早晨要跑步，练俯卧撑，举砖头。

天天要打枪，上午60发，下午60发，弹药一箱一箱扛上来打空，这个时候我们才知道什么叫打到害怕，恼人的是每天训练回到宿舍还要擦枪。

后来射击队要进行淘汰赛，步枪要达到60发子弹570环以上，每发子弹都必须在9.5环以上。

天作巧合，我竟然刚巧570环，简直是天意。

军区射击队队长是军区作训部朱副部长，这天他带我们到各个训练场观摩。

来到移动靶射击现场，朱队长对大家说："移动靶射击，是动对动的射击，瞄准要根据目标移动速度和子弹飞行速度，取一定提前量，才能精确命中。移动靶射击的特殊技术是什么？是掌握射击时的转体运枪动作，身体均匀转动，转动速度要与移动靶移动速度相适应，在转体的过程中进行追随瞄准和扣扳机，不能停顿，这样坚持训练下去就会形成条件反射和自动控制。"队长讲得头头是道。

到了男子步枪队，200米全自动步枪精度射，这也是非常难的，没有好眼神，靶都看不清。

轻机枪我也趴下去扫了一阵儿，其实各种武器的使用万变不离其宗。

在军事三项400米障碍跑训练场上，炎炎烈日，战士们背着冲锋枪，大汗淋漓，攀高墙，过独木桥，跨越壕沟，勇敢无畏，这样的单兵训练，目的是要在各种恶劣环境下出色地完成任务。

他们用的是五六式冲锋枪，看我们到来，"三项"队长下令停止射击，跟朱队长耳语了一下，朱队长对我说："你去打一下他们的枪。"

冲锋枪吗？没打过，差不多吧，没多想我便卧下，他们已经把子弹上了膛，我瞄准射击：十环，十环，还是十环。

"三项"队长对持有这把冲锋枪的战士说："看来这把枪没问题，不用校了。"

那个战士幽幽地看了我一眼。

原来如此。

北京之夏

终于登上了开往北京的列车。

1973年7月15日，全军“射击、军事三项”运动会开幕式在首都体育馆隆重举行，参加这次比赛的，是来自全军二十二个单位，一千多名男女运动员。

主席台上坐着叶帅、徐帅、聂帅。

全军体育运动会，从1952年到1979年共举办过六次，但在60年代没有举办，只在1964年举办了全军大比武，有人说那是单纯军事观点、锦标主义、形式主义，冲击政治。

开幕式表演开始了，威武雄壮的“千人刺杀操”，震惊了全场。

解放军某部的威武方阵，托枪齐刷刷地迈开正步开进会场，脚步铿锵有力，枪刺闪闪发光，全场观众无不为之震撼，在“严格训练，严格要求”的标语下，按照刺杀队形，方阵像渔网一样撒开，像围棋格一样整齐划一。随着口令，战士们挥动着枪杆，左冲右突，前刺后劈，伴随着寒光闪闪的枪刺，喊“杀”声惊天动地！

这样大规模的刺杀表演操，新中国成立以来还是头一次。表演一结束，掌声如潮水般响起，经久不息。

好振奋啊！

第二天，我们又到了怀柔水库观摩武装泅渡和水上跳伞表演。

怀柔水库，群山环抱，山清水秀，万亩水面，碧波荡漾，我们坐在堤坝上，一会儿便听到空中飞机轰鸣，由远而近，接近我们上空时，大家全都抬起头来，仰望着蓝天，只见一个个跳伞队员从空中往下跳，像在空中绽放的花朵，慢慢降落。

叶帅冒着酷暑向表演的部队和民兵讲话，鼓励大家在蛙泳泅渡的基础上进一步学会潜泳，以减少损失，保证登陆作战的胜利，要求大家把火力同运动结合起来，使用兵力要有重点。最后还语重心长地说："自从'文化大革命'以来，这一套没搞了，你们开始搞，带了头，要号召一下，全国全军都要搞。"

晚上看电影《切·格瓦拉》。这电影看着心里有说不出的滋味，难过？感动？还是有更深层的思考？电影场面的残酷让人惊悸害怕，但影片中女游击队员和格瓦拉的对话却很清晰：

"革命者最重要的品质是哪一点？"

"爱"。

"爱？"

"一个真正的革命者有大爱指引着他，对人性、正义和真相的爱，不具备这些品质的人，很难成为一个真正的革命者。"

他这个"爱"字可不简单，是革命者的品质，是大爱。

意想不到，我生病了，发着高烧，医生让我住院。

住院我就什么地方都去不成了，不行，我不能住院。

我们住的地方是石景山炮兵司令部招待所，司令部女军医看我不愿意住院，就在宿舍里给我挂瓶。

我一心想着，绝不能错过晚上参观故宫珍宝馆。

我浑身冒火，喉咙冒火，脚底冒火，轻飘飘的，晃晃悠悠着身子。

走着走着，我们到了太和殿，这里就是母亲曾经说过的金銮殿。金銮殿正中的金柱之间，是皇帝的龙椅宝座，周围有雕龙屏风、宝象、角端、仙鹤、香亭，六根金柱上绘着巨龙，将宝座围成一个独立烘托的空间。这就是几千年来人们仰望着的至高无上的王权。这里不仅是皇帝举行登基、大婚、册立、朝觐、出征等重要典礼的地方，也见证了民族的兴衰与新生。无论如何，我是怀着崇敬去看它的。

大气恢宏的九龙壁，鲜艳的七彩琉璃制作的龙，栩栩如生，给人一种飞动的感觉。龙并不陌生，舞龙，画龙，龙的故事，神秘而震撼，站在九龙壁前，依然有敬畏感，据说这是乾隆帝建的。

珍宝馆里看到各色宝石、翡翠、珍珠、金银器皿、金丝凤冠、象牙玉雕，琳琅满目，金光灿灿，各类珍宝举世无双。我像一团火一样移动着观摩着，无怨无悔。

故宫、八达岭、天安门、天坛、地坛、颐和园、十三陵，一个没有落下，我这才心满意足。

我处处留影，个人的，集体的，兴高采烈，欢天喜地，称心如意。

手术刀影

从北京回来，我被送到福州军区总医院学习麻醉。

不知道院里怎么想的，麻醉应该找个男同志去学，这工作需要胆大，还要心细，我自觉没有足够的胆量，更不具备心细的品质，唉。

卫训队那会儿的短暂学习，实在很不够，其实我心心念念的是上大学啊，虽然我也知道上大学有重重障碍。

学麻醉意味着天天要在手术室，手术室是个什么地方呀？

总院麻醉科手术室有十几个房间，每天都在“刀光剑影”的，看看吧：

扁桃体摘除术，这是一个非常小的手术。

病人坐在一张椅子上，灯光照着他张开的嘴巴，军医坐在病人对面。病人“啊、啊”张着嘴，军医把长长的麻醉针往他喉咙里刺，初次看到真让人害怕。我吞了吞口水，摸摸自己的咽喉，我也扁桃体发炎发过高烧，妈呀！

另一间手术室在做“大腿截肢术”，只见军医们就像穿着白大褂的木工，正在互相拉着锯子锯断病人的股骨，令人望而生畏。我在门口瞟了一眼，没敢进去。

又有一天，看到手术台上躺着一名十八岁的姑娘，她闭着眼睛，浑身一丝不挂，她大面积烧伤，已经体无完肤，粉红色带大量出血点的皮肤，平生第一次看到如此惨状的躯体，我直想呕。这是一个浩大、艰巨又精细的植皮手术“工程”，医生们正在准备小猪的皮来修补她的创伤，那发白的小猪皮，被切割成几毫米大小四四方方的无数小片，贴在病人的烧伤处。难以想象，这要多少小猪啊？要搞到什么时候啊？能不能成功啊？医生们都极其认真细致地埋头工作，此时，才真正感觉救人于水火之中，是多么伟大。

还有一次，那场面更是让人惊叹无比，体外循环下心内直视手术。

开心脏，大手术啊，主任现场指挥，主治军医麻醉，我紧张观摩。他们把病人体内静脉血液引流出人体外至人工心肺机内，进行氧合和排出二氧化碳，然后再由泵输回病人体内，维持周身血液循环。这一切，看得我心惊肉跳，如梦如幻。

还有一次，在一个深夜，病房里出现紧急情况，半夜三更我被老师叫去，给病人插管，帮助他呼吸，医生们手忙脚乱地抢救着，渐渐地，他们就走开了，连个护士也没留下。估计没有希望了，病房里只剩下我一个人还在病人床边，为他捏着皮球，保持人工呼吸。忽然间我恐怖起来，这就是个死人啊，我跟死人这么近距离，几乎脸对脸，就在他枕头边捏着皮球！天，我看着他的脸，越看越毛骨悚然，大家都跑到哪里去了呀，我感觉无边的黑暗压过来，压得喘不过气，可我又不能放下手中的活，恐惧紧紧地唬住我的心！我的天，我真怕他突然睁开眼睛。

可这就是我要学习的“战场”！

《平原作战》

大年初一，依然没有一丝过年的气息，但突然有了电影《艳阳天》，无序昏乱的大地上刮起了春的激情，久违了。

看完新片，咀嚼无味，又怀念起老片来。

回到师医院第一次做硬膜外麻醉，军医们都站在我旁边观摩，还算顺利。

这是一个阑尾手术，很简单很小的手术，但军医们硬是捞不到小小的阑尾，满头大汗，只好叫盛所长，还是捞不到。麻醉时间有限，我开始着急，所长只好把右下腹小切口拉大搜索，最后在腹膜后把它揪住，这阑尾真是长得诡谲。

常常这样，越是简单，越会出现状况，“一把刀”也常常栽在这样的小手术上。

不久，师里又要搞样板戏汇演，师直宣传队排练折子戏《杜鹃山》第三场“情深似海”和第五场“砥柱中流”，我竟不知天高地厚地演起了柯湘，当然也是被安排。

《杜鹃山》台词优美，剧情紧凑，张弛有度，紧扣人心，但演出难度特别大，形象唱腔要求极高。在那个年代有句话：水平是个问题，态度是另一个问题。只能上了，总比在手术室里强太多。

师样板戏汇演如期开启，我们的《杜鹃山》首场开幕，一出场我就出事儿了，柯湘肩挑担子进门，换肩亮相，这是一个非常漂亮的动作，可不知为什么，我一换肩整个担子就掉在了地上，亮相出丑，部队观众哄堂大笑，我只好捡起扁担又挑上，心想一定是筐里的砖头放太少太轻了。还好第三场后面柯湘有一个漂亮的耍枪动作，挽回了影响。

各团的汇演节目都很精彩，有折子戏《奇袭白虎团》《沙家浜》和歌舞，最后还是 7 团的压轴戏，全场《平原作战》称霸，真是了不起，我为他们赞赞赞。

一个最小的团，一样没有女兵，一演就演全场，能不赞吗？

想想许股长在岛上黑灯瞎火海风呼啸的石头屋里听着收音机，默写下《智取威虎山》的总谱，就知道他们的功力非同一般了。当然最大的功劳应属 7 团的牛政委，他的倡议，还有女儿的友情出演。

两个驻岛部队的演出队都住在师招待所里，夜里的招待所脸盆声、自来水声、刷牙声、打闹声响成一片，乒乒乓乓，他们开始逗乐：

“我奉命去放哨呀，抱枪睡了觉，忽然一声响，你们开了炮。班长炸断了腿，班副炸折了腰，就属我命大，撒腿往回跑。”

哈哈哈哈，笑声一片。

忽然一个坐在石阶上抽烟的人站了起来：“你们是哪个部队的？”

大家一愣神，笑了起来，齐声回答：“师部搜索队。”

“搜索队，搜索队，打起仗来往后退。”抽烟人说完，扔下烟屁股，拿出哨子吹了起来：“哔哔哔，睡觉了！”

以 7 团现代京剧《平原作战》为主，我又加入了师宣传队，扮演小英。

《平原作战》是电影《平原游击队》的翻版，英雄李向阳，在此剧改名赵勇刚，由上次《智取威虎山》剧中的匪参谋长扮演。我说了嘛，这人不像土匪，像李向阳，这不演上啦，“土匪”变成英雄人物了。平时他也不太张扬，但却有很多的小啰啰“鬼子兵”跟班儿，路线、胜利、解放、凯旋、建军，那时候部队的子弟大多都起这样的名字，他们常围着他谈笑风生叽里呱啦，他的眉宇嘴角间全是李向阳的笑容，连走路的姿态都像极了。

巧的是，在电影《平原游击队》中跟李向阳演对手戏的松井小队长，到了《平原作战》也改名儿了，叫龟田，龟田的扮演者也像极了松井，个头、姿态、声音，简直就是一个模子出来的，不用化妆，他是匪参谋长的哥们。其实他比龟田要漂亮些的，他常常自夸是福建的“王心刚”，不过谁也不把他的话认真。听说他和匪参谋长一起去过内蒙古插队，一个在东乌旗，一个在西乌旗。现在当兵了，他们又走到了一块儿，同在7团，同在一个岛上，我常常听他们讲的一句话就是“肝胆相照”。

当然，我也很像。有一次看完电影《平原作战》，师医院防疫所成所长就对我说：“你很像电影里的小英啊。”说我像小英的人的确很多。

在那个年代，你像，就有戏看。

“龟田”其人

7 团的牛政委到师里来当副政委了，不仅他全力支持样板戏，牛阿姨也是全力以赴。

我在剧中的两件斜襟上衣，都是牛阿姨亲手裁剪缝制的，现在已经很少有人能做这种衣服了，一件是白底碎花，一件是红底黑格，碎花布料好买，红底黑格布料找遍大街小巷也没有，只好买了一块红布。

师电影组的人，把红布铺在乒乓球桌上，然后一笔一笔地，小心翼翼地，在红布上面画着一条一条的黑色线条，线条晕染得有粗有细。我亲眼看着他们画，觉得有趣，当兵的既朴实又智慧，无所不能啊。

衣服做成了，我穿上小英的衣服往台上一站，嘿，不赖，那格子衣服一点也看不出来是画的。

还有我那条浅蓝色的裤子，好好的新裤子，膝盖那儿是两块深蓝色的补丁，小英是穷人家的孩子，自然穿打补丁的裤子。我下意识地把裤子翻过来看，牛阿姨笑了，小声对我说：“没破，这表示‘坏色’”。

“什么叫坏色？”我问。

牛阿姨微微一笑，说："就是告诉你，什么东西都会坏的。"

是这么理解的吗？我半懂不懂地"哦"了一声。

当我穿着红格子上衣，绑着腰带，手握红缨枪，一句高亢的唱腔："青纱帐举红缨，一望无际。"便在月光下快步穿过青纱帐，聚光灯跟随着我来到台前，一个亮相，哇，大家都说这亮相漂亮，和样板戏里的小英太像了。

一台戏虽有主角配角之分，但台前幕后有太多的事了，人人都要去做，我被安排做龟田服装的保管清理。

天气热，龟田穿着又厚又重的呢军装，脚上还套一双高筒大皮靴，一场戏演下来，他那呢军装里面都湿了，又不能洗，只能晾干，再喷上酒精香水，然后再风干，每次演完都要这样处理，不过比起上次演《智取威虎山》那么多的土匪皮毛大衣要好打理多了。

龟田是个快乐的人，前台演龟田，后台吹小号，每次演出完毕，我们都会到专门的一个服装间，他把呢大衣脱下来给我，然后有意无意地哼着蒙古歌，粗犷的歌声萦绕在房间里。听惯了高亢嘹亮的京剧和花腔女高音，忽然听到他那纯真悠远的歌唱，特别是他沙哑的嗓音，像是被草原的风给吹裂过，天然、抒情、柔美，我常常会随着他的歌声想到那草原，蓝蓝的天空，白白的云朵，白云下面马儿跑……

我没说话，偶尔对他笑笑，他也冲我笑笑，我们笑得开心。

在我面前他是新兵，虽然他比我大好几岁，但知道他在内蒙古插过队，便对他有了些许莫名的好感，我甚至想象他在广阔的草原上策马飞奔的英姿，不过我从不问他。

当兵这许多年，从未见过像龟田这样的个性，粗犷豪爽，讲义气，毫无顾忌。和龟田接触多了，久而久之，龟田总是在我身边转悠转悠，像个孩子似的。

他可以当着很多人的面拿罐头给我吃，这是什么年代？罐头可是奢侈品啊。不论到哪儿演出，他总是非常主动地帮我拿道具拿服装什么的。坐解放牌大卡车出去，他也是把最好的位置让给我，没凳子就找个什么道具给我坐，满脸笑嘻嘻的。

这个时候，那些“鬼子兵”们则会看着我们若即若离地笑着。

他这样亲密的举动，让我有点不自在，可他却大大方方，眼里根本没有别人。

我理解他这种毫不掩饰的大胆纯真，一种“大丈夫”的情怀，可毕竟我还是感觉到尴尬和顾忌，这和部队整体气氛不合拍呀。但我感觉他其实是纯真的，是勇敢的，是开放的，是健康的，是心里没有负担没有杂质的，就像那蓝蓝的天空一样。

而我心里是有障碍的，我惧怕，我躲闪，没有勇气接受他的言行，尽管对他身上带着的草原气息感到新鲜和欣赏，但我没有认真思考过，不知道该怎样和他交往。他我行我素，全然不顾的举止，让人欢喜又让人怕，所以，无论他说什么还是做什么，大家对他总是报以心领神会的微笑。

记住我

《平原作战》在军里汇演再次火爆，被指定代表29军参加福州军区汇演，剧组被安排到5团金峰继续排练。

用过晚餐，我在洗碗槽洗碗，正要转身，饰日军曹长的战士把一碗清水从我手上淋下去，还对着我笑，我心一惊，不禁皱起眉头，开什么玩笑？瞪他一眼，可他还对我嬉皮笑脸，我有点生气了，和曹长并不熟。

我忽然想到龟田，他也经常黏糊在身边洗碗，时不时也开玩笑把水往我手上淋，我的确没有指责过他。但这是个不妙的苗头，我得找龟田说说。

约龟田到操场，说了刚才的事儿，最后叮咛他一句："以后我们公开场合少开点玩笑。"龟田微微一笑，没有言语。

招待所两层楼房，男兵住楼下，女兵住楼上。

熄灯号吹过，正准备睡觉，从一楼大排房里突然传来龟田的谩骂声："有什么了不起，就是个排级干部嘛，老兵又怎么样？公开场合不要开玩笑，那私底下就可以开玩笑了吗？我要揍……"

空气死一般寂静，龟田的声音却格外刺耳，所有人都听到了。

我也听到了，先是奇怪，后来气得脑门冒烟儿，龟田你怎么能这样？为了不伤害你的自尊，我才这样说的呀。

早晨醒来，我走出宿舍，站在二楼长廊上，看见龟田一个人别着双手站在下面的操场中央，那架势好像在等我，等着要和我打一架？

好吧，我去，走下楼梯，我径直向操场中央走去，潜意识让我一定要从他身边走过去。

奇怪，四周会没有一个人影，战友们都哪里去了？突然我意识到排房里有许多双眼睛正盯着我们看，这些“土匪”兵！

我不能退缩，我要向龟田走去，从他身边目不斜视地走过去。

他盯着我的脸，我准备着他动手，但我没有停下脚步，我们擦肩而过。

他微微露出惊讶的神情，并没有亮出拳头。

我眼睛的余光告诉我，从我下楼梯，直到我从他面前走过，再到我向山坡上的石头房走去，他的目光一直都没有离开过我。

三天里，龟田再没吱声，他常拿眼睛瞟我，有意识地接近我，也许忏悔了？可我气没消，即使想缓和一下气氛，又怕他恢复常态。

可是彩排前，大家都在化妆，龟田又在操场上骂开了，所有人都知道他在骂我，可我总不能跑出去跟他吵一架吧。我忍不住哭了，没有声音，眼泪却大把大把地往下滚。我对他心灰意冷。

晚上又要汇报演出，我们去师部礼堂整理道具，龟田想跟我说话，我当没看见，全不理会，想着也许一辈子都不会再跟他说话了。但龟田又像往常那样在身边转转转，似乎他也很受伤似的，我本想再也不跟他说话了，看他这个样子又忍不住说了他一句：“你是男子汉大丈夫啊，你怎么能这样！”他见我开口了，便嘻嘻嘻地笑着，没有任何反驳。

后来有人悄悄问我：“你昨天跟龟田说什么啦？”

“没说什么啊。”我最近被龟田搞得情绪很不好，也懒得跟别人说话。

那人说："他说你说他是大丈夫？"

唉，龟田。

总算熬到军区汇演，各部队节目精彩纷呈，有全场《杜鹃山》《龙江颂》，也有《平原作战》。我们在福州"八一剧场""人民剧场"演了三场，又被军区指定到江西巡回演出。

这演出还没有结束呢，不想演也得演，我头疼的还是龟田。火车载着我们和所有的道具向江西奔去。

首场演出在上饶，参观上饶烈士纪念碑是必须的。

龟田正拿着照相机在拍照，我心里一动，放下芥蒂，跟龟田说："帮我拍一张吧。"

龟田立刻躺下举起相机，因为这样可以拍到完整的纪念碑，他刚拍完，我扭头就走，我知道这样不礼貌，连声谢谢都没有，可我还是想和他保持点距离。

下午在招待所门口远远地看到一对老人，有人告诉我，那是龟田的父母，一对非常和蔼可亲的老人。后来听剧中演伙计的战友说，龟田爸妈被下放在浦城县某公社大队劳动改造，就在江西上饶的边上，所以给生产队请了个假，坐班车一个多小时就到上饶了。

伙计跟我说："龟田爸爸和我爸爸是上下级，他爸爸是一号走资派，我爸爸是二号走资派，每次批斗一号走资派，我爸爸都要一起被批斗和挂牌游街。批斗会在礼堂，结束后我爸爸挂着牌走回家，要我去扶他回来，从福州三坊七巷吉庇路到林则徐祠堂，当时祠堂是我们厅政治部宿舍，我从小在那个大院里长大，这一段路，对我来说十分遥远、艰难、好丢人，一路上很多人指指点点，地上有条缝我都想钻进去。但是没办法，自己的爸爸头晕走不动，要人扶，我不去谁去？那年，我父亲挂牌子，挨批斗，扫厕所，住牛棚劳动，家中被抄了好几次，蚊帐里都贴着打倒 ××× 的标语，墨汁味非常浓臭熏人，无法入睡。1967 年我爸爸他们这批走资派都集中进牛棚了，我妈进学习班了，这时候我们这班孩子算彻底解放了，但吃饭又成问题，都是些半大不小的孩子，集中在一起无人管，到处偷鸡摸狗干坏事，有一顿没一顿，今天住一中，明天住二中，还住鼓山，到处乱跑乱住乱吃。1968 年，各单位组织也看出了问题，想办法把这些孩子管起来，大部分都送回老家了，还有的送到部队农场，小军就是送部队农场的，总算吃住有着落了。到 1969 年复课，许多父母被关的子弟才回来，龟田、匪参谋长还有一些因父母被关无处去的，在某个人的鼓动下与北京一帮子弟到内蒙古过游牧生活，他们才有了几年蒙古大草原生活的经历。"

真是父辈一伙儿，儿子一帮啊，难怪肝胆。

我们到了南昌，江西省军区司令员在接见宣传队员时问我："哪里人啊？"

我回答："霞浦。"

晚饭时，龟田又对着大家嚷嚷："我要把霞浦 100 号给炸了。"他讲这话时，是那么的凶狠。

我一惊，咋了？他咋知道我家 100 号？他这话没准当真？真把我气晕了头。

来江西这一路上，龟田总是对我不依不饶，不仅攻击我，甚至男兵接近我，他也必定在大家用餐或化妆时当众粗话辱骂，让人难堪。

有人说，领导也不是没看见，也不是不想处理，开过一次会，不了了之，为啥呢？队长和指导员都提出要在大会上批评龟田。

军里派来的宣传处处长认为不可。

指导员拍桌而起，说："我是指导员，为什么不能讲？我来的时候，师政委交代，一定要把队伍带好。"

军宣传处处长冷冷地说："我来的时候，军政委交代，一定要顺利完成演出任务。"

各有各的理由，难过的还是我。

完成了宜春、萍乡、九江的演出，要上庐山了，心里是高兴的。

我们乘着好多部解放牌大卡车，晃晃悠悠地向庐山挺进，路上见到行人挑着担子，龟田就朝着人家大声喊：“哎，老李，你好啊！”那人回头愣了一下，也莫名其妙地给绝尘而去的汽车挥挥手，嘴巴嘟哝着，大卡车里立刻爆发出战友们的一片笑声。

又见到一个走路的行人，龟田又朝人家嚷嚷：“老张，你干啥去啊？那天你干嘛干嘛……”

那人也不知听到没有，懵懵地朝我们看了一眼，刚要开口，汽车已经拐弯儿了，大卡车里又是一阵哄笑。龟田就是这么爱闹腾。

我晕车了，跃上葱茏四百旋，很多人都旋晕了。

我们住在一座座别墅里，说是中央首长们曾经住过的。

12 月底的庐山实在太冷了，我们在庐山影院演出，舞台后面烤着火炉，一到台前就冷得发抖，我穿着单衣单裤，站在台上，鼻子吸溜吸溜，上牙打下牙嘚嘚嘚，腿脚也直打抖，完全不由自主。

这时龟田很得意，他穿的是军呢大衣，脚上套着高筒皮靴。

对龟田的屡屡攻击，我彻底怕了，就在这演出后寒冷的夜里，我约龟田到别墅旁的山路上摊牌，我对他说：“我们和好吧。”

他一愣，没有说话，看着我，眼中带着一丝恨意，似乎并不相信我说的话。

我们的恩怨能冰雪消融吗？

早晨起来，冰天雪地，树全是白的，雪白的树枝一串串地挂着，地上结了厚厚的一层冰，我穿着军棉大衣，向别墅外的小路走去，脚下打滑，“哧溜”一下滑倒了。这样的冰天雪地，我竟然没有心情欣赏。

完成任务，回到师里，就要各奔东西了，在招待所食堂前的操场上，我和演曹长的战士正说着话，不料龟田突然出现，不由分说，他抬手推了我一把，我一个趔趄，但见曹长一下抱住了龟田的腰，又被龟田甩出老远，这时有几个男兵听到响声，也赶过来相劝，都被龟田当胸猛打，只听得拳头击打在胸部的咚咚声。

我愣在那里，忽然有个人拉住我的手往厨房里拖，龟田尾追而至，闯进厨房，那个人又拽着我从厨房往餐厅里拖。伙房案头上放着一把切菜的刀，龟田从案板上抽起那把菜刀，发疯似的追了出来，我们又回到了原点操场。

龟田右手举着菜刀，一时间剑拔弩张，四目相对，火山爆发，龟田对我大吼一声："我劈了你！"

这时候我也不怕了，双手叉腰："你敢！"向他一步迎过去。

龟田高高举起的菜刀没有劈下来，但他却用脚来踢我，我也一脚踢过去，因为中间隔着那个拖着我的人，所以我那一脚只是轻轻地碰到了龟田的小腿，就这么个轻微的动作，我看到了龟田的震愣！

由于事发突然，我完全没有注意到拖着我，在我和龟田之间的那个人是谁？事后也没有人告诉我是谁，悄悄地走开了。

尽管这样，我还是无比伤心。

在师领导眼皮底下打架，这还了得，师里要处分龟田。

关键时刻，他的肝胆朋友匪参谋长出现了，我心中的李向阳，剧中的英雄赵勇刚，他让我跟师领导说说，不要处分龟田，大事化小，小事化了，还指责我，明知道他的脾气，还刺激他。

平日里匪参谋长总是微笑着，淡淡的，又深深的，骨子里含着傲气。他会武功，除了在台上表演外，台下从不显山露水，没有痞气，不觉纨绔，少了桀骜不驯，和龟田性格完全不同。

碍于他的情面，碍于心底里感觉龟田的执着，我还是照他的意思，找了师领导说情。

当晚，龟田来找我，我们仍然站在白天打架的操场上，四周一片漆黑，我们面对着面。

龟田先开了口，他对我说："我要对你说三个字：我失败了！"

我很惊讶，我并没想跟你斗呀，没谁胜利，也没谁失败。

他又对我说："我们和好吧。"

我立刻拒绝："不。"

他说："你看你看，你又害怕了。"讲这话时，他显得比平时温柔了许多，好像我们初始见面一样。

然后他又轻柔地对我说："我真的劈下来，你不害怕吗？"

我无言以对。

最后他又说："我这样，是要你记住我！"

真理讨论

人们渐渐对样板戏和几部军事影片失去兴趣。

在文化荒漠中，人们急迫又无奈地渴盼着有一股文化清泉。1977年新年当天，重放老电影《洪湖赤卫队》，影院内外人山人海。

社会悄悄地在发生着改变。

也不知是谁弄了很多盆花在操场上，让我们每人领养一盆，我们好激动，将盆花放在自己的窗台上，每天浇灌欣赏，心里被希望和美好渐渐滋润。

老乡挑着从长限山上采摘的水蜜桃，穿过师医院操场时，我们都像馋猫一样，抢着用脸盆去装。

忽然，一场《追捕》的电影，掀起了轩然大波，盛况空前，街头巷尾无人不谈正直冷峻的杜丘，有人说：中国没有了大丈夫。而我却被影片中英姿飒爽敢做敢爱的真由美所吸引，她的穿着打扮、语言、胆略、意气风发和她的爱，都前所未见，深深地打动着我的心，无法忘记真由美与杜丘在原野上纵马驰骋的镜头，一曲《啦呀啦》的影片插曲更是唱不离口。

每天晚上散步回来，我们就等着天黑，围坐在饭堂电视机前，等着看连续剧，一部日本的《血疑》，融化了我们铁板一块的心；

《排球女将》小鹿纯子的“晴天霹雳”，也“扣”开了我们的眼界；香港的《霍元甲》《射雕英雄传》更让我们看到了古人的神奇丰采。

讨论，大讨论，热烈地讨论，每天下午。

医疗所胡所长说：“真理是人们对于客观事物及其规律的正确反映，真理与谬误，如报纸上所说：人应该在实践中证明自己思维的真理性，即自己思维的现实性和力量，亦即自己思维的此岸性。”

卫生班长小谢问：“那有没有思维的彼岸性呢？”

胡所长说：“这是德国哲学家康德的哲学用语，他把世界分成可知的和不可知的两部分。‘此岸性’指可认识的部分，就是事物的现象；‘彼岸性’是指不可认识的部分，就是超越人们的认识界限而独立存在的‘自在之物’，这是唯心的不可知论。”

小谢不解：“唯心的是不可知的，不可知的要批判，怎么批判呢？”

胡所长微笑着说：“那个说起来就深了，还是讨论此岸吧。”

刘军医坐在胡所长旁边，他是个有趣的人，人没老脸上已经皱纹深深一条条，成天笑眯眯的，还没发言先“嘿嘿”笑两声，说：“要说此岸，就是破与立，砸碎旧世界，建立新世界。我们都在追求真理，在这个过程中我们反思过没有，“破四旧”“立四新”，我们破了什么？立了什么？要不要破？要不要立？但历史是渐进式螺旋式向前发展的，不管过去是对与错，都是事实存在，是无法割断的。”刘军医长得极像头号走资派，前些年，有些战友就常在他面前开玩笑，对着他喊：“打倒刘某某。”这样搞多了，刘军医也很生气，也会喊一声打倒某某某。完蛋，一句话不慎，他就被关了起来，所幸，后来无事。

邱军医接着说：“社会实践是要负责任的，为了证明所谓的‘真理’，老百姓要付出惨痛代价，多少人知道哲学真理？全国有多少文盲？这么多年停课闹革命，交白卷，谁会真正去研究哲学真理？他们只知道饿了吃饭，困了睡觉，哲学真理不能当饭吃，肚子不饱，说什么都是空的。”邱军医家在农村，有三个孩子，夫妻长期两地分居，像他这样的情况，在军队中很普遍。

“你说得也对。”陶副所长接过话头说，“但是一个人不能不思维啊，活着不能就知道吃饭睡觉，人是有思想的，冯友兰说哲学就是‘对于人生的有系统的反思的思想’，亚里士多德也说，‘求知是所有人的本性’。为什么一部外国电影会让我们的思想受到强大的冲击呢？”陶军医被提拔当我们的副所长了，“文革”时他在北京上过大学，办完我们这届卫训队之后，不知道怎么搞的，他就被打成“五一六”分子，关了起来，两年后才释放，出来后他又开始年年办卫训队，搞科研，在全军获奖，对事业还是那么执着，依然意气风发，军容严整，埋头苦干。我们不知道关押期间他怎样，也不知道“五一六”是个啥东西，只觉得他是个红孩子，十四岁就参加革命，能坏到哪儿去？我们相信他的人格，相信他的信念，没有疑惑和误解，他依然是我们亲爱的队长。还好，在人生至暗时刻，他挺过来了。

听了陶副所长的话，我扬着手中的报纸说：“这是一篇评论文章，曹禺写的，题目是《大胆地睁开眼睛》，是针对《望乡》电影在中国引起的强烈骚动而写的评论。文章说：纯而又纯有没有？我们的年轻人要不要知道黑暗面？他们是不是真的成了温室里的花朵，经不起风吹雨打，一看见妇女就起坏心思？这样的质问和讨论，确实问到了我们的心坎里。”

每天下午的学习讨论和过去是一样的，但现在是思想解放大讨论，人们试探着敞开心扉说话，社会变得宽容了，人也大胆了，不再像历次运动中，人们会在昏暗的灯光下，佝偻着身子，从字里行间去琢磨深浅，在夜深人静时猜度轻重。

军里又要搞大比武了，卫生排的任务是在救护车上做行进间输液，一分钟内完成，一针见血就成了关键。

我刚从军医学校回来，被赋予了重任，组织卫生员护士进行训练。

我们在兔子耳朵上练，
在全院男同胞的手臂上练，
在自己的脚掌上练，在同事身上相互练。
功夫不负有心人，我们的比赛大获成功。
这一年，
我荣立三等功，
卫生排荣立集体三等功。

恋上先生

好为人师，故称他先生。

这是个恋爱的季节，女兵们开始爱了。

维子的恋爱，无人异议。她是那么端庄稳重，像宝钗一样没有什么缺点。她从军医大毕业回来，就在医疗所当军医，对病人和蔼耐心，从没见她发过脾气。她“发疯”的时候也有，那就是在女兵的私密空间里，她有个绝活，学方言讲笑话，她从小跟着父亲走南闯北，让她学会了这一套，有她在，女兵们总是笑声不断，笑到流泪肚子痛。她恋爱的对象是她的同学，在师里当参谋，一表人才，无可挑剔。

晓华的恋爱是“八年抗战”，对象是我们卫训队的战友，提干前他们就恋爱了，那时候不敢公开，她的对象后来也在医疗所当军医，山东人，浓眉大眼，一张国字脸，要说帅气，没人能比。我相信晓华的眼光，更相信她的选择，我喜欢她佩服她，她也非常信任我，第一个悄悄告诉我，她恋爱了。我很吃惊，却也不奇怪，但作为朋友，我总得说句什么，我不懂爱，我不知道恋爱是什么滋味，我怯怯地对她说了一句：“会不会太早了点？”

军燕是懂爱的。她枕边的书总是不断，《莎士比亚文集》《简·爱》

《红与黑》，甚至《爱娃与希特勒》。她找的是一个门诊所军医，家庭背景相差甚远，对象是“老三届”，朴实善良会生活，做饭，洗碗，洗衣服，周到无比地呵护着她。

小梅找了一个武汉的军人，后来怎样，无从知道。

小萍随爱人转到了海军，当了主治军医，生活优越，无忧无虑。

莎莎调走，再无消息。

小鲁和小军，最终没能走到一起，无缘吧。

我认识先生是在军大比武时，作为我们师的新闻记者，他参与了整个比武过程，到我们女兵宿舍来采访时，被小鲁“偷走”了两个胶卷，他十分着急，因此我邀他一同坐上救护车到莆田县城去买，也许为了感谢我，他帮我拍了两张照片。

到师里开会时，他把相片带来给我，我仔细看了他一下，高高的个子，眉毛很浓，轮廓清晰，有点像《南征北战》中的高营长，儒雅而英俊，心中“咯噔”一下，颇有好感。一来二去，竟然和先生谈起了恋爱。

我们一起去看《生死恋》。笠原小卷演夏子，电影画面上，夏子一袭运动白衣，半袖上衬，飘逸短裤，手持网拍击打着空中滚球，清新的画面，优美的身姿，撩拨着我们的心房，片中说：“爱情是怎么来临的，是像灿烂的阳光，是像纷飞的花瓣，还是我祈祷上苍？爱情像暴风雨一样，你我都无法抗拒。”

无法抗拒的爱情来临了，我们在茫茫人海中相遇，不管是不是属于命运，但心中“咯噔”那一下，就像电流贯通了全身，虽说聚少离多，相隔千里，每次相见，又很快分开，但心已相通，短暂的相逢也是天荒地老。

先生在6团驻岛部队，分离是我们的常态。

有一次我问他：“你好像很忙，都忙些什么呢？”

他告诉我最近手上碰到的事，说有个战士小C，请假到县城看电影，电影名字是《望乡》。

“《望乡》？”我有点惊奇，“部队不是不准看吗？”

“他到县城影院，被《望乡》的电影广告吸引住了，影院外人如潮涌排着长队，他也好奇地跟着进去了。”

“好奇不足为怪。”

“可是他进进出出连续看了四次。”

“哦，这么好看？”

“看完之后，在返回连队的途中，翻过一座山时，他看见了一个女孩挑着担子。”

“怎样？”我望着先生。

“他对女孩施暴并致死。”

我瞪大眼睛，惊得说不出话来。

“他才十七岁，当兵仅一年。”先生继续说，“军法如山，一切都已无法挽回，等待小 C 的是军事法庭的严厉审判。”

一部主题严肃探讨战争与女性关系的血泪之作，被当作一部色情电影，让两个孩子都失去了生命，这是作者所没料到的。

南风旋涡

走私开始疯狂。

各种型号的录音机和磁带，包括邓丽君歌曲、校园歌曲磁带，尼龙布、尼龙伞、蛤蟆眼镜、衣服，后来甚至有电视机、摩托车，各种走私物品，几乎都来自台湾地区，地点就在我们排练节目的5团金峰。

师医院操场上响起了邓丽君的歌。

我们感到很好奇很新鲜，也觉得特别好听，平日里不敢说的“爱”字，可以这样大胆地唱出来了，用不着羞羞答答左顾右盼，心想唱歌就唱歌：月亮代表我的心；我只在乎你；再见！我的爱人；何日君再来；心中喜欢就说爱；难忘初恋情人；没有爱怎么活；情人恰恰；不了情；爱的箴言；想你想断肠；偿还……

这些歌词我们几乎都是第一次听到，平常又朴实，植根于民间的歌曲，被邓丽君演绎表现得如天籁之音，撩人心魄，像花开一样自然美好，大街小巷、城市乡村，到处都在传唱她的歌，我们也不再未语人先羞了，开始大胆起来，唱着爱的歌，流露着爱的喜悦。

这些歌给男女之爱赋予了正常的解读，我们紧绷的心也慢慢舒展开来，刻板顽固的观念逐渐消散，理解了屡禁不止的爱的真相，真正了解了爱的含义。

让我惊讶意外的是，晓华去烫头发了，直发的丫头片子，立刻妖冶起来。我们也紧跟着蜂拥去烫头发，不再觉得这是“封资修”了。

长限的青年男女播放着录音机，公开地跳起了交谊舞，先是觉得好奇，后来也看习惯了。

走私不再偷偷摸摸，而是暗潮汹涌，甚至动用飞机运送，人们渴望着新奇与稀有，渴望着满足与快乐，就像一扇窗户被打开了，看到了不一样的风景，听到了美妙的歌声。

走私物品被运往全国各地。

我也疯了，买了好多走私物品，双喇叭 2800 录音机就买了好几部，给家里给哥姐，自己还买了四喇叭的 4500 录音机，这些全部都是日本制造，很精致，很酷炫，我甚至一度把饭票都退掉换钱去买。有一次我还挺着个大肚子，坐在一位在我们所住院的边防兵战士的自行车后面，去买录音机，边防兵不怕抓啊，买到后，又捧着录音机，压在肚子上，坐在他自行车后面，一路颠簸着回来，也不怕肚子里的孩子造反，真是疯了。

先生一直很忙，手上的案子又多，偷油的、凶杀的、偷电视机的、强奸的，晚上审案白天睡，没有一个星期天。

好为人师者，当然也有优点嘛，有很多独到的见解和点子，手上的案子也能一一攻破。

我在总院分娩，想着先生来陪一下，好让我度过最艰难的时刻，可谁料想他还是大案在握，无法抽身。

好不容易请假一天来看我和儿子，我嗔怪地问他：“你的案子那么重要吗？”

“当然。”他笑笑看了看儿子，对我说：“枪丢了，怎么都要第一时间找到啊，急啊。”

“谁的枪丢啦？”

“5 连谭指导员。”

“谭指导员？他不是要结婚了吗？”

“是，我们把他从家里‘揪’回去了，新郎官当不成了。”

“那怎么办？人家都定好了大喜日子，请帖都发出去了呀。”

“说是谭指导员妈妈替他当了新郎官，昨天已经把喜事办了。”

哦，谭指导员的妈妈真会顾全大局，看来谭指导员的婚事也是刻骨铭心了。

黔灵山下

若干年后，先生被调往陌生的贵州任职。

“你要去贵阳？”

“贵阳省在哪里？”有人竟不知道有贵州省，可见贵州的低调。

陪同前往的干部回来后告诉我：“那个地方，天无三日晴，地无三尺平，人无三分银。”

我皱起了眉头。

先生也说此话不假，他已经三个月没见到太阳了。

每当我独享阳光时，就想驮一片阳光给他送去。

万水千山，路途遥遥，贵州的天气预报成了我对他最绵长的牵挂，不是阴就是雨或者雨夹雪。

我真想飞上蓝天问太阳：“那高原上的城哟，与你最亲最近，你为啥独独对她吝啬你的光辉？”

心中的惦念与日俱增，我要去看看那里是怎样的阴沉，便毅然决然地带上一筐桂圆，坐上飞机，向贵阳飞去。

飞机上，我心事沉沉，忧心忡忡，似乎看见先生在萧瑟的秋风里，看见他在茫茫的飞雪中，冷凉而孤单。

后座一个人吃着桂圆，故意对着我笑，还调皮地说：“好吃。”

嗯？是我的桂圆。我低头一看，地上满是圆滚滚的桂圆。

原来是桂圆没绑好，飞机起飞向上冲时，桂圆全部滚到了机尾，飞到天上，桂圆就又滚了回来。

我没好气地瞪了他一眼。天，心情不好，一点幽默感都没了。

我想象着贵阳的天气，灰蒙蒙的天，灰蒙蒙的地，不见天日。

飞机终于到了贵阳，我懒懒地走出舱门。

哇！阳光明媚，大好晴天！

我的心情立刻明亮起来。

道路两旁绿油油的树木，微风摇曳着树叶，亮闪闪地翻动着，像一条秀丽的长廊。

先生说："这是白杨树，春天里长得最旺。"

高速公路平坦地向前延伸，谁说地无三尺平啊？先生告诉我，这样的高速公路贵州有三条，都通往国家一级风景区。噢，家乡的高速公路还一条没有呢。

先生说，曾经有几个月没见到太阳，第一次看到高原的太阳，是他下部队的那天。小车载着先生和他的惆怅，晃悠在高原的公路上，忽然间天地一片华彩，金色的阳光从高高的天空向大地放纵地流泻下来，太阳出来了！他激动得像孩子一样跳下车，快乐地徒步于蓝天白云之下，他一身戎装，一身彩霞，迎着太阳走去，天空湛蓝高远，原野碧绿宁静，在铺满阳光和鲜花的高原公路上，只有车和他。

我听着他叙述，好像眼前就是一幅美妙的画面，是突然间的喜悦。

人很奇怪，过于安逸就难有激奋的感觉，唯有艰苦创业才会激情不衰，命运注定先生每一次转战都是艰难的起点。在建设兵团时，深山老林茅草房里，接受虫蛇蚊蚤的考验；在海岛时，接受狂风海啸的无情吹打；在贵州时，接受缺少阳光的日夜，竟然都乐此不疲。

到贵州后，我每天醒来的第一件事，就是看看天上有没有太阳，一天两天三天，天天都是艳阳天，我高兴极了，对先生说："我都想要飞翔了。”

先生说：“行，我带你去。”

先生带我所到之处，都难以忘怀。

黄果树瀑布，以排山倒海之势，震耳欲聋之声，巨大的水流像万马奔腾，还没看到瀑布，远远两三里外就能听到隆隆雷鸣般的震耳之声。靠近它，我们需穿上雨衣，瀑布溅珠飞洒至百多米的高空上，万练飞空，烟雾升腾，飞瀑水花，如万丈红泉落。我们走过其后一百三十多米拦腰横穿的水帘洞，从洞内观看大瀑布，也是惊心动魄。在水帘洞旁独自兀立着一棵黄果树，我们向树下望去，阳光折射，彩虹升起，如雪映川霞，壮美啊！

红枫湖，是高原的湖泊，群山环抱，山水相连，湖面上是星罗棋布的小岛，形成“山里有湖湖里岛，岛中藏洞洞中湖”的奇妙景观。谁能想到这里曾是反抗清王朝起义的大本营？当年在这峰谷沟壑间，是浴血奋战，生死搏斗，血雨腥风的厮杀，惊天动地的格斗。这里有苗族、侗族、布依族，有苗寨、侗寨、布依寨，有吊脚楼、鼓楼、风雨桥。我们惊奇地看着他们表演“上刀山”“下火海”，我们兴奋地举着火把，跟着苗王上苗台。

织金洞是“中国溶洞之王”，有着瑰丽多姿的喀斯特地貌风光，汇聚了亿万年天地之精华，形成千姿百态的岩溶奇观，仙山琼阁，神秘巍峨，玉树银花，流光溢彩，万千气象，无限风光，一幅幅大画卷小场景，令人心魄震惊，叹为观止。有人赞曰：“黄山归来不看岳，织金洞外无洞天！”据说旁边还有两个足球场大的地方尚待开发，满是期待。

百里杜鹃，世界上最大的天然花园，在贵州毕节，花海如潮，壮阔烂漫，惊骇双眼，神迷心醉，杜鹃如火，美艳无度，花神有情，真是奇妙艳遇啊，让人一醉不醒。没有太阳，怎能有杜鹃如此芬芳艳丽？

娄山关，是天险，兵家必争之地，千峰万仞，重峦叠嶂，峭壁绝立，若斧似戟，直刺苍穹。1935年，这里发生了两次娄山关战役，才保证了遵义会议的顺利召开。我站在诗词之巅，俯瞰震撼的群山，看白云在脚下飘动游离，看征人在山间鏖战远行，背后传来伟人的声音："从头越，苍山如海，残阳如血！"

梵净山，梵天净土，可惜先生公务在身，只在山门口照了张相，就算来过，虽然遗憾，但从此留下了念想。

这一幕幕，让我心中充满了灿烂的阳光。

无意中，我去了趟茅台酒厂，真真是酒香不怕巷子深哟。

从贵阳到茅台镇280多公里，一山连着一山，道路崎岖难行，越往前走，浓雾越重，越靠近它，越难前行，一会儿工夫已看不清周围的田园美景。

山路上只有我们的三菱车在浓雾中静静驰行，两三米外已是白茫茫看不清，我们完全被白雾包围。司机打着车灯，悄无声息，慢慢驰行，没有风声，没有鸟叫，我们也不敢吱声，就像在九重天上穿云拨雾。

不知行了多久，隐约中在浓雾上方看见一座高大威严的大门，那是"国酒门"。

激情被燃烧起来了，我们像赴王母娘娘的蟠桃盛会，到了茅台酒厂，如梦如幻。

酒精过敏的我，从不喝酒，但此时此刻让我喝一小杯七十年的茅台酒，那金黄色的液体，迷人的诱惑，不能抵挡，闻一闻，天香四溢沁人心脾，抿一口，回味悠长荡气销魂。

我被领进了千古一绝的酒窖；

被带到了空气中弥漫着酒香的茅台镇；

被卷到了迷人的赤水河边……

这不是人间，这是酒神居住的地方啊！

我醉了。

小小发小团

1979 年，维子生了一个儿子，叫小松，维子希望儿子像松树一样健康成长。军营操场上，忽然有了一辆婴儿车，小松躺在婴儿车里，虎头虎脑，忒可爱。我们也好激动，抢着抱来抱去，好像小松就是我们大家的孩子一样，军营里有了我们的下一代。

年底军燕也生了一个胖小子，名叫冉冉，看到这名字，就能想到军燕的内心充满了爱的光芒，孩子在她心里就像太阳一样冉冉升起。

没想到，我怀孕的时候，反应剧烈，持续呕吐，闻到油烟味就恶心，无法进食，只吃一点西瓜，吃完也吐。那时候最喜欢闻军营大院里的玉兰花香，奇怪，平时怎么就没觉得玉兰花这么香呢？跟先生商量给孩子起个名儿，在那个年代，我们都不在意起名的重要性，但还是翻了一遍字典，先给女孩起个名，我们都太喜欢女孩子了，名薇；万一是男孩子，就简单点儿，好叫好写就行，名欣，结果生了一个男孩。

同年底，晓华生了一个女儿，名叫露露。

操场上多了两台宝宝自行车，小松和冉冉骑着自行车，满操场追逐嬉闹。四个孩子在操场上玩得欢天喜地，吵吵嚷嚷，那也是一幕军营奇景。

四个孩子中，小松最大，也最淘气好动，他很活泼，爱表演，很讨人喜欢，但他也会经常恶作剧，王护士家在维子隔壁，小松就把她家的小鸡一只一只捏得瘫软在地，还把她家刚买的鸭蛋，放到装满水的水桶里，盖上盖子，王护士很长时间都没找到。还有一次小松把尿拉到碗里，让保姆阿达喝，阿达以为是茶水。哈，童年时候有了这样一段段出神入化魔幻般的神动作，真是让人又好气又好笑。

冉冉就不一样了，他很安静，一本正经的不说话，但心里面什么都懂，乳臭未干，却有很多自己的想法，陶队长说小松是小队长，冉冉像个老干部。只是长限这地方，冉冉可能不太适应，他的头上老是长疖子，动不动就要打青霉素，经常听到他痛得在大院里哇啦哇啦乱叫。

小松和冉冉经常玩在一起，但有时候也会争抢玩具。一次玩小火车，玩着玩着就打起来了，两个人头顶着头，像两头小公羊打架似的，最后小松生气了，一脚踩坏了小火车，冉冉也跟着踩了一脚，小火车的铁轨被破坏得不能用了。

更有意思的是，小松和冉冉还会吃醋，他们两个都很喜欢露露妹妹，有一次冉冉看到露露妹妹跟小松玩儿，就生气地咬了她一口。冉冉跟晓华妈妈很认真地说，长大了要娶露露，给露露买钟山牌手表。小松也不示弱，说要买比钟山表更好的东西给露露，一副要压过冉冉的气势。

冉冉努力地表现得有男子汉的翩翩风度，刚学会骑小自行车的时候，就让露露妹妹站在车后面的踏板上，兴奋地在军营大操场上兜风，不知疲倦地一圈又一圈骑着，满头大汗，军燕都心疼了，果然是真心对露露妹妹好啊。

那时候的生活枯燥乏味，逗孩子们玩耍是件很美好的事情。孩子们的父母多是五六十年代部队大院里长大的，受环境熏陶，正直，勇敢，不惧怕他人威胁，不屈服社会陋习，有抱负，有理想，气宇轩昂，不沉迷酒色，有着强烈的正义感。孩子们会否继承父母军人的气质性格呢？我想会的，根正苗红，一定能成才。

四个孩子中，我家欣儿稍显瘦弱，有一次不知谁拉了一把他的小手，立刻就脱臼了，保姆吓坏喊我。我赶紧找露露爸爸，他抬起欣儿的手，“嘎吱”一下就接好了。住在医院里，就有这个方便。

孩子们渐渐长大，教育问题又立刻摆在我们的面前，他们该去哪里读书呢？长限小学？乡村小学毕竟不够理想，我们只有一个孩子啊，为了下一代，姐妹们似乎要各奔东西了。

有一天，终于分道扬镳。

维子一家回到江西，她回到了时任宜春军分区司令的父亲身边，孝敬父母，带好孩子，皆大欢喜。

军燕一家回到山东老家，与父母弟妹团团圆圆，孩子的教育也有了着落。

晓华一家回到福州，与父母兄弟欢聚一堂，但每一个周末，他们都要骑上自行车，带着露露去市少年宫学习手风琴，不论刮风还是下雨，无怨无悔。

先生军种转换，我们一家也回到了福州。

《我家的小猫》

我们住在福州高高的于山顶上。

像躺在天空，看繁星闪闪烁烁，任凉风轻轻拂面，四面八方没有任何阻碍，飘飘然，似神仙……但这只是很短暂的感觉。

我们忙忙碌碌，几乎没有时间去感受和讲究生活的情趣。中午一点半就要冒着毒烈的太阳骑车去上班，腿上的痱子一片一片地长，一直长了三年。

市少年宫就在山脚下不远，我们也没带儿子去过一次。

欣儿上一年级了，我要做的事可多了。每天要做三餐饭，还要洗衣服，幸好福师一附小也在于山脚下。我送儿子上小学的第一天，他上完一节课就回来，以为上完课了！

有个朋友送了我们一只小猫，身上黄白相间一道道花纹，越长越像只小老虎，着实可爱。每次欣儿从于山脚下回来，登上几十级石阶的时候，它就已经在门内鞋柜上蹲守了，也许它听觉特别灵，大老远就能听到欣儿的脚步声。

在欣儿小学三年级的时候，他写了一篇作文《我家的小猫》，写得活灵活现，老师很满意，看来儿子是爱猫的，平常对小猫也观察仔细。

四年级的时候，欣儿课堂看图作文，又写了一篇《我在蓝天飞翔》，被班主任用作范文，评价说：“不鸣则已，一鸣惊人。”这篇文章被少儿杂志《小火炬》1991年第一期刊登，并在《全国小学生优秀作文选》上登载，那时候他已经可以看很多课外读物了。

没有多少时间能留给儿子，先生偶尔一次跟儿子在公园里玩足球，我都觉得很奢侈，很感动。

我们没给儿子压力，学习其实也不必顶尖，正常就好。

先生表面上看，对儿子严厉有余，但其实心里藏着更深的爱。

他让刚刚小学毕业的儿子和其他孩子，暑假去军训，把他们关在专门训练班长的集训队，整整半个月，理论学习、军事训练、擒拿格斗、打靶放哨，完全脱离家庭关照。

当然我也是默许了，我也只大他一岁就当兵去了。

我知道这令儿子受益终身，这就是成长，是千锤百炼的小小一锤。

欣儿是初中班里的物理科代表，我对他说，妈妈在那个年代，没有书读，物理化学都没学过。儿子拿着书对我说：“妈妈，我教你。”

没想到他会这样说，我哪有时间学呢？我懒懒地躺在沙发上，儿子依然热情地对我说：“那你躺着，我念给你听。”

他念着念着，我却在沙发上睡着了。

儿子是爱我的，他的心智已经开发。

他开始锻炼身体，酷爱打篮球，我觉得挺好。

我也一直在找机会，带儿子一起走到阳光下，走进大自然里。

终于，我和儿子有了一次长白山之行。

到长白山，能不能看到天池，要看你有没有运气。

我们登上长白山天池峰顶，在白雾弥漫大风猛刮的天池旁边，没有希望地等待着，左顾右盼，焦急难耐。

欲走还留之际，忽然间，一刹那，风停了，迷雾一寸一寸地徐徐拉开，像一个美丽的少女，慢慢掀开了裹在脸上的白色轻纱，露出了真容。天池宁静亮在了我们眼前，那份静谧的美，无法言说。

对面是朝鲜的白头山，片片积雪，同卧相对，难得至极。

欣儿在火山口附近，捡到一块火山石，认真端详着。他在想什么呢？

天池含着微笑，慢慢又覆上了白色的面纱。

福大！福大！

命自我立，福自己求。

上世纪九十年代初，电脑是稀罕物，我咬咬牙用孩子积攒下来的独生子女费和压岁钱，给欣儿买了一台 IBM386 电脑。欣儿自然非常高兴，但后来欣儿玩游戏成了先生的心病，他怕影响儿子学习，差点把电脑摔下楼去，后来他把电脑放到别人家，但怎么拗得过儿子，就又把电脑拿回来，上了锁，限定一周只能玩几次。儿子能看到电脑在身边，都答应。

电脑对学习的影响，我也是有担忧的。有一天，我却意外地看到，欣儿在《学生计算机世界》报上写了长篇大论：《三国志英杰传功略再谈》。开头几句就把我吓住了，上面是这样写的："《学生计算机世界》报已刊登过《三国志英杰传》的攻略，以笔者愚见，文中尚有不足之处，故作此文与大家商榷。"下面还有战术篇、战略篇和经验篇，洋洋洒洒满满当当一整版。我一直当儿子是个孩子，这文笔语气却如此老道成熟。玩游戏也能写出这么多的文字，我还能说什么呢？之后欣儿在《学生计算机世界》报上连篇累牍地发表文章，直到高考结束，《仙剑奇侠传》《巧防死机》《魔法门之英雄无敌Ⅱ——攻关心得》《三国群英传攻关经验谈》《三国志孔明传——

物品修改》《我的梦幻组合》《古墓丽影Ⅲ初探》《优化你的 PC》《对硬盘管理的一点建议》《快些，再快些！——浅谈系统的优化》，这些文章都是在高中阶段发表的，可见高中冲刺阶段，他依然很放松地“搞副业”，高考前一天晚上他还在看小说《红楼梦》。第二天考试完，他站在我面前懊悔地说：“填图卡填错了。”我惊得跳起来。考上大学后，《学生计算机世界》报编辑还打电话来问我，最近为何不写文章了？我笑笑地说：他上大学了。

欣儿是被保送上高中的。这段时间里，先生被调往贵州。我也很忙，我在一个电力部门工作，单位里搞全面质量管理，身为党办和文明办主任的我，不能没有一点建树，不能被认为是吃闲饭的。因此我组织搞的《提高女职工群众性活动整体效果》和《党建政工》两个质量管理小组（QC 小组），分别在 1991 年和 1994 年获得了能源部二等奖。1997 年 9 月《创建文明单位》质量管理小组，在“全国第十九次质量管理小组代表会议”上获得国家奖，党办也在同年第一次被单位评为先进科室。一个国家奖，能为单位评上省级精神文明单位拿到 40 分，2000 年 1 月单位被评为省级精神文明单位，以此聊以自慰，无憾党办主任一职。但对儿子，我是有愧的，我每天都是让食堂管理员为我打包饭菜，匆匆忙忙赶到家，囫囵吞枣吃完饭，没汤就喝开水，这样将就了三年。

这三年里，欣儿偶尔也会教我玩玩《古墓丽影》的游戏，让我看到劳拉的冒险世界，我也激动不已。欣儿不知从哪儿弄来日本电影《麻辣老师》，我们一起在电脑上看，一场“学渣虐我千百遍，我待学渣如初恋”，让我们爆笑不已。欣儿还弄了小霸王学习机，教我玩“打字游戏”，我只过了三四关，就放下了，十年后我开始学电脑，因为玩过“打字游戏”，键盘打字手法几乎不学就上路了。

我和儿子也一起在温泉宿舍里过中秋。我们坐在窗前，仰望着高挂天空的朗朗明月，虽已没有“花在杯中”“月在杯中”的往昔，我们望月问天，对月怀人，想念着远在贵州孤身一人的他爸。高考前几天，我被学校叫去给儿子填志愿表，那天我发着高烧，摇摇晃晃，昏昏沉沉，坐上了出租车，冲向学校，我不去谁去？我坐在儿子的座位上，晕头晕脑，喘着粗气，半睁着眼睛，把表格填完，如释重负。

成都科技大学是全国高校篮球比赛的冠军，欣儿满怀憧憬孜孜以求要考这所学校。欣儿的奶奶却不然，她去求菩萨保佑孙儿高考顺利时，不会念“成都科技大学”的名字，就念“福大！福大！”后来欣儿果然考上了福州大学，真是“人算不如天算”啊。

《达摩克利斯的120天》

逆境中成长。

一晃四年过去，欣儿大学毕业，先生执意儿子东渡扶桑，继续深造。

我也想，找个轻松优越的工作容易，但躺倒在舒适区，生活得风平浪静，对生命有何意义？不如趁年轻去拼搏一把，从内心挑战自我，激励自己。

恰好此时八十岁的老母亲，从霞浦坐公共汽车，颠簸了两百七十多公里的山路，来福州看我。我们也征求外婆意见，母亲只说了一句："骄傲地回来！"

我们只给了欣儿一百万日币，约合人民币六万多，他必须在短时间内完成一级日语的突破，否则无法立足，更无法深造。

没有丝毫日语基础，又人生地不熟的欣儿要吃苦了。当我们切断他所有生活来源的时候，一贯衣来伸手、饭来张口的欣儿，顿时感到压力山大。他迅速离开语言学校，东奔西寻，在东京找到一家网吧当管理员，先要保障自己有饭吃才行。网吧老板是个北京人，来网吧玩的也都是中国人，欣儿一个人要管理网吧的方方面面，工作秩序、财务管理，还要为客人调解纠纷，所幸老板允许欣儿在工作时间读书，命里碰上了一个好老板。

欣儿决定冲刺日语一级。有人对他说："半年想过一级，你以为自己是神啊？"

远在国内作为父母的我们，无法伸手帮助他。直到有一天，我们在日本华语版《东方时报》平成17年（2005）3月10日的报上，看到欣儿写的一篇文章《达摩克利斯的120天》，其中有一段文字让我穿心难过，想想就泪水涌出。这段文字是这样写的：

"道喜啦，新ちゃん（酱，昵称），应扶桑语一级秋闱，高中第二百五十三名举人。报喜人朴连元。"电话另一头显得很兴奋。

顽强的意志力，积极面对困难，坚韧不拔，努力拼搏的精神，让儿子的心灵得到了一次完全的洗练，也得到了真实的回报，而我们在跌宕起伏的熬盼中也获得了欣慰，如释重负。

经过一番苦寒逼迫，欣儿考上了日本理工最好的庆应大学，开始了留学生涯。

毕业后，他被日本东芝公司聘用。

经历是人生的宝贵财富，我们都应该竭尽全力。

有人如是说：对自己越苛刻，生活对你越宽容；对自己越宽容，生活对你越苛刻。

“鲇鱼”风生

曾经的小小发小团跟随父母，天各一方，杳无音信，但我们都在彼此心里牵挂着，惦念着。

时光匆匆，如白驹过隙。孩子们渐渐长大，学业有成，工作忙碌，他们都结婚生子了，我们也正式步入爷爷奶奶辈的行列。

小松有了一个男孩，叫特特，还多了一个特特妹妹。

冉冉也有了一个男孩，叫元宝。

露露考上厦门大学，成就了她挚爱的艺术事业，生了一对双胞胎儿子，叫大毛和二毛。

欣儿离开东芝，学成归来，也有了一个女儿，取名均若。

均若出生，特别捣乱，携着“鲇鱼”台风而来，让我们始料不及，慌了阵脚，原有计划被全部打乱。

媳妇分娩在省立医院，因为离温泉武警宿舍近，就计划在这里坐月子。谁想“鲇鱼”台风突然袭击，天摇地动，电闪雷鸣，狂风呼啸，暴雨如注，操场“水漫金山”达一米多高，轿车被淹，无法启动，幸好欣儿早起发觉不对劲，已把汽车开出大门，停在高处。

我们先要做的第一件事，是给产妇和月嫂弄早餐，可“鲇鱼”台风让我们尴尬了。我早起就赤脚淌水上街去购买食物，冒着风雨来到温泉路菜市场，一看，那菜市场哪里还有一家在卖菜，胡同里已经灌满了水，成了一条小河。我只好失望地回头，忽然看到对面隔着马路街那头，还有一家馒头店开着，便喜出望外地跑过去，赶紧买了一大包馒头包子大饼，心才安下来，又到武警宿舍左边的旺达小吃店想买点现炒的菜，一问要十点钟才开门。那不行，怎么办呢？回头忽然看到温泉宾馆门口有个板车在卖青菜，这可真是太好了，这个天气路上还有卖青菜的！不管青红皂白，我买了好几把。

我和欣儿一起把早餐送到医院时，已经是早上八点。

紧接着月嫂给我们开出当天产妇的饮食菜谱，除了早上小米粥炖鸡蛋、广东芥蓝已经草草代之外，还有：

上午十点点心：猪肝汤。

午餐：瘦肉汤，桂花鱼清蒸，青菜，饭要炖烂一点。

下午三点点心：排骨捞面。

晚餐：桂花鱼红烧，白米粥，油麦菜。

晚上十点点心：排骨汤线面。

吃饭间隔时间这么短促，采购食物这么困难，我们只能选择位于较远的金牛山沃尔玛超市，这么来回折腾买菜做饭送饭，我飞都来不及啊，何况做菜又是我的短板。可是，没什么可是了，必须立刻行动。

刚当爸爸的欣儿，开着侥幸发动的“宝马”，迎着呼叫的狂风暴雨，不顾随时会有大树倒下，广告牌砸过来，目标就是“沃尔玛”。急匆匆买到食物后，就近赶到华府新家做菜，紧接着又奔向医院，月嫂看到我做的猪肝汤顿时皱起眉头，我装着没看见，对不起，我都呼吸短促了。

我又和欣儿赶着把买到的一大堆物品，送到温泉宿舍，车只能停在门口，欣儿大包小包地抱着提着扛着淌水过操场，水已没大腿，每行进一步阻力都很大，弄得他满身是水，到宿舍楼楼下过道放下东西后，他又返身过来接我。而我也是拿着大包小包，深一脚浅一脚地跟在他后面，下两级在水中的台阶，一不留神脚底台阶踩空，我手上的东西抖了一下，脚上的塑料拖鞋倏地没了，晕，那水已经淹到我的大腿上了，我紧张地寻找着拖鞋，看它又漂了起来，我抬脚去套住拖鞋，谁知它踩下去漂起来，踩下去又漂起来，哎呀，真是越忙越乱。

后来发觉一盒猪排没了，到哪去了呢？会不会是那一脚踩空丢到水里去了？嗨，那可是月嫂交代要买的呀。

“鲇鱼”台风果然和“龙王”台风一样的凶猛无比：

温泉宿舍变压器爆炸了！

断电了！

断水了！

我在台风中长大，对台风敬畏并无惧怕，可是今天不同，我们温泉宿舍的大操场已经是出入困难了，没电，没水，月子怎么弄呢？看来这宝贝有想法，发脾气了，出生那天，她的哭声就特别大，要和台风同吼呢。

就在宝贝出生的当天，在风狂雨骤的大台风里，我的战友也来福州凑热闹，像雷神雨神亲临祝贺一样，从江西从上海来看我，我已经忙得不亦乐乎晕头转向了，只好急匆匆打理一下，去见远道而来的尊贵客人，耽误不得啊。

宝贝身带霹雳风雨，到哪儿都是刮台风。两岁时，宝妈带她去珠海长隆，“百里嘉”台风跟随；带她去日本，“潭美”台风跟随；宝妈说均若出行有魔咒，连二月带她去厦门也会来台风“蝴蝶”，看你服不服气。

宝贝至家

宝贝被接到了华府的家中，她安静地睡着，也许她觉得这才是她的家吧。

华府风物景致，气象万千，可看四时潮起潮落，可看白鹭起舞飞翔，看车流滚滚，看游艇小舟，朝霞落日，月亮星辰，沙滩排球，焰火烟花，远处横卧着一座威武平顶的五虎山，像广成子翻手无情专拍脑门的翻天印掉落，常有云雾缭绕山间，这是大美江山啊。

偶尔天气也会翻脸，风云突变惊悚，天地震动，电闪雷鸣，乌云翻滚，白茫茫暴雨压至眼前，怒吼的江水滚滚而来，千变万化。

在上游不远处有一座水中寺院金山寺，已经在水上屹立千年，还没有任何要倒下的迹象。孩子爷爷，也就是我的先生，小时候在这里有一个惊险的故事，几个小玩伴想去金山寺，船工叫他们坐船，说这里常有不测之事，为了省钱，孩子们说游泳过去，爷爷游到一半，突然在水中抱到一个巨大的东西，滑滑的，吓得他大叫起来，慌不择路。宝贝长大后，一定让她爷爷带我们再去一趟。

宝贝从胎梦中醒来，睁开双眼，看着熟悉又陌生的世界。熟悉，因为带着神似；陌生，因为要面对无常。我等待这一刻，就像看到了自己出生的模样，她眼睛平静闪烁，神态妙相庄严，所有的孩子

出生都这样吧。

欣儿握着拳头出生，所以要拼搏，宝贝出生是兰花指，有人说叫“观音指”，是观音娘娘顺风顺水送来的，那也是要努力哦，天上不会掉馅饼。

在月子里，宝妈乳房郁结疼痛，还发高烧，但没有哼一声，宝妈不娇气，很坚强。更值得赞扬的是，宝贝睡在婴儿床上时，宝妈在自己床上摆上小桌，沐手誊写《心经》，一笔一画极其认真恭敬，她说她小时候练过硬笔，还得过奖呢，那字写得确有功力，我喜欢。

欣儿几次“抗议”要更改名字，这次给他女儿起名字，我们慎重地请了一个大名鼎鼎的易学大师，为宝贝取名“均若”，宝妈网上查询，全国仅此一个，不像宝爸的名字有如天上的繁星。

都说女儿是爸爸的小情人，果然是心有灵犀，宝爸在上海上班，每个周末都要赶回来看望娘儿俩。说来奇怪，月嫂说，宝爸每周五晚上回来，这一晚，均若都睡得特别安静，不吵也不闹，一觉睡到天亮，连大小便也少了。

弥勒佛爷爷

我趁均若还不会反抗，就对她“飞机抱”“翻跟斗”“爬沙发”训练，很快地她就会爬高越货了，周岁前一周，均若蹒跚走了十一步，开启了她的人生之路，对全家人，这就像阿姆斯特朗在月球上迈出的第一步一样，我们为她欢欣鼓舞。

还差两个半月就两岁的均若，2018 年 7 月 9 日那一天，她摸了摸摆在客厅的红豆杉根雕弥勒佛“弥勒佛爷爷”像的赤脚，突然大叫起来：“鞋鞋，鞋鞋。”她边喊边往大门跑，拎起那双爷爷刚给她买回来的，自己还没穿过的粉色雨靴，跑回来举在弥勒佛的赤脚前，对弥勒佛爷爷说：“嗯，嗯。”

忽然发现弥勒佛爷爷没有鞋穿，她立刻把自己的新鞋给弥勒佛爷爷穿，这我怎么也想不到哇。

弥勒佛站在客厅里，打着赤脚，腆着肚子，笑嘻嘻地看着均若，不说话，我在一旁都看呆了。

再后来均若会说话了，早上起来，她会到弥勒佛爷爷跟前说：“早上好！宝宝很乖，都没做坏事。”奇怪了，我从来没对她提起过弥勒佛的过去与未来，更不会对她灌输深奥的佛教思想，她这些想法是从哪里来的？

我们让均若跟弥勒佛爷爷一起照相，她手上抓着小爱飘球的线说："我要带小爱一起照。"好像她和弥勒佛爷爷早就认识，像两个好朋友一样。

还有一次均若从巧虎班学习回来，一进门就立刻捧着巧虎图片，走到弥勒佛爷爷面前说："看！"她很高兴地让弥勒佛爷爷看图，介绍自己的新朋友，交流得非常自然。

更有趣的还有一次，均若会到弥勒佛爷爷面前真诚地说："弥勒佛爷爷，给我一个金元宝，我送给奶奶好不好？"她非常开心地捧过来给我，说："弥勒佛爷爷笑了。"她怎么懂得金元宝？这孩子真会逗人开心。

这么小的孩子，有些事还真的拎不清。

一个星期六的早上，家里买了三角贝，均若看到三角贝在水中吞吐，很是开心，这时她也还不到两岁。

中午，三角贝被煮了，我拿了一粒煮熟张开的三角贝给她吃，没想到均若接过三角贝，脸上出现一丝凝重神色，然后郑重地将张开的贝壳合上，送到原先养三角贝的盆里……我惊讶地看着她做完这一切，在她放下三角贝的那一刻接住了。

我的心也跟着庄重起来，不知道此时均若她心里在想些什么，至今都没见她吃过贝类。

时代宠儿

幼儿园时，我只有一个蟠桃玩具。

而今均若的玩具堆成了山，数都数不清。

有皮卡丘、冰雪公主、小猪佩奇、可妮兔、Kitty 猫、汪汪队长、小马宝莉、巧虎、挖土机、工程车、踏板车、自行车，太多太多了，甚至滑滑梯都搬进外婆家她的玩具间，外公还给她买各种各样的智能玩具，机器人布丁，感应机器人鲁比，无人机，只有想不到，没有做不到，这就是时代啊。

在这个时代的大花园里，均若这朵小花开得艳丽夺目天真可爱，在童蒙的时光里，她会玩感应；会和手机 siri“嗯，嗯”说话；会开空调；会玩血压计；对汽车感兴趣；洗完澡，会学大人用棉签擦耳朵。

她会玩洗衣机。

均若是个积极的孩子，那天还发高烧，额头上贴着退烧贴，她把衣服一件一件地放进洗衣机滚筒，整理好，关上洗衣机门，双脚踩上洗衣机的木垫，再手摁开关，看到滚筒的灯亮起，转起，她开心地笑了，还给自己鼓起掌来，哈哈哈，我们也跟着她鼓掌喝彩。

她会和大人交流。2018 年春节带均若去喝下午茶，她才 1 岁 4

个月，还不会说话，坐在宝宝椅上，把酒水单翻来覆去地看着，然后在服务员小姐姐面前举高高说："嗯，嗯"，意思是："哎，哎，来点酒水呀。"她看酒水单的样子，老气横秋，好像她真的能看懂上面那些字。

她会编儿歌。2 岁 2 个月又 18 天，均若刚学会讲话不久。她坐在餐车椅里，一边吃馒头，一边自编自吟："小馒头，咬咬咬，一边吃，不说话。"我看着她愣了很久，我这么小的时候一定傻不愣登，怎么也不会编儿歌呀。现在的孩子，冷不丁就会让你惊讶，高兴很久。

她会"偷偷"玩微信。有一天，我忽然发现均若用我的手机跟她妈妈视频，我很诧异，赶紧问宝妈："是你发的视频讲话吗？"宝妈说："没有啊，我看到视频就接受了。"她爷爷也跟我说，均若在他手机上打她妈妈的电话，被爷爷赶紧摁了。还有一次把我微信上一个视频发到了我朋友圈。似乎她记住了我们各自的微信头像、电话号码，能开启所有人的手机，才两岁多的孩子，她的观察、学习、模仿和行动能力，已经大大超越了我的想象。

她还会照相。第一次帮我拍照时，我记得很清楚，那是 2019 年 5 月 18 日，均若才 2 岁 7 个月，在山水汇餐饮会所，我让均若用手机帮我拍一张，拍得非常好，构图很完整。

过了不久，她突然主动提出要帮我拍一张，我把手机给她，她指导我要摆什么样的姿势，把两手撑在下巴上微笑，她一下就拍好了，一次成像。

之后宝妈在不同场景又让她拍。了不起的是，她拍的几十张照片，没有一张废片。宝妈称赞她："拍得快、准、狠。"

此事惊动了爱摄影的爷爷，他惊叹欢喜地说，要把自己心爱的摄影家当，全部传给她。

毕竟是个孩子，均若也有恐惧的时候，听到楼上装修打孔的声音，她大叫一声，立刻抱紧头趴到地上，那样子让人又好笑又心疼。

第一次看到自己的影子，也是大为恐惧起来。

刚开始她看到影子，觉得奇怪，这是什么？为什么一直跟着她，她躲着影子走，可是她站住，手去抱头，那影子也抱头；她把手举起来，那影子也把手举起来。这下子她慌了，她边跑边往后看着那紧紧追她不放的影子，恐怖地大哭大叫起来：“爷爷……奶奶……”

我笑得合不拢嘴，赶紧跑过去抱住她，让她看奶奶的影子，看爷爷的影子，她知道了，所有人都有影子，而且紧紧相随。

第二天她竟会用脚去踩影子，从此不再害怕影子了。

世上最秘而不宣的体验，就是战胜恐惧后迎来的安全感。

在不同的时代面前，孩子们面对的世界已经和我们大不相同。社会在变革，在进步，均若有两个小朋友，2 岁时就满中国跑了，参加儿童平衡车挑战赛，这种欧洲训练幼儿平衡感和手、眼、脑、肢体协调能力的运动，已如火如荼地在中国风靡开来，一反萌娃骄娇习气，在追逐比拼中，孩子们多了一份坚强与坚持。

少年强，中国强！

童言无忌

童言无忌，何止无忌，更是设身处地，换位思考，感同身受，为他人着想。

宝妈说外面下雨了，均若问外公：“阿婆有没有带伞？”

外公去开车，均若问：“阿公，你油加了吗？”

宝妈问均若为什么不去上海找爸爸？均若说：“我吵他。”

外公出差去上海，均若问：“你是去接我爸爸回来吗？”

均若剥栗子给我吃，说：“吃了感冒会好。”

我接电话，均若教我：“奶奶，你要说：‘喂，我是奶奶。’”

偶尔均若还撩我：“奶奶，闭上眼睛，给你惊喜。”果然她给了我两盒茶叶。

坐在爷爷腿上尿了，均若立刻从爷爷腿上下来，跑到爷爷房间，拿来爷爷的裤子给爷爷换，有点惶恐不安。

跟爷爷去森林公园，均若会先来个问候：“森林公园，你好！我来了！”像大人在说话。

等妈妈下班，均若在凉台望着天空说：“月亮都出来了，妈妈还没回来！”

看到爸爸妈妈的婚纱照，均若对妈妈说：“这是你和爸爸小时候的照片吗？你拿着花，爸爸抱着你，我真是太感动了。”这是两岁半孩子说的话？

我们居家衣服穿得随意些，她会动手来帮忙，说：“衣服拉链要拉好，扣扣要扣齐。”

早餐好了，爸爸不去吃，爷爷骂爸爸。均若说：“好啦好啦，哪有这么凶的。”小小年纪，不畏权威。

均若少有耍脾气，有次晚饭给她煮线面，没吃两口吐出来，说要吃馄饨，煮了馄饨又说打嗝吃饱了，把馄饨汤摇得餐椅上流，我生气了骂她，不理她，走掉。她伸过小手来说：“奶奶，我们握握手。”相视而笑，我们“和解”了。

一天临睡前，均若突然跑来跟我说：“植物还没浇水。”我赶紧跑去凉台浇。她一边看我浇水，一边开心地说：“它们会感谢你的。”

均若的言语处处想到他人，心怀善意，阳光灿烂，让人动容。

均若也会问很多我们难以解答的问题。

跟爷爷去拍鸟，她问爷爷：“你为什么要拍鸟？”

问我：“为什么晚上睡觉可以睡到天亮才小便？”

看到窗外的雾，均若说：“阿婆快来快来，外面冒烟了。”阿婆说：“那是雾。”她问：“雾是从哪里来的？”

路边看到卖兔子的，均若问：“兔子为什么被关着？”

我要圆满地回答她，想很久也不一定能回答得好。

均若生病几天没外出，看着江水，对我说：“水已经退了，可以出去玩了。”为什么水退了可以出去玩？宝妈说：“你是诗人吗？”

小区楼顶在施工，楼下过道纸条封路，物业小姐姐路过说：“已经修好了。”均若立刻怼过去：“修好了，为什么还不撤掉？”人小言重，没人搭理。

均若手握皮卡丘精灵球睡着了，我问她做梦了吗？她说：“梦见

自己在睡觉。”这话听起来似乎有那么点禅意。

2020年的春天，疫情传播，对孩子们的健康和生存的教育，大大提前了，均若懂得戴口罩、洗手了。

给我倒牛奶，说：“盖上盖子，就不会有病毒了。”

对爷爷说：“你抱我，要把外面穿的衣服脱了抱。”

我们都被“关”在家里了，均若穿着毛茸茸的拖鞋，悠悠哉哉，自编三字经，边走边唱：“小拖鞋，毛茸茸，走过来，走过去。”唱得有滋有味。

当真被关在家里，我们还真是浑身难受，时间被凝固了，什么活都干不成了，唯有股市还照常开着，干啥呢？炒股呗。

一天均若对我说：“阿婆的钱都在股票里，绿绿的，你的红红的，是你去抢了阿婆的钱吗？”

真是语出惊人！

我说没有啊。

她问：“你为什么要抢阿婆的钱？阿婆说她都没赚到钱。”

哇，我都晕过去了，你才三岁多啊，我怎么跟你解释呢？阿婆如果听到，要高兴得捏你的脸了。

均若上幼儿园了，每天开车接送，路上无聊，我就跟她谈天，唱《可可托海牧羊人》，没话找话我问她：“什么是爱情？”

我也真是的，会问她这个问题，就我自己也很难回答啊，何况她才四岁，怎么会懂？

令我吃惊的是，她回答了，她说：“爱情就是他送你东西，他很高兴。”

细思之，她说得对呀，这就是纯洁的爱情呀！

我继续问她：“这歌好不好听？”

她说：“唱得谁都想哭了。这是伤心的歌。悲伤的歌要唱得低（深沉）一点儿。”

《红楼梦》中有句话：世事洞明皆学问，人情练达即文章。均若身上不存在世事洞明和人情练达，她的内心完全是清澈透明、纯真无邪的呀。

无须讳言，现在的孩子聪明过人，是千年来最好的一代。

附录一

衡门自适

有人说我是幸运的，我回头望望，满脚伤痕。

我想到了老家，我从未断过思念却没有机会看她一眼的老家。

老家在柘荣，我总是拿陈厝里地主的大房子来填充自己的想象，想着我的老家，房子也一定巨大豪华，也有大大的柱子和厅堂。

浩哥说，那年小叔抱病乘坐公共汽车，翻山越岭颠簸着把写好的家谱送到霞浦家里，小叔那时已是七十多岁的老人了，地主刚刚脱帽不久。在那无解的年代，小叔这地主的帽子也戴得蹊跷，因为替老病的爷爷去开“黑五类”会议，就从此被戴上了。

小叔名蕃如，书名辉，字耘耕，是爷爷最小的儿子。曾经小叔也被戴过高帽，挂过胸牌，他也站在柘荣溪坪街的中心敲过锣。那是一段令人窒息煎熬的时光，要忍难忍之事，要行难行之路，家中一幅明朝的画都无力保存下来，更何况其他书籍典藏，被一担一担地挑出去烧了。没有强大的内心和毅力，生命如何能支撑过去？没有阳光，要学会享受风雨的清凉，没有鲜花，要学会感受泥土的芳香，要习惯任何人的忽冷忽热，要看淡任何人的渐行渐远，在迂回曲折中不困于顿挫，不乱于己心，爬坡过坎，涉险渡难，熬过惨痛，最美的笑容就会绽放在痛苦的尽头，所谓历事炼心，不过尔尔。

小叔写得一手好字，大到斗大的草体，龙飞凤舞，气势磅礴，小到要用放大镜才能看得清的繁体，形神兼备，娟秀有力。爷爷有五个儿子，三叔是爷爷最得意的学生，而小叔也是得了爷爷的真传。

忍辱负重几十年，青丝白发转眼间，在小叔生命的尾声，他顽强地为家族做了三件事：

一是写家谱，让我们看到了千年的家族传承。

二是把爷爷柘洋夫子的遗骸送上了东狮山，在那物质匮乏精神压抑的年月，他一砖一瓦地搬上山去，慢慢地把墓砌起来。

三是把二叔、三叔的骨骸合葬一处，小叔肩挑二叔、三叔的骨骸，走过一个个山岭，挑挑停停，停停挑挑，仰观天象，俯察地理，直到满意为止，兄弟一场，情深意笃。家族事情全都办妥之后，小叔才闭上了眼睛，无愧家族，无憾此生。

我问浩哥："家谱里记载的我们家人都是些什么人啊？"

"都是侯啊、郎啊。"浩哥回答。

"什么？"我愣了一下，等我反应过来，就让浩哥把家谱给我看看，我从未看过家谱是怎样写的。

原来我的家是有名字的，叫"探花府"，门上还写着四个字"衡门自适"。

我叫朋友先帮我去找到这个家，我告诉他，门上有"衡门自适"四个字。朋友连夜撑着雨伞，在溪坪街一家一户挨着找过去，回话说没有看到这四个字。难不成也被时光所湮没？

我急了，跟先生说，我要回老家。

这是我第一次回老家。

那年春节，先生带着我和儿子，还有母亲、姐姐、哥哥，我们一同回柘荣。

大哥阿浩一家已从云南兵工厂回到了霞浦，照顾年迈的母亲。

二哥阿潮的女儿是霞浦一中的状元，考上了北京大学，圆了他心中的梦想。

大家心情舒畅，我更是心驰神往。

汽车在山路上缓缓驰行，弯弯的山路，万籁俱寂，天空飘着白雪，宽阔翠绿的山坳里，雪花纷纷扬扬，寂静无声，如梦如幻，很美很美……

小时候听过一句话："霞浦好柘洋。"好到什么程度？为什么说她好？我是一无所知。

母亲已经多年未回娘家，我们先到大舅、二舅家。

柘之西源，柘水所汇，西源之下过溪为宝聚洋，母亲娘家在柘荣宝聚洋。

宝聚洋上有魏姓一家，家中五子，长三子昭康、昭童、昭妙三兄弟，合建一座二十多亩的连体大宅，老大居中，老二居其右，老三居其左。

老二昭童，又名幼园，30年代是柘洋（柘荣前身）特种区的区长，属省管，相当县长职。

小舅对我说：那时候柘洋也很凶险，有一天晚上，马立峰（闽东苏维埃政府主席）急急从宁德赶来，对二叔说："魏区长，敌人调集三万多正规军，兵分三路向闽东苏区而来，进行大规模清剿，叶飞同志命令我们红三团迅速撤出苏区打游击。"二叔神色冷峻，问他："要撤去哪里？"马立峰说："去福安东区的崇山峻岭间转战。那是1935年1月的事。"

如此事情，从小舅口中得知，让我讶然不已。

原来叶飞领导的中国工农红军闽东独立师，是在1934年9月宁德支提寺宣告成立的。

母亲是老大昭康的长女，大宅院里办有私塾，母亲是私塾里唯一的女生。

我好奇地前院后院跑来跑去，挨家挨户地看，绕了好大一圈，母亲家门楣上的字，已被破坏铲去，使劲儿地辨识，才隐隐约约能看到上面写的是“瑞气长凝”。

右边老二那幢房子门楣上写的是“文章云汉”，清晰可辨，而今孩子们都远去城市，院里少了生活的灵动和生气，有点荒凉，只是依稀还能感觉到，这里曾经也是一个诗书人家。

左边老三家的门楣上写着“斗牛临光”。

小舅骄傲地告诉我说：“办私塾那会儿，柘洋出了十个大学生，我们这个宅院就占了三个。”他满脸笑容，非常得意。

我总算明白，母亲德言容功俱佳，正是得益于良好的家教。

到溪坪街探花府时，天色将晚。

溪坪古街，位于古时闽省通往京城的古官道上，为八闽要冲，以道为街，街道相连，是福宁府柘霞古道上的最大集市，沪浙陆运要道，店铺云集，车水马龙，家产万贯者，不乏其人。自唐、宋、元、明、清至 1956 年 104 国道通车前，是古长溪（霞浦）上西区的政坛活动中心、历史文化重镇、最大的商贸中心和八闽交通枢纽。

溪坪古街分为上街和下街。

上街叫作“生意人家”，有粮店、布庄、京果店、食杂店、茶庄、药铺、制衣制鞋店、印染店、弹棉店、打金打银打铁店、照相馆、邮政所和电信代办所，过去甚至有算命卜卦馆、鸦片馆、武馆、花会馆、赌场等 150 多间，当年有客栈 10 多家，民国二十九年，溪坪成立柘洋特种区第一个商会，会员近 200 人，是溪坪商贸发展的鼎盛时期。

下街被称作“读书人家”，建筑保留明朝风格，被称作明朝厝，其中陈姓民居大宅门门披上都有题字，有“衡门自适”“天光云影”“流水环门”“溪云深处”“奎璧联辉”“壬癸长存”“德星远聚”“爽气长含”等字题，书风雄浑，苍劲有力，建筑保留元朝风格，被称作元朝厝。

探花府官邸建在溪坪街下街的古官道旁，为先祖陈桷所建。府前面是龙溪的转弯处，叫作五斗潭，溪面宽阔和缓，站在东狮山顶上俯瞰，就像一条拦腰玉带。

我站在千年的探花府家门口，抬头向上望去，门楣上的确少了“衡门自适”这四个字。

毕竟是千年的事了，愿再次歌颂：

《诗经》第一百三十八篇《衡门》

[诗经 · 国风 · 陈风]

衡门之下，可以栖迟。泌之洋洋，可以乐饥。

岂其食鱼，必河之鲂？岂其取妻，必齐之姜？

岂其食鱼，必河之鲤？岂其取妻，必宋之子？

附录二

陈氏祠堂

唐末，闽王国与吴越国之间连年兵燹，征战惨烈，先祖唐进士广州刺史陈臣，在此离乱之际路过柘洋，见山明水秀，怡然自得，遂率子登高俯视，东狮山峻峭挺拔，为太姥山脉绝顶，山势蜿蜒直下，经东狮（东山）仔，聚于前狮山（前山）溪坪潭头坪小山包上，有“三狮落洋”之象，龙溪柘水聚于前狮山五斗潭，众水绕行而过，围聚成前狮山水城，山水交聚，犹如住龙喷水，地势壮观，是个发族之地。于是陈臣携子在溪坪潭头坪披荆斩棘，开基架屋，迁居入柘，谓“陈楼坪”，即溪坪下街。

柘洋，柘树成洋吗？非也。是先祖以浙江平阳“柘园”谐音演化而成，寄托了后裔怀念祖籍地，对平阳柘园旧址的眷念之情。

历经数代，陈臣后裔陈桷，原名纬，又名文通，字千一，自号无相居士，出生于溪坪古街陈楼坪。由于陈桷21岁高中探花，出生在陈楼坪与陈桷同辈的10房兄弟，朝廷圣旨封赠“陈门金花”，即文通、文达、文连、文近、文迴、文迪、文选、文迹、文姬，还有一个女婿。陈楼坪为官宦世家，曾经十分兴达。

探花府现在住着堂弟，小叔的儿子，他带着我各处转转，说：

"这是一座单层官厅大院宅，宋时有执事厅、文案房、茶厢房、卫前捕头房，有大官厅、天井、回廊、厢房，院房中还有客厅、花厅、卧房、书房、账房、库房、绣房、客房、下房、厨房、茶房、柴房、碓房、磨房、砻米房，沿街还有数十间仓楼，供公差和随从人员居住。现在小很多很多了。"

我抬头望着官厅内破旧的屋顶，很难与陈厝里大地主的房子相比。

摸着官厅的方形木柱，上面布满了历尽沧桑的纹路，依然散发着久远的讯息。

俯视花厅天井两侧凹陷的地面，用鹅卵石铺砌的图案，如两面艺术的地毯，上面透露着忧患变迁的风霜，仍展示着时代的风貌。

这是一座独具一格的房子，这里流动着历史巨变的风云，流动着许许多多的人和故事。

陈桷历经徽宗、钦宗、高宗、孝宗帝 4 朝，是南北宋政坛上一位军政要员。在南北宋交替时期，金人南侵，中原动荡，内忧外患的战乱年代，秦桧又一味奉行割地求和之策，致使陈桷被五黜又五起：

第一次遭贬黜。

建探花府官邸缘于此。宋灭辽后，以为自此天下太平，令北防边军多处撤点，立"有言边事者，流人三千里。罚款三千金，不赦荫减免"的朝禁。宣和七年(1125 年)，金人遣使，至中原刺探军情，陈桷奉徽宗之旨差伴金使返程，送至边境见金人屯兵虎视中原，战火一触即发。陈桷不顾"朝禁"严厉，立即遣人传报，而传报人却被京师六恶之首蔡靖恶党所杀。陈桷因主战观点与秦桧不合，遭到贬黜，按"朝禁"被外放回福建老家，任提点福建路刑狱，掌管福建路司法、刑狱和监察地方官员，并兼管农桑等公务，常来往于临安府与福州府之间，因此，在柘洋溪坪古官道旁建探花府官邸，料理本路事宜。探花府官邸按宋朝官厅典例而建，陈桷以"衡门自适"做门楣自勉。

靖康元年（1126年），金人南侵，北宋朝廷告急，向福州调发驻军。因军饷发放不足，知州帅臣柳廷俊被手下乱军所杀，福州府城震惊，百官纷纷逃逸。陈桷处危不惊，只身独闯乱兵中，以理压下叛军气焰。当即调行叛军后，复奏朝廷，奉旨顺道追杀祸首二十余人。

建炎三年（1129年），南宋立基未稳，乱臣苗傅等率兵逼宫，败露后逃匿福建，陈桷例行公务，在巡察建阳时在当地人民举证下，将其捕获交付朝廷论处。

建炎四年（1130年），陈桷任福建路提刑，福建路转运司扣发"卸甲钱"，路都曹被杀，陈桷再次独闯乱军，以平兵乱。史称陈桷有"一方以安"之政绩。

第二次遭贬黜。

绍兴二年（1132年），秦桧为谋相位，主战派范宗尹被罢免，朝政纷争，陈桷不愿夤攀，故以疾乞祠，主管江州（今江西九江）太平观礼仪，参编《宋徽宗御书》。

绍兴三年（1133年），陈桷被召回户部任金部员外郎副长官，细察朝廷库银"给纳泉币，计其岁输，归于受藏之府，以待邦国之用"；及集"匀考、平准、市舶、榷易、商税及香、茶、盐、矾之据，以周之其耗，视岁额增亏而为之赏罚"。当时，朝廷对天下物贵币少，官铸日减，私铸日盛，铜币外流日盛乏策。陈桷当即向宋高宗上疏："特诏有司讲求其弊，厚铜本之积，广加铸数，重外泄之防，严销毁之禁，庶几国得专其权，而民不乏用，当务之急，孰先于此。"此疏建议立即被朝廷采纳，缓解了当时朝政理财之危。又因南宋绍兴朝，偏安一隅，秦桧等力行求和之策，助长了朝廷官员崇尚清谈，得过且过，拘泥小节，大敌当前，无视国恨家仇。陈桷心胸坦荡，向宋高宗振言疾呼："当今专讲治道之本，修政事以攘敌国，不当以细故小事勤圣虑如平时也。"又指出："刺史、县令满天下，不能皆得人，乞选监司，重其权，久其任。”并在陈述攻守二策时说：“要在得人心，修军政。”陈桷治政、理财的卓识，屡为宋高宗所器重。他从五品员外郎，升为正五品郎中。不久，又升为礼部四品太常少卿，掌管朝廷宗庙礼仪。

第三次遭贬黜。

绍兴五年(1135年)，陈桷为龙图阁士，奉掌《宋太宗御书》，御制文集与典籍、图画、宝瑞之物和宗正寺所进属籍，及编纂皇室玉牒世谱等事务，其中多与秦桧议事不和，再次被外放任福建路泉州府地方长官。

绍兴六年(1136年)，陈桷改任两浙西路提刑，辖治临安、平江(江苏)、镇江、嘉兴四府，及吉安州、常州、严州(今建德一带)与江阴诸地的提刑事务。他虽然身在朝野，心怀魏阙，念念不忘国政修明，再次向高宗上疏：“乞置乡县三老，以厚风俗，凡宫室、车马、衣服、器械定为差等，重侈靡之禁。”

绍兴八年(1138年)，升福建路转运副使，料理福建路军需、粮饷、税赋和督察地方官吏等公务，为福建路地方高级副长官。

绍兴十年(1140年)，内任太常少卿。此时，《徽宗御书》已编成，宋高宗打算下诏藏于敷文阁，陈桷却说：“旧制自龙图至徽猷皆设学士、待制，杂压著令，龙图在朝请大夫之上，至徽猷在承议郎之上，每阁相去稍远，议者疑其不伦。直敷文阁者缀徽猷则与诸阁小异，除之则班列太卑，欲参酌取中，并为一列，不必相远，庶几名位有伦，仰称陛下严奉祖宗谟训之意。”又秉言皇家祀典：“祫祭用太牢，此祀典之常。驻跸之初，未能备礼，止用一羊，乞检会绍兴六年诏旨，复用太牢。”陈桷直言不讳，颇为高宗所赞赏。

第四次遭贬黜。

绍兴十一年(1141年)，陈桷升为礼部侍郎，为礼部副长官，赐三品服。朝廷加建国公瑗为检校少保，进封普安郡王。当时，陈桷奉诏与太常寺讨论典故。秦桧认为陈桷等“以国本未立，议当宜厚其礼，以系天下望，乃以皇子出阁礼例上之”。这与故相赵鼎的主战派论点同出一辙，当即向高宗进谗言，最终把陈桷及持异议政见的吏部尚书吴表臣、礼部尚书苏籍、员外郎方云翼、太常寺丞丁仲辛等诬以“不详典故，专任己意，怀奸附丽”的罪名，一概罢官放逐。陈桷返回柘洋溪坪探花府故居，安然整理《无相居士文集》十六卷。

绍兴十三年(1143 年)，宋高宗深知陈桷是位才吏良臣，忽然问道：“陈桷，今何在？可惜闲却，当与一差遣。”秦桧假以韩世忠属将陈元承(亦名陈桷)，加以敷衍说：“今从韩世忠，辟为宣司参议官。”元承、季任，适同姓名。宋高宗笑云：“非也，好士人岂肯从军耶？”秦桧勉强给陈桷任提点江州(江西)太平观的闲职。

绍兴十五年(1145 年)，陈桷再次被宋高宗钦点，委以重任，知襄阳府，充京西南路安抚使，掌管一方军事、民事大政。当时襄汉地区连年兵灾，民不聊生，以致庶民户数骤减，只及平时二十分之一，但庶民所负担的赋额却有增无减。为此，他挺身而出，为民请命，重行蠲减，而深得人心。又遇江汉决口，洪水泛滥，田园淹没，庐舍漂荡，陈桷“躬身率兵民捍筑堤岸，赖以无虞”。

第五次遭贬黜。

未久，襄阳金州、房州兵乱，陈桷立即遣将平之，然后禀报朝廷，却被秦桧揪住把柄，从中作梗。陈桷无奈，只好称病辞职，任秘阁修撰，提点江州兴国宫。

绍兴二十四年(1154 年)，任广州布政司副使，为广州路地方最高行政副长官。在其任上，有数百艘南蛮番船在海上漂泊遇险，陈桷亲至海边，创舍五十余间，将遇险番物搬运上岸令人管守，又供给番官茶饭。番官馈赠番宝大礼价值三万八千多贯，陈桷当厅拒收，转报朝廷。上嘉曰：“守介不移。”广州廉举杨盛赞道：“囊橐来时似去时，如公清白古今稀。身如竹叶心如水，不带江南一线归。”其诗由奏官萧东保，上奏朝廷，随即陈椾布政司转职，封为护国左侍郎，又封兵部尚书大丞相，为二品大员。

陈椾首察金人南侵之谋，多次上疏为民请命，致力向宋皇建言图治，不向秦桧等权贵夤缘攀附，独闯乱军，平定兵乱，理政“大而能小，正而能通”，是治国安邦的难得人才，屡为宋高宗所器重，故在探花府官邸门台前，敕建骑街坊，坊额有宋御书翰墨“守介不移”，坊上金书陈椾名字，在坊前建有接官亭，让文武百官至此下轿下马，瞻仰坊额，以彰陈椾惠政于民、勋膺于国的崇德清廉风范。

及至元朝，蒙古兵长驱直入中原夺取朝政，元兵见到宋廷所敕造的溪坪街陈椾坊，将其坊掀翻、砸毁，现只留下陈椾坊、陈椾接官亭遗址和曾部分被改建但仍保存较为完整的陈椾探花府故居官邸。

这是一个多么惊心动魄荡气回肠的历史画卷啊，听起来心潮澎湃难以抑制，故事好像就发生在昨天。

祠堂，是我们寻根问祖，必去朝拜的精神家园。

我们来到柘荣湄洋千年祠堂前，临街照墙上是陈立夫时年九十九写的“陈氏祠堂”四个大大的金字，不简单，一个九十九岁的老人，写下这四个大字，立于天地之间，这是家族的魂。

祠堂大柱上小叔写的金字对联赫然醒目：

五星煥斗西漢遺風昭祖德，百尺高樓元龍豪氣慶宗功。裔孫 藩如輝敬書。

祠堂里供奉着近千年历代的祖先，记录着家族的传统与辉煌：

陈臣，唐广州太守。因王仙芝黄巢反唐，神州逐鹿，战乱不安，便随王潮王审知军队南下入闽。闽王子孙内讧，兵刃相见，血染成河。陈臣目睹惨状，便在闽浙枢纽柘洋溪坪潭头坪开基架屋，迁居入柘。

陈太卿，陈臣曾孙，宋兵部侍郎。奉宋太宗之诏，太卿公率朝廷大军，一路南征清剿，重兵横扫残唐乱兵。在征战闽地时，兵将帅府安札在长溪（霞浦古时县名）二十四都西洋，帅府旁建有六亩兵器练武场，西洋对岸马洋，是兵马部队驻扎处，管阳、戬洋也位于二十四都。在征服“戬洋之战”中，太卿公战殁。

陈器，陈太卿三子，宋进义兵部副尉，与父从征，在“戬洋之战”时阵亡。父子二人以身殉国，千秋万代，永铭心中！

陈显，陈太卿曾孙，宋福建推官，曾任相国赵普幕僚，在戬洋马洋守坟三年后，率家人返回溪坪街，其子孙有兵部、吏部、礼部尚书，枢密院都丞兼中书门下省公事，户部、工部、礼部侍郎，刺史。

陈节，陈显长子，宋建宁府建安邑护国烈义侯，在建安陷入寇敌重围时，他为护卫城邑，杀入敌营，不幸捐躯。

陈桷，陈节孙，宋礼部侍郎，功绩赫赫，卒于任上。宋皇谥赠太保，以一品荣爵敕葬，敕造官谱，敕官葬于福鼎管洋。御札诏谕：“灵柩运送，各州衙卫沿途开路，起倩车夫致哀挽送，逢水造桥，逢州州接，逢县县迎。”

据柘荣湄洋陈氏后人所藏宋代官谱谱序载，福鼎广化陈桷墓由南宋朝廷指派福州府等地衙军两千人，征民夫一千人，采石砌造。按廷例，凿石狮、石鼓、石将军各一对，刻石碑记一块，造孝顺岭二十七级，条石一百条，造拜坪三级，建左右坟亭各一座。招朱、夏两姓舍守坟田一百亩。立守坟庵，招张几和尚舍守坟田两百亩。还将陈桷塑像立于广化寺大殿左神龛内，龛联两幅“当年荣封隆一品，至今崇祀享千秋。”“派衍渡江，芳名永著；支蕃华夏，胜迹长垂。”其坟官葬费用均为朝廷恩典。

陈桷官葬于宋绍熙三年（1192年）八月初六日申时。

南宋临安府朝廷官员有户部侍郎吏宣官、按察司、保官、布政司使、福建道南察院、奏官、当府太尊宋宗绍、胡景存、萧东保等；

六部尚书左右侍郎潘景琳、范整、金广文等；

朕、臣、国、部、司、府使杨宗美、李成等；

光禄、太常、鸿胪寺卿高真、刘存等；

长溪县、罗源县、福清县、温州府文昌、王再显、高永昌等地方官员；

其中八抬大员二十四人；

四抬大轿八人；

随从、轿夫、马夫近千人；

千里迢迢来到长溪二十四都广化墓，为荣爵护国给老陈桷施以朝祭官葬之礼。

陈桷身为朝臣，守礼知变，英风伟烈，德政双馨，护国垂名。

朝廷将陈桷官葬、朝廷御札圣旨、陈桷坟场经管等史料勑谱，由柘荣湄洋陈氏宗族永久地保存至今。

陈桷被载入《宋史》："桷宽宏蕴藉，以诚接物，而恬于荣利。当秦桧用事，以永嘉为寓里，士子夤缘攀附者，无不躐登显要。桷以立螭之旧，为人主所知，出入顿挫，晚由奉常少卿擢权小宗伯，复以议礼不阿忤意，遽罢，其节有足称。"

我感叹，我追思。

我有幸跟随族人，到浙江平阳柘园，到马洋当年的帅府军营，到太卿公器公"戳洋之战"的战场，到福鼎管洋的陈桷墓……

一一拜过，无尽缅怀。

附录三

柘洋夫子

对未曾谋面、朝思暮想的爷爷，我想知道，他究竟是一个怎样的人?

浩哥送了我一本《霞浦县志》，说里面大部分章节爷爷所写。我不敢打开看，担心里面老朽的文言文自己看不懂。

母亲只说爷爷是个“先生”，我就一直以为爷爷是个穿着长衫，一身酸腐气息，爱板打学生手心，让孩子望而生畏的糟老头。

后来浩哥又给了我爷爷奶奶30年代的个人照片，爷爷戴着一副眼镜，一副五四知识分子的时代风貌，让我耳目一新，完全不是我想象的。

思索再三，我还是慢慢打开了这本1929年的《霞浦县志》。因为爷爷所著的《孝經章旨》一卷、《論語明例》上下合一卷、《两大逢源》一卷、《孟子远源》笔铎二卷、《詩經篇次》二卷、《四教會宗》一卷、《孔門一貫》一卷、《孙文主义系统图》一卷、《字學統宗》四卷、《國音統韻》四卷、《文言鎖鑰》一卷、《國語概要》一卷、《楷字法程》一卷、《通玄子》一卷、《医学三字经》一卷、《醫學大意》一卷、《藥力詮治》二卷、《土藥遺編》一卷、《柘洋鄉土誌》一卷，全部在“文化大革命”中被烧毁，所幸这本《霞浦县志》得以传世，我想要了解爷爷，就去看爷爷在县志里写的文章，哪怕一字半句。

我和爷爷的心是相通的，我能看懂他所写的。何止是了解了爷爷的心气文采，更是为我铺开了霞浦美丽壮阔的大世界。我心潮激荡，如饥似渴地一字一句看过，越看越觉得自己知之甚少。我当兵前没走出过县城，没看过霞浦壮丽的诗和远方，看了爷爷写的县志，让我更加深深地爱着霞浦。

爷爷名善臣，字子恭，号通玄子，学者称柘洋先生，门徒称柘洋夫子，在长溪（霞浦）讲学自署松间学者。

在陈氏祠堂，我看到了爷爷的画像，他穿着清朝的官服。

爷爷 19 岁考中福宁府秀才，21 岁又参加了清朝最后一次科举考试，礼部贡试考取宣统乙酉科拔贡。小叔耘耕又一重大贡献是，勇敢地保护住了爷爷宣统巳酉科拔贡卷两篇：

其一,《為政莫若至公論》（全文）：

有唐之治貞觀為最，太宗以不世才經略天下，用人立政超越前古。故凡誥戒所垂類，皆政治要術，可以益當代而師萬世史冊。所傳繁如列星，求其最切近而為治法先者，當以“為政莫若至公”一言稱首。夫政者，天子所以公天下之具也。天子恐天下不能以壹人治，於是設群僚宰執為之承流宣化，以普公心於天下。自群僚宰執不能體天子之心以為心，於是私之念起，私之念起則其政紊，政紊則天下之亂，於是乎兆太宗明達治體，防微杜漸，以至公為房文昭等最為治道計者深矣。且夫太宗知人之君，文昭亦聞世之臣。渭北仗策以還，經國謀猷未嘗有罔上行私，為所詬病。而至公壹語亟以相告，豈更稱房公善謀？善謀則多計，才略有余，至誠不足。太宗因慮及此而言及歟。□（原件文字不明，为笔者所加）不然，唐之天下得於隋。政治之壞，至隋而極，當日者大業甫成，群才濫用，新朝所資類皆勝國，遺臣官吏余俗未忘隋習之舊。貞觀初年，裴寂以貨賄免官，其聞隱而未顯。如裴寂類者，或者潛滋暗長於新朝廷，為國家害。太宗憂深慮切，急欲垂諸告諭，以矯末流之弊。環顧廷臣，唯文昭可以風仝朝而端百揆，故示以至公，重以諸葛、高熲使黽勉於古大臣，此太宗善於用人立政，具有經緯天下之略也。夫刑名非不足以治天下，商鞅峻法，遂起秦俗偷靡；和□非不足以綏天下，卓茂尚寬因流漢家愷悌。然寬嚴者權宜之術，公道者長久之模。聖人論權宜，則曰寬猛相濟；論大體，則曰天下為公。天下者天下之天下，立政之天子，行政之大臣，皆所以代天行化者也。天地無不公之□□，若相安可有不公之施行？刑政不公則天下冤，財政不公則天下困，為政之屬多端，而天子而大臣而僚宰總不能於至公之外別有設施，可以致長治久安之局。天寶之亂，九州幅裂，推原禍根皆由上下貪私不法，以召其禍。使明皇當日守乃祖成訓，重以至公相戒，不以聲色奪其誌，不為楊李縱其貪，則五十年太平天子何至崎嶇於劍門道上哉？嗟乎！天下，大器也；政治，大事也。千百賢良安全天下，而不足一二奸貪壞亂天下而有余？三代下世道衰而政體壞！上不有堯舜其君，下安得有稷契其臣？為政易，至公難得。為政幹事之人易得，為政至公之人難。若諸葛、高熲者亦千百中十一耳！太宗以二公望文昭，而文昭亦足副太宗之望，貞觀之治基諸此矣！故國家之治也，吾不曰立法盡善，而曰行政得人；國家之衰也，吾不曰氣運使然，而曰行政多私。太宗此言誠千古為治之□鑒哉！

其二，《經正則庶民興義》（全文）：

法術可以馭天下，而不可以化天下之人心；刑名可以制天下，而不可以移天下之風俗。風俗以鼓蕩而成，人心以感動而□。善其道以動天下人心者，人心乃知所振作，正其本以鼓天下風俗者，風俗乃自相奮勵，風行草偃不致而至，此非刑名法律家之所□知也。知此道者唯孟子，孟子對萬章言，以反經矯鄉原之弊，首推其效，曰經正則庶民興。朱註：經，常也，萬世不易之常道也；林次崖雲：經是常道，五倫其大者，是謂天下之大經。夫曰常道曰五倫，上自天子下至庶人，凡有血氣者，莫不同受此有生俱來之原理。君子有此經，庶民亦有此經也，胡必待正之而後能興者？然世教衰而人心壞，大道廢而風俗偷。亂常經者有人，正常經者無人，於是庶民失固有之良相，習靡靡而日趨於偽。石有火也，不擊則不發；鐘有聲也，不叩則不鳴。天良難在，人心而不有以敵之；其迷不開，不有以覺之；其惑不釋，此凡民所以待文王而後興也。揭之曰正，重之曰興。夫亦壹己之善，德既修，則庶民固有之天良勃發。觀感有□舍舊圖新，所謂民日遷善，而不知為之者胥是道耳。故有人心世道之責者，不患風俗之莫移而患正德之未修，不患人心之難化而患啟發之無道。人同此心，心同此理，有以示其的則庶民知所向，有以立其表則庶民知所趨。君子敦禮讓，庶民勵廉恥；君子傷綱常，庶民遵名教。勞來匡冀之余，初不必家喻戶曉，強民於善之必當行，惡之必當去，而仁義之漸摩既深，性情之陶淑既熟，天下曉然於至德至道，為我躬無可謝之仔肩；詖行淫辭為吾身所應絕之道路。文告不必頒，庶民自嚴其防守；科條不必設，庶民自保其性天。似是而非者流，無所施其術而淆其鑒。此明德新民之功，聖人所以推治平之原於正心誠意也。曰經正則庶民興，蓋言大本既立，則天下之耳目一新，過化存神，捷如影響，有勃然不可遏者。傳雲：上老老而民興孝，士長長而民興弟。《論語》言：君子篤於親，則民興於仁，其亦同此意與。雖然，時至戰國，諸侯放恣，處士橫議，縱橫者尚富強。而經一壞，堅白者竟浮誇；而經一壞，楊朱墨翟之言盈天下，而經遂於是乎大壞。列國並吞數百年，上無正經之君相，下無正經之師儒，想當日庶民隨波逐靡，未嘗有返璞歸真之一日也。

孟子目觸時艱，因萬章問而言及此，所以為天下□世告者深矣。

场批也很有价值，值得留念，以示完整。

欽命二品頂戴福建全省提學使司提學使姚取批：氣沖詞沛。

欽命頭品頂戴陸軍部尚書閩浙總督部堂兼管福建巡撫事松中批：思深力厚。

第一場批：格局嚴謹顧視清高立論持平用筆矯健

第二場批：允稱合作策動悉外境條對詳明足征留心時務

第三場批：奇思警辟健筆豪邁之氣銳不可當

这些难得的文字，珍贵如宝。

爷爷一生为家乡的文化教育事业，耕耘跋涉于闽东大地，培才甚众，门弟子遍闽东各县。有个弟子叫黄寿祺，少为爷爷所器重，期望甚殷，后来成为国之一代易学大师，福建师范大学副校长。一次路遇爷爷，天下着雨，他立刻把伞丢掉，撩起长衫跪下，全然不顾地上的泥水，师生感情令人感动。有个弟子叫马立峰，是闽东苏维埃政府主席，后来牺牲，年仅26岁。有个弟子叫游寿，是哈尔滨师范大学教授，教育家、历史学家，1981年春节，她在霞浦赤岸村考古，发现了唐代文物，推断日本国空海和尚随日本遣唐使途中遇难漂着赤岸以南海口登陆。如今赤岸已被列为文物保护单位。

爷爷在霞浦县是学界联合会会长，在柘荣县是副参议长，他还是一个族长，管理着家族的所有土地，收入用于帮助族内子女就学和补助家庭生活困难者，用于祠堂维修和造谱。

爷爷并不满足于皓首穷经，在国势阽危时刻，不能仅仅只是为多灾多难的祖国发一声叹息，要为国家为家乡行动起来。爷爷从霞浦回到柘洋后，为家乡做了三件大事：

第一件，上书改县。时代变迁，世事难料，柘洋再不是“天下大乱，这里不乱”的桃源仙境了，兵踏匪扰，恣意横行，人民不得一日安宁，空挂霞浦上西区管属，实是一个孤立无援的无政府地区。

为保一方百姓平安，加强地方武装自卫能力，唯有建县。爷爷写下柘洋《建縣刍議》上报获批，于1945年10月成立柘荣县。时任国民党福建省政府主席刘建绪觉得柘洋贫瘠，希望建县后能繁荣起来，故改县名为柘荣。建县当日，爷爷激动得提笔挥毫：

柘辖已成今日縣　榮光不是舊時鄉。

溪山聲價從今重　坪野風光自昔佳。

第二件，创办柘荣第一所中学。爷爷深知要让一个地方繁荣起来，教育十分重要，1944年2月爷爷创办了“柘洋特种区初级中学”，自任老师，义务教学。1945年10月，柘荣建县改为“柘荣县初级中学”。

第三件，创办民众教育馆。於1944年创办，爷爷自任馆长，馆址设在溪坪中街桥上的一间木房上（俗称柳溪店），每天都有几十人在读书阅报。爷爷多方筹资购书，但依然订购不起报刊书籍，便把自己数十年来所珍藏的典籍捐献出来充实书橱。他认为，国难当头，“从政不如启迪民智”。

爷爷还是柘荣县志编撰组组长，晚年仍坚持写《柘荣县志》的书稿，一副眼镜不够，再叠上另一副，艰难地在陋室中夜以继日地编写着。

家人对他说休息休息吧。

爷爷说：“你不知我的心。”

附录四

凤岐聚秀

爷爷一辈子呕心沥血，为家乡族人留下了宝贵的精神财富。在柘城魏氏宗谱告竣纪念时，他留下了隶书诗经体诗文的珍贵墨宝：

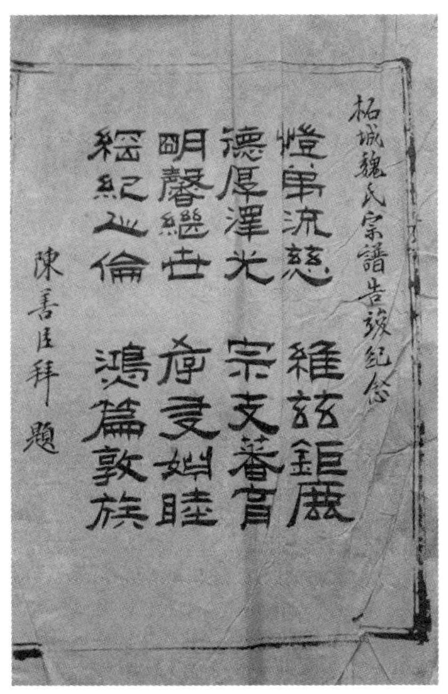

柘城魏氏宗譜告竣紀念

愷弟流慈 維茲鉅歷
德厚澤光 宗支蕃育
明馨繼世 孝友姻睦
綱紀延倫 鴻篇敦族

陳善臣拜題

与此同时，三叔也留下了唯一的墨宝：

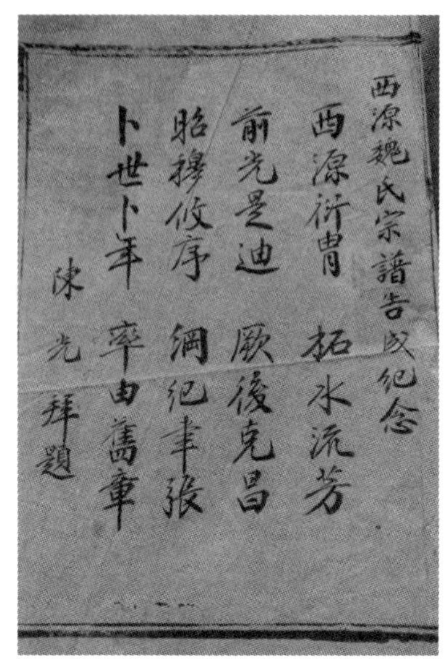

西源魏氏宗譜告成纪念

西源衍胄　柘水流芳

前光是迪　厥後克昌

貽謀攸序　綱纪聿張

卜世卜年　率由舊章

陳光拜題

见字如见人，书必有神，清气照人，笔劲有骨，忠义贯日月，正如李白所说：“右军本清真，潇洒出风尘。”

奶奶呢？我对奶奶更是无知，奶奶是一个怎样的人呢？

我看着奶奶的相片，心中翻滚着波浪。奶奶头发全部梳到后面，应是传统的发髻，眉毛很浓，眼睛很亮，嘴型轮廓很美，表情有一丝淡淡的吃惊，穿着深灰大襟衣服，朴素，典雅，我欣喜自己有一个如此标致貌美的奶奶。

奶奶和爷爷育有五个儿子，他们满怀期待，希冀儿子们能在士农工商里各得其所，然世事不如意，社会动荡不安，五个儿子，眼前仅剩下老大和老幺。

小时候偶听母亲喃喃：“仙子高居绝尘熇，岂知人世有悲歌。”母亲说，那年奶奶突然听到父亲不幸去世的消息，“啊”一声疯了，重病一个月后撒手人寰，悲痛压倒了这个富家小姐。

奶奶家在柘荣凤歧，先祖是吴王夫差第一百零四世孙吴应卯，因茶而兴，富甲一方。

应卯公于乾隆间为四个儿子，即“元亨利贞”四房，在福鼎西面柘荣东面，建四座风格相近的大宅，大宅相距约十公里，在通京驿道的古官道两旁。

元房在磻溪蛤蟆袋，最为巨丽，后被大火焚毁。

利房在点头连山，建于清乾隆十一年(公元1746年)，青墙墨瓦，最显质朴，占地3800多平方米，18个天井、98个花窗，内外两重围墙，四周花园，大门上方横额“双峰拱翠”。

贞房在白琳翠郊，建于乾隆十年(1745年)，面积最大，官气也最足，都说衙门八字开，贞房也大门八字开，门楣上书“海岳钟祥”四个字，其北连山，其南潘溪，其西凤岐，翠郊居中。贞房大宅占地13890平方米，由360根木柱支撑而起，24个天井，6个大厅，12个小厅，共有192间房，一个丫头专司开关门窗就要一整天。

为了建这座吴家大宅，还颇费了一番心思，360根木柱，要在同一时辰同时立起来，谈何容易，要千人以上的帮工，何处去寻觅?

故有了如下的故事：

盖房那时，主人放出风声：“凡是在房子落成之前，前来看戏的人，均免费提供食宿。”

主人请来温州顶有名气的戏班子，连演几天，最后一次开演之前说了这样一番话：“各位乡里，有一件事情想请大家帮忙，却又难于启齿。”

看来也不全是有钱能使鬼推磨，请乡亲们帮忙还必须客客气气，日后也要还以人情。

台下看戏的乡亲们想，在这里已经免费看了许多场戏，吃了许多天饭，已经很感激了，便问主人何事，都想帮忙。

主人说：“翠郊宅院已选定良辰吉日上梁，明日要在同一时辰，竖起360根木柱，恳请乡亲们帮忙啊。”

乡亲们听后直嚷嚷：“此等小事，何劳主人费神，明日来也。”

次日，在明媚的阳光下，阡陌绿野，流水环绕，芳草鲜花，茂

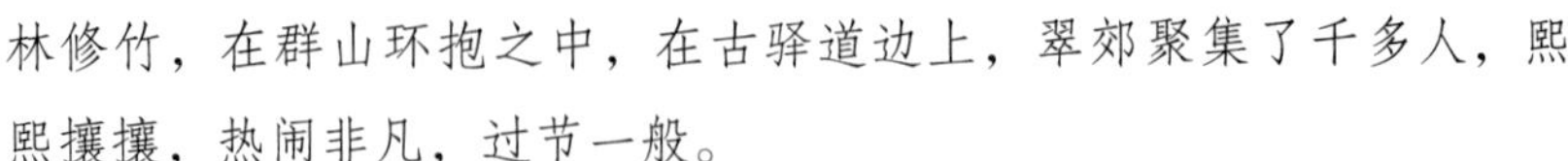

林修竹，在群山环抱之中，在古驿道边上，翠郊聚集了千多人，熙熙攘攘，热闹非凡，过节一般。

此时，一个人站在高处，大喊一声：“时辰到！”

便听见喊声震天，360根木柱同时被竖了起来，一座江南第一大古民居吴家大宅就立起来了。

鞭炮声噼噼啪啪，传遍了山乡。

多少白茶就是从这四座吴家大院走向了四方。

刘墉随乾隆微服私访下江南时曾到过福宁府，与应卯公禅茶一番后，留下了楹联一对，上联：学到会时忘粲可；下联：诗留别后见羊何。此联现在还挂在贞房的大堂。

奶奶家是亨房，在柘荣乍洋凤岐，为吴老太爷的祖庭。

原以为吴家四座大宅里贞房最大，后来得知奶奶的亨房更大，是古代凤岐村唯一的民居建筑，一村一屋、一屋成村，景象壮观，难得少有。凤岐吴氏大宅坐东北向西南，依山而建，层层高起，内外两重围墙，四周花园，像个大大的城堡，气势非凡，大门上书“凤岐聚秀”四字，皆因与北面凤里、南面长岐两个古村相邻，故而取其一字而2得名“凤岐”。

当年应卯公在谷雨时分，总要约上石山莲花寺的老僧，在此“避客竹中，煮茶竟日”后，同修净土之法。

1948年，《延陵吴氏宗谱》这样写：（长岐吴氏）上溯延陵，中间由秦汉及明，遥遥数千百年，叶散条分，不敢附翼攀鳞，妄相援系者，其故何哉？盖以明季倭寇猖狂，骚乱浙闽几遍，而吾宁尤近海，被其蹂躏，屠戮最酷，天荆地棘，风鹤惊心。我始祖仲演公，仓惶蒙难，挈眷逃行……尔时长岐山深菁密，地方罕著人烟，斩艾蓬蒿，躬亲稼穑，可谓播迁摇荡而开基业者矣。

曾祖父鹤轩公与外曾祖父光朗公，同是太学生，爷爷和奶奶，也便是门当户对了。

我多次走进“凤岐聚秀”，走进奶奶住的厢房，怀念奶奶。一个富家女，在那个动荡混乱的年代，也是受尽磨难，我的心亦酸楚悲戚。

站在“凤岐聚秀”高高的门楼上，极目远眺，万亩茶山，笼罩在一片涟水烟霭中，我想念着远去的亲人。

门楼前立着碑，这座乾隆年间建的凤岐吴氏大宅，于2013年3月5日，被国务院公布为全国重点文物保护单位。

在奶奶的家里，我遇到了表弟，他很壮实，红红的脸膛，憨憨地笑着。他递给我一杯茶，那是白茶婆泡的，好喝，小时候母亲也常喝这个茶。

一个叔叔闲坐客厅，知道我是谁后，热情地对我说：“你爷爷在这里用绢写过春联。”

哦，多生动多有趣的生活镜像啊，我好像真的看到爷爷在大堂，在众亲人面前，潇洒豪迈，挥毫落绢如云烟。

手捧茶杯，我慢慢啜饮，凝望着奶奶家的门楼天井、花窗鱼池、牌匾家风，抚触之间，无不回味悠长，思绪万千。

我身上流淌着陈姓、吴姓、魏姓的鲜血，我是三姓凝聚的生命个体，我愿用感恩的心灵，奉献这天地。

空中的雪花还在轻轻地飘着，像一瓣瓣圣洁的梨花轻轻地飘落，归于尘，归于土，也覆在了所有活着的和死去的人身上。

生命，是一树花开，每一朵花都热烈地绽放过。

敬畏生命吧，每一个生命，都不可复制。

历史的长空，闪耀着繁星无数，是先人的夺目光芒。祠堂里敬拜，我听到了神灵的声声祝福，继往开来。

岁月的长河，流淌着一条血脉，是生命在奔腾不息。翻开了家谱，我看到了一行行的“雁行……”前赴后继。

一个家族，无数的家族，形成了一个伟大的民族。

紧锁的心结，解开了。

我含泪微笑，坦然了。

附录五，福建师范大学副校长黄寿祺撰文《先师陈善臣传略》

先師陳善臣傳略

先師柘洋陳先生歿後二十有八年，哲嗣輝奉狀乞壽祺為之傳。謹案先生諱善臣，字子恭，嘗自號通玄子，學者稱柘洋先生。以清光緒甲申生於霞浦縣柘洋鄉。家世為太學生。先生幼承家學，年十九入郡庠，二十二補廩膳生員。宣統元年己酉，舉拔貢，時年二十六。自入泮後，嘗肄業霞城近聖書院及福寧府中學堂，得師事游學成、黃金爵諸名孝廉。補廩後，嘗應聘為福鼎白琳及柘洋兩等小學教員。拔貢後，又曾應聘為三沙兩等小學教員者四年，後仍歸教於柘洋將及十年。民國癸亥，年四十，在省立第三中學任教，翌年又在漢英中學任教。其間並曾兼任霞浦縣教育局董事，霞浦學界聯合會會長，自治公所委員等。歲丙寅，受霞浦縣長郭犖之聘，入縣志局為編纂，凡三年而書成。自後在省立第三初級中學、霞浦作元小學、霞浦縣立初級中學為教員者，又凡十五年。歲癸未，柘洋成立特種區，重先生名，延為區署助理秘書，旋任命為區民眾教育館館長。先生曾上書福建省政府建議改縣，並與地方人士劉愚醒、袁登九等創辦柘洋初級中學，而己盡義務為國文教員。歲丙戌，特種區改縣，定縣名為柘榮，先生被選為縣參議會副議長，兼任縣文獻委員會副主任，縣志編纂組組長。其時又曾兼國民黨縣黨部監察委員及福安專員公署咨議等職。及柘榮解放，先生以老病家居，至己亥歲而歿，終年七十六歲。夫人季氏，早卒。繼娶吳氏，生五子，曰昌，曰京，曰光，曰耀，曰輝。壽祺在初中肄業時，嘗受學於先生，知先生博學多才，能詩文，通醫書，尤工書法。終其身潛心著述，積稿甚多。又熱心地方文化教育事業，培才甚眾，門弟子遍閩東各縣。所著書有《孝經章旨》《論語明例》《大學逢源》《詩經篇次》《四教會宗》《孔門一貫》《字學統宗》《國音統韻》《文言鎖鑰》《國語概要》《楷字法程》《通玄子》《醫學大意》《藥力詮治》《土藥遺編》《柘榮鄉土志》等。除《楷字法程》曾在作元小學石印做教材外，其餘均未刊行。遭逢浩劫，遺稿今已蕩然無存。《霞浦縣志》，先生撰稿最多，其中實業、交通、建築、祠祀、名勝、度支、隱逸、藝文各志，咸出先生之手。以早刊行，幸得傳世，學者觀之，亦足以窺先生學養之一斑矣。壽祺少為先生所器重，期望甚殷。自北學於燕之後，即未獲再見先生，今忽忽已將六十年，緬懷絳帳風徽，又如隔世。爰舉行狀之要，作為傳略，以慰哲嗣之望，亦以志壽祺未敢忘師門之誼云爾。

時公元一九八六年三月十五日，即夏正歲次丙寅二月初六日，受業黃壽祺敬撰於福建師範大學之意園。

（據《柘榮文史資料》整理。柘榮縣政協文史資料委員會編，1988年4月出版。）

下　篇

第一次走出国门

2004年的夏天，我第一次走出国门，十五天走了欧洲十一个国家，用六个字归纳：辛苦、兴奋、思索。

所见所闻，所感所悟，零零碎碎，恍恍惚惚，但毕竟是实实在在地踏上了欧洲的土地，虽然是一样的太阳，一样的月亮，却有着不一样的人和不一样的事。

这次欧洲之行，只想着好好地养养眼怡怡神，扫却几十年的风尘疲惫，轻松地没有思想负担地痛痛快快地玩儿，头脑一片空白地玩儿，就好像幼童在泥地里打滚儿一样，无拘无束地在天地间尽情地放纵一下自己。

所以，在欧洲，不管今天住哪儿，也不管明天去哪儿，闭着眼睛随便你带到哪儿就哪儿好了，都新鲜，都喜欢。每天都有着鲜美的激情滋润，心中总是充满欢畅和甜蜜，即使在慕尼黑和罗马，感受一下历史的沉重，也心潮激荡而心满意足，毕竟脚下的土地是实在的。

行前，有个朋友跟我说："回来还要再写点文章哦"。我说不了，不写了，我不想那么累，带着任务玩不开心啊，况且爬格子也蛮辛苦的，免了吧。

当我回到家，整理着一张张照片，清点着点点滴滴收获的时候，欧洲的一幕幕情景又如烟如雾般地在眼前浮动，那醉人的湖光山色，那难忘的人文景观，那厚重的历史画卷，那清新的现代写意……虽然都是蜻蜓点水，可眼里心里总也挥之不去，不释放一下，还真觉得有什么压在心上。

写吧，尽管零零碎碎，我终于拗不过自己。

夜深人静，伴着电脑，敲击着键盘，我又开始了一次艰苦的“旅程”。当我收笔的时候，正好是我出发欧洲旅行整两个月的日子。真是疲惫不堪，却也其乐融融。

后来我又去了日本，所见所闻，与欧洲大不相同，但也感触良多。我一并把这些随笔收入下篇，与大家一起分享异域他国天地间的别样风情。

Made in China

呵，刚从欧洲回来，浑身上下还散发着欧洲的味儿呢，不怕您见笑，我这是第一次走出国门。

出发前，我问儿子要从欧洲带点儿什么，儿子不屑一顾地乜了我一眼："你不要把 Made in China 给带回来了。"

嗤，小瞧我了不是，这几个英语单词我还是认得的，怎么着我也不会这么傻吧，把 Made in China 从欧洲再背回来，那真是开国际玩笑了。

记得以前有个朋友跟我吹嘘说，他就认得 WC，走遍天下做生意。呵呵，厉害啊！如今他的生意越做越大，估计已经不止认得 WC 了。吹嘘是有一点，不过语言这东西重在实践，加之他聪明过人胆略过人，就造就了他不同寻常的成功经历。这虽然是十多年前听的一句话，可是一直清晰地印在我的脑中，想想人与人之间的差别可不就在这一点点吗？我什么时候也到国外热身热身，至少我不止认这么个 WC 吧？

我暗暗准备了本《汉英词典》，只要会说普通话，就能在里面找到英语单词，念不来，叫老外看也成啊，这样子沟通便是走捷径了，何乐不为？说不定还会有另一番体验和情趣呢。

可是千不该，万不该，准备了老半天，到了机场才发现这本《汉英词典》忘了带，嗨呀！把我给气得，好好的心情像是上了一把锁，懊恼极了。

不过走了几个国家之后，我又觉得带《汉英词典》不如带《英语九百句》好，词典翻起来既费劲费时，且字又小又不好找，沟通的时候人家可不会等你翻好书再说话呢。九百句就不同了，是日常用语，喊起来朗朗上口，比较好记好念，而且现炒现卖特刺激特有成就感不是？看着是有点滑稽可笑，可难道不觉得妙趣横生中有那么点儿意外收获吗？

现在都流行当国际人，国际人的确切含义我并不很清楚。要我说，国际人都是以世界背景为舞台的，尽情挥洒自己的才智，为世界作出贡献为世人所称道和公允的，比如比尔•盖茨。这样说又显得我扯得没边，又高又远，不够公平。那就找近的吧，比如导游托尼，他穿梭于中国欧洲两地，懂两地语言、风俗、文化，懂如何融合两地差异，懂得怎样把两地的人文链接起来，融为一体，呵成一气，贯穿于我们整个旅程当中，让我们感受世界文化，让我们沐浴在世界文明之中。托尼不就是一个小小国际人了吗？我是当不了国际人，可看看国际总可以吧？

不知道该如何确切地表达，说来说去，其实我最想的是怎样尽量去靠近、去学习、去领悟这个美丽而又多灾多难的欧洲。虽然时间有限，我将用心去了解她，虽然买不了什么，我将买上最纯粹的欧洲产品。比如在威尼斯给媳妇买了个面具，简单明了夸张，不用看便知是地道货；在瑞士给小狗狗买了个牛铃，不用看，这牛铃只有瑞士的牛才配挂啊；在列支敦士登给同事买了套邮票，在世界邮票王国买的，当然绝对是正品。别以为这都是些看不起眼的小东西，你可知道小东西里有思想、有观念、有情趣、有文化。

巴黎是我们此行的尾声，很美的尾声。在离开巴黎的那天早晨，阳光格外明媚，心情格外舒畅，我们还在想能够多留点儿什么纪念纪念，便又闲逛到酒店不远处的一个商店，在那里我们看见柜台里有一只电子手表漂亮极了，在国内从没看到过这么漂亮这么可爱的手表，浅绿色表面，浅红色圆圆表带。小雅、夏子也说好可爱好可爱，我拿在手上左看看右瞧瞧，真的爱不释手，买吧，买吧，再给媳妇买一件。

在回国的飞机上，我又兴致盎然地把小手表拿出来细细玩赏。不知道能不能换电池？我心里这么想着，就沿着小表背面隐约可见的细缝，轻轻抠开后盖，仔细一瞧，哇！居然是 Made in China！

荷兰尴尬

炎炎夏日，跟团旅欧十五天十一国，无疑是很累的，不过这样还是蛮合我的心意，虽然只能走马观花点到为止，可是一下子看这么多国家，吹牛也有资本了。

飞机一到荷兰阿姆斯特丹，异国风情即刻扑面而来，说不尽的一路风光，蓝天、白云、绿草、花牛，好个风含情水含笑，蓝天可以写广告，绿地可以驰万马。呵呵，不要笑我，第一次出国嘛，少见多怪，反正那环境的确是让人心旷神怡啦。

我们住的酒店在阿姆斯特丹郊外，名字叫 MERCURE HOTEL，两层的楼房，周围是湖泊、野鸭、风车、野兔，湖边还停泊着几十艘白色游艇。晚上 10 点了，站在凉台上，落日的余晖还在湖面上轻轻荡漾，倏然心生一种特别的美感，直觉得身心舒畅愉悦。

天蒙蒙亮，就听到湖中几声轻轻的野鸭叫，越发显得乡野的宁静和诱人。

我好像也有时差问题，早早就爬起，又站在凉台上，迎着晨风，欣赏着异国晨曦中美妙而陌生的一切。

酒店的早餐是丰盛的，托尼说这个国家天生天养，你尽管吃尽管用好了，不用怕浪费，老天爷给了他们享用不尽的一切。呵呵，不用说，牛奶、面包、果汁、咖啡、香肠、鸡蛋等等，大家是尽情地享受了一番。

旅欧团加司机皮特总共53人，我们将从这里坐上豪华大巴，穿行于阿尔卑斯山脉，到达十一个国家。想想我们和这部大客车，忽然觉得有点好玩儿，像坐大篷车一样——“到处流浪”，嘿嘿。

装行李上车了，小雅还没来。托尼可是交代过的，此行如打仗，不可一人误大家。我直奔二楼，见小雅正着急呢：“糟糕，钥匙丢屋里了，行李拿不出来，我正跟服务生急呢，他又听不懂。”

我想了想，说：“我来试试看。”

我从包里拿出一串钥匙，用手比着钥匙对服务生说：“key, key”，然后又用手比了比小雅的房间：“in room，in room”，服务生听懂了，“哦”了一声，拿起备用钥匙开了门。

小雅半信半疑地看我：“呵，你什么时候学的？”

当然不能告诉她了。我曾经参加过几个晚上的英语补习班，认过几个单词儿，但一讲语法我就晕，所以不敢考试就溜之大吉。呵呵，今天还派上用场了。嗯，如果那本《汉英词典》带在身上，一定更棒。

到车上坐下，我便得意地把此事一五一十地说给夏子听。夏子笑道：“呵，你还不错。刚才我们团另一件事儿才让人笑破肚皮呢。”她也一一道来：

原来我们团有个60多岁的老人，和另一个40岁左右的年轻团友住在一起，早晨五点年轻团友就被老人给叫起来说吃早餐。酒店的餐厅里一个服务生正在忙呢，见两个中国人溜达着来用餐，便用英语跟他们说着什么，可是两人听不懂，服务生只好拿了张纸，给他们俩画了个圆圆的钟，用笔指了指五点的位置，又比比自己，再用笔指了指七点的位置，再比比这两个团友。还是年轻团友比较有水平啦，立刻领会了服务生的意思：五点是餐厅工作的时间，七点才是客人用餐的时间。

德国周末

如果能在国外住一段时间，深入他们的生活，当然感觉会更加细腻，更值得回味。

而我们此行注定只能走走看看匆匆而过。

赶上周末，德国的高速公路上，一辆辆小车拖着豪华的顶上带着天线的白色房车，小车的上面或后方大都架着几辆自行车，载着老小，穿梭于乡间小道，隐没在鲜花绿树丛中。可以想象，一到目的地，他们的自行车可就要像小狗一样活泼起来了。

他们都是向着莱茵河的方向去的。

莱茵河，德国的母亲河，诗人海涅写的名篇《罗蕾莱》广为流传。我们在游船里坐着，而度假的德国人大多在船头无遮无拦地晒太阳欣赏着两岸风光景色。我们没有“资本”晒，可也得看看那美丽的妖女罗蕾莱是否还在唱歌？是否还用她那美妙动人的歌声迷惑船夫让其丧身江水？是否会把我们带进童话般的梦境之中？古老的传说，浪漫的情趣，多姿多彩的莱茵河！清澈的河水静静流淌，独特的别墅伫立两岸，度假的房车岸上“停泊”，一座座古堡、宫殿遗址点缀于青山绿水之中……真的很美啊！我和大家忍不住都要了杯德国啤酒，也走到船头慢慢地品着慢慢地想，品着莱茵河的鲜活，想着罗蕾莱的传说……

而法兰克福的感觉就有点不同了，这座硝烟中崛起的现代化城市，是欧洲的金融中心，路上常可见到穿西服扎领带手提黑色公文包飞快行走的人。托尼说这些人大多是股票期市精英，掌握着全欧洲的经济命脉。一个新兴的城市，却严肃而沉闷，似乎法兰克福的土地上总散发着二战废墟的呻吟。

去慕尼黑的路上，休息站的一幕倒是让我心情大好：

在一辆车旁，一群度假的德国老年人正围站在一个方形石桌边，享用着自带的啤酒、香肠、面包，也只是在说笑间吧，桌上的东西已一扫而光。那是一种非常非常乡野的享受，我真有点儿后悔没带个摄像机把这一切拍下来。

在另一辆车旁却站着一群德国青壮年男子，他们随意而立，一起唱着一首雄壮的歌，像男声小组唱一样好听。托尼说："日耳曼民族的民歌就像军歌一样，豪迈有劲儿。"在这小憩的瞬间，这些豪迈的日耳曼人也没忘记要吼一吼他们的歌喉。

是的，没有战争，生活本应该就是这样幸福祥和惬意才是啊！

离他们咫尺之地，我站在那儿似看非看地静静听他们的歌，悄悄领略他们的风情。

他们要上车走了，其中一位男子友善地朝着我："Hi！Good afternoon！"我没想到他们会跟我打招呼，我来不及反应，竟："呃……afternoon！"他们都笑了。我心里真个别扭啊，怎么连个简单的英语会话都不会呢，笨啊。他后面还说一句什么来着？听不懂。说不定他是问我来自哪里？或者是问我要去向何方？哎。

慕尼黑小天使

慕尼黑，这个让人一想起就会颤栗的名字。旅欧途中唯一下雨的地方。

“慕尼黑”，在德文里意为“僧侣之地”，位于阿尔卑斯山北麓，坐落在多瑙河支流伊萨尔河岸畔，气候温和，物产丰富，环境优美，交通便利，是一座拥有1000多年历史的著名古城。处处高楼大厦，名胜古迹，全市有25座陈列馆、博物馆，20多座歌剧院、戏剧院，被称为啤酒城和音乐城，还有足球队，现代化的奥林匹克公园，宝马公司总部、西门子公司总部，国际展览和会议的中心等等。

尽管如此骄傲和辉煌，但在世人心目中，慕尼黑留下的不愉快的记忆是不争的事实。因为这里是希特勒的发迹之地，他的“啤酒馆政变”和《慕尼黑协定》都闻名于世。

而让我们记忆犹新让世人依然痛楚不堪的还是1972年的慕尼黑奥运会惨案。记得那是1972年的9月，慕尼黑正在举行第二十届奥运会。凌晨的四点多，8名“黑九月”恐怖分子身带武器爬过慕尼黑奥运村东面高高的铁丝网……

奥运会继续举行。本届奥运会打破40项世界纪录，奥运史上罕见。那一年，苏联赢得50块金牌，美国获得33块金牌，而以色列则运回去11具尸体。

以色列举国哀痛，“上帝的复仇”产生，暗杀与巴解有关的“黑九月”“法塔赫”中举足轻重的关键人物，黑名单上也列着11人。历时九载，“死亡名单”上开列的人员全部处死，“上帝的复仇”落下帷幕。

慕尼黑，你让我们想起这么多，这么多。

此行我们既不到贝格勃劳凯勒啤酒馆喝啤酒，也不参观著名作曲家、指挥家理查德·施特劳斯的诞生地，却直奔奥林匹克公园。真是奇怪，恰恰选择的是这个令人眩晕的公园。

天下着雨，很大的雨，好像还在哭泣。

奥林匹克公园是奥运会留下的永久纪念物。设计精心，布局合理，由可容纳8万名观众的运动场、室内体育馆、游泳池、人工湖、水上舞台、运动员村组成，其中最著名的建筑物是高约300米的奥林匹克塔，游客可乘电梯由塔底到达顶部的旋转餐厅，近观全城，远眺阿尔卑斯山雪顶。

如果不想那么多，其实下着雨还是蛮有诗意的，人又少，不拥挤，想看什么都很自由自在。花草繁茂，绿树浓荫，人工湖里飘游着白天鹅黑天鹅，各种飞禽一起觅食，颇为乖巧，有时一见游客四处纷飞。体育馆罩着一个8.5万平方米的别具一格的半透明帐篷形屋顶，小孩子们在屋顶下玩耍，据说这是世界最大的屋顶之一。

我探头看了看游泳池，里面异常热闹。

在过往的人群中，我突然看见一个小姑娘像星光一样闪过，一蹦三跳地在那群人中欢快转悠。看上去她差不多4岁，碧蓝的眼睛，略含一种狂野和任性的神情，娇小的身体，散发一股天然和纯净的羞怯。我走近她，向她“ hi ”了一声，她看我一眼，微笑一下，便像天使般飞到那群人中。

多么漂亮的孩子，多么美好的心情，小天使就在眼前，我怎能错过？我想让她跟我合张影，可又说不出口，一个英语单词也想不起来，眼看着他们走远。

错过，错过了啊。

在我眼中，在我心里，小姑娘是一颗永远灿烂的星星。

也许她会成为下一次慕尼黑奥运会的火炬手，那时不再有“黑九月”的恐怖活动，也不再有“上帝的复仇”。慕尼黑，我祝福你！

我一门心思地想啊、走啊、看啊，在奥林匹克塔后面，猛一抬头竟然又看到那个小天使，我惊喜万分，那小天使竟然向我奔跑而来，像朵花儿一样笑着对我说了一句英语：“Do you want to take a photo with me？”那声音真的像天籁之音啊。可是我没听懂，她说英语。夏子立刻告诉我：“她说，你是不是想跟她照相？”哈，我求之不得啊！那些人一定是小姑娘的长辈，一个身穿白衣服气质风度俱佳的中年女子（也许是奶奶），在不远处向我笑着解释小姑娘的行为。我知道了，一定是他们告诉小姑娘我刚才“hi”她的用意，并让她主动过来找我。我立刻蹲下，为小姑娘打伞，我们就这样照了一张合影。

雨依然下个不停。

而这张合影让我既兴奋又后悔。

没有地址，没有电话，没有Email，我怎样把这张合影寄给她呢？后悔之极，我当时为什么不追上去向他们要个电子邮箱呢？她是那么美丽阳光的小天使，她应该得到这张照片啊！

我看着她和她的爸爸妈妈爷爷奶奶远去的身影……

我不知道手中这张合影在今后的日子里她能不能收到……

以后有机会再去欧洲，我就把这张照片带去……

茵斯布鲁克冰激凌

有人问我欧洲哪儿最美，我脱口而出：茵斯布鲁克。

茵斯布鲁克的美是我特别的感受，让我从心底里喜欢。

这座美丽的小城坐落在阿尔卑斯山谷之中，旁边流淌着因河，白雪覆盖的山峦环绕其周，树木葱茏，鲜花盛开，果然是风景如画，所到之处看不到一根枯枝，看不见一片败叶。

老城的街道由深灰色四四方方如巴掌大的石块铺就，整洁的路面记载着千百年历史兴衰的印迹，清晰的石缝释放着纯天然永不消逝的味道。回归自然，回归本我，顿觉神清气爽，气爽神清啊！而这一切我怎么觉得那么熟悉和亲切呢？是的，在我的家乡，我家乡的街道曾经也是石头铺就的，还是蓝色带白云纹的差不多有脸盆那么大的鹅卵石，街道两旁都是木结构房屋，看上去特别协调和诗情画意，可不知何时，已不见踪影，只在我遥远的记忆中了。可惜啊可惜，哀叹又哀叹，如今不仅是家乡，你看那大大小小的城市不都是一色的水泥路面吗？干涩得让你透不过气儿。

我不禁又深深地呼吸了一口茵斯布鲁克清新的空气。

我们向街道小巷走去，小巷宁静而整洁，偶遇居民也会对我们微微一笑，很多民居都保持着古朴的原貌，据说这些民居也都有大几百年之久。看那扇大门上方的墙上恰到好处地挂着的一盏灯，古色古香又清新动人，透射着艺术的美感。为什么他们能把历史保持得如此鲜活？而为什么我们一拆二拆三拆，拆得零零落落，拆得想不起原先的模样？

茵斯布鲁克仍然保持着中世纪城市的容貌，黄金屋顶是她的象征。这座哈布斯堡新王宫的建筑，其屋顶饰有2600块镀金的铜板，以显示皇族的权威。其实比起我们布达拉宫的金碧辉煌这还是算不了什么的，至少布达拉宫都是纯金的，且这黄金屋顶也没有我想象的那么大，可就是这样一个不大的金光闪闪的屋顶，标志着一个不可一世的奥匈帝国的皇权。

就在这充满皇权贵气的黄金屋顶的照耀下，茵斯布鲁克居民酷爱吃冰激凌也到几近疯狂的程度，不论男男女女，还是老老少少，在街头酒吧五颜六色的阳篷下，他们围坐在一排排洁白的桌椅间，悠闲地吃着一大玻璃碗一大玻璃碗的冰激凌，我从未见过吃冰激凌用如此大的容器，那碗几乎可以装半斤甚至更多一点的干饭。他们慢悠悠地吃着，聊着，笑着，尽管胖，还是不停地吃，甚至在公园门口，在游乐场，也随处可以见到。

我们也想吃冰激凌！

可是服务生很忙。

我耐不住性子，就高一声低一声地朝服务生叫起来："Hi，hi！"把夏子和小雅都吓了一跳，她们用惊讶的神情制止了我。呵，是的，这么优雅的地方，怎容得我如此大声嚷嚷呢。

可那冰激凌的确诱惑人啊，那是世界上最好的冰激凌，名叫：HAAGEN-DAZS（哈根达斯）。

之所以最好，是因为哈根达斯冰激凌由纯天然成分制成。有句广告词是这样说的："爱她，就给她哈根达斯。"哈根达斯就像黄金屋顶一样成为一种象征了。

一个个都优雅地坐着等待，会一点英语的，还要考虑语法是否正确。指望夏子也是很难的了。

我只好在等待中又开始胡思乱想。茵斯布鲁克是中世纪的美，纵使历经了五六百年的岁月，如今依然无可挑剔地美着。而眼前的哈根达斯又是另一种美，美得让我极其渴望，像一种初恋的渴望。要说这哈根达斯还真的让我充满幻想：我觉得它像是天然神奇的黏合剂，把茵斯布鲁克的哥特式巴洛克式建筑黏合得天衣无缝，历久弥新，把传统与现代衔接得浑然天成；又觉得茵斯布鲁克的人肯定是因为吃哈根达斯多了，他们把这纯天然高营养的食品当作饭来吃，陶而醉之，所以把自身也黏进了这座风华绝代的美丽城市。那么哈根达斯冰激凌的极致境界又是什么呢？我努力在脑子里找寻，也许是我闻到了哈根达斯冰激凌的味儿了，那冰凉的美的因子在我头脑里盘旋了，突然我眼前一亮，对了，就这两个字：纯真！我庆幸找到这两个字，难怪我会想起少女时代的旧照片，想起年代久远的古街道……

奥地利农家

其实要说茵斯布鲁克最美还是不够确切的，因为在奥地利我们只去了茵斯布鲁克，而奥地利首都维也纳，被誉为中欧一颗灿烂的明珠，我们却没有去，这是我们此行最最遗憾之处了。我们找托尼交涉过多次，请他带我们去维也纳，但托尼说没办法，这是安排好的。

近在咫尺，却可望而不可即，心里极其不舒服。

我们只好把无限的憧憬压在心底，想象着维也纳的金色大厅。在我们的脑中也就这么丁点儿的可怜的想象了。后悔当初不好好学点欧洲史，或者出发前先了解了解欧洲，这样，当我们站在欧洲的土地上时，就能帮助和丰富我们的想象了。不过托尼还是弥补了一下，让我们在漫长的行车途中对奥地利的历史有了粗略的了解。

奥地利号称“欧洲的心脏”，维也纳则是“心脏的心脏”，是长期称霸欧洲的哈布斯堡王朝的王室所在地，如今还是联合国常驻机构最多的城市之一。在哈布斯堡王朝统治时期，强盛的奥匈帝国的版图极度扩张，民富国强，地域辽阔，崇尚文化，振兴了欧洲。那时期有过这样一句话：“Austriae Est Imperare Orbi Universo”意为天下皆为奥地利臣民。辉煌的历史让人陶醉。伟大的巴洛克建筑，欢快的圆舞曲，辉煌的医学成就，弗洛伊德，施特劳斯的《蓝色多瑙河》……奥地利人沉醉在“美酒，女人和歌”中。可是盛极而衰，看过《西西公主》电影就清楚了，哈布斯堡王朝是以欧洲王室最浪漫，最伤感的故事作为终结的。而统治奥地利640年之久的哈布斯堡王朝在第一次世界大战后解体了。

我欣赏哈布斯堡王朝，甚至于感谢哈布斯堡王朝，他们为人类留下了无数的财富和珍宝。我还欣赏这个王朝中的一位女性统治者玛丽亚·特蕾西亚的一句格言：“宁要中庸的和平，不要辉煌的战争。”

1955年奥地利宣布永久中立，奥地利人终于过上了和平、富足的生活。

走吧，我们去看看奥地利人现在真正的生活。

吃罢晚饭，我和小雅、夏子踩着晚霞的余晖，向奥地利的居民区走去。

远山近水鲜花绿地簇拥着一座座红墙别墅，若是冬天，我们一定还能看到别墅房顶上的烟囱冒出壁炉里燃烧木头的袅袅青烟，屋里的主人可能就坐在熊熊烈火的壁炉前取暖看书，旁边卧着一条狗，懒懒地，眼睛看着主人的脸，茶几上放着杯红葡萄酒，呷上一口，再慢慢儿地翻着下一页看，或许是在看《莎士比亚》，或许是在看《百年孤独》，奥地利人的生活就是这么轻松悠闲。

我真想走进他们每家每户去看看，可惜隔着条河，要到那片居民区，要绕好大个弯儿，去不成。

那就顺路散散步吧。

这里算是市郊了，路上没什么行人，车辆也不多，我们仨悠哉地逛着，反正还早。

前面好像也有个社区，很安静，偶尔传出小孩儿的嬉闹声。呵，路边有户人家的大铁门还敞开着呢，很大的庭院，我不由信步走了进去。现在知道，这样“私闯民宅”在很多国家是会惹麻烦的。

这户人家房子的前方是一大片开阔地，种植着农作物，矮的是甜菜，高的是玉米或者是高粱吧，反正一片绿油油的。这是个农家。

我在农家的庭院里好奇地四处张望，探头探脑欲往里走。突然一英俊少年头戴自行车帽，骑着自行车急匆匆地从大门外冲进，约摸十五六岁吧，见我站在那儿，便“嗤”一声一个急刹车在我身边停下，笑着跟我打招呼。我也回应他笑脸，很想对他说句什么，不然他以为我是小偷，却一时又急不出词儿来。突然灵光一闪，我便指着他的家院冲他大声赞道：“Beautiful! beautiful!”他也很高兴地对我叽里呱啦说了一通。可惜，我一句没听懂。

绕到房子另侧花园时，房主人满面笑容地向我们走来。他是个中等个子结实健壮40岁左右的男人，红红的脸膛，快乐地笑着。我也笑着跟他打了个招呼。夏子跟他对上了话。他边说边欢快地用手势表示着，话的大意是：我家有5个孩子，刚才骑自行车进来的是老大，老二出去玩了，老三在游泳，老四在睡觉，老五还在妈妈肚子里。他用手摆出睡觉的姿势，然后用手掌在肚子上晃了晃，开心地笑了，脸上漾着幸福的笑容。呵，5个孩子，简直就是个“超生游击队”嘛。

可惜没看到女主人，她一定是个风韵雅致的美少妇，骄傲地挺着个大肚子。

和平，安宁，幸福，这就是这个奥地利农家。

佛罗伦萨的《天堂之门》

我们在佛罗伦萨是真的看到《天堂之门》了。

佛罗伦萨有座红色圆顶的圣母之花大教堂，为世界第四大教堂，也是佛罗伦萨的象征。她是唯一一座外墙用橘红、纯白、浅绿三种颜色的大理石拼嵌而成的教堂，教堂的墙壁上用许多玉簪花图案点缀，色彩鲜艳，风格妩媚，独一无二。在这座教堂的对面是座受洗堂，受洗堂的第三座大门便是《天堂之门》了。

《天堂之门》，由吉贝尔蒂创作于公元1425—1452年，两扇大门均为青铜浮雕，门上有十块浮雕作品，内容是旧约圣经上有关伊甸园、亚当与夏娃的故事，叙述连贯统一，浮雕栩栩如生，整扇门金碧辉煌。米开朗基罗对这组浮雕作品赞赏不已，取名《天堂之门》。

与圣母之花大教堂和受洗堂并列为圣灵圣母圣子三位一体的建筑物是乔托钟楼，高80多米，造型极为壮观巍峨，外墙也是白、粉和浅绿色大理石拼出的几何图案，墙面上还有织布、狩猎、制定法典等浮雕，很有气势。

“小偷！”

“啊，什么？”我们正在《天堂之门》一侧的不远处欣赏大公科西莫一世的骑马铜像，冷不丁听到夏子在我耳边急切地说着。

“注意，有小偷。”夏子再一次提醒我。

小偷？这里会有小偷？我下意识地把背在背后的包挪到了胸前。虽然这里是艺术的天堂，虽然琅琪敞廊里摆着《宙斯儿子捉小偷》的雕塑，虽然广场上停着一辆中号意大利警车，我们还是牢记托尼的话：看好自己的包。

“你说，你怎么知道有小偷？”当我们站在一边的时候，我问夏子。

“你没看到他们的眼神？”

“嗯？眼神？眼神怎么啦？”

“你没见过小偷？”

“是啊，没见过。”

“你看那一堆少男少女，刚才一直围在我们背后。”

“哦。这样啊？”我也警觉起来：“如果真的是小偷，我们得喊‘viA’。”夏子立刻用手捂住我的嘴：“别乱叫。”

哦，我总得训练一下，要不真的遇到情况就叫不出声来了。

这些“小偷”让我感到很好奇，我仔细地瞧着这一堆被夏子称作“小偷”的孩子，他们约摸十二三岁到十五六岁吧，有男孩有女孩，身上也背着个轻便的旅行背包。的确，他们的目光并没在万众仰慕的艺术雕塑上，而是在游人中飞快地旋转着，本应该明朗欢快阳光灿烂的脸因缺少某种营养素的滋润而变得发青，多少还有一丝掩饰不住的惊慌与恐惧的表情。多么清纯的孩子，为什么会是“小偷”？他们的父母呢？为什么他们是成群结伙的？在如此闻名的城市里，在如此高尚纯美的艺术形象下，竟有这么多的小小偷，有点不可思议。不过想想，其实也很自然，你看：科西莫一世的骑马铜像，大公一身戎装，双目炯炯，凝视前方，威风凛凛，可是他的头顶上、肩膀上却是点点鸟粪。

这就是人间与天堂之别！

威尼斯警察

都说《大卫》是世界第一美男子，他的身体比例是男人中最完美的，我有幸在佛罗伦萨看到这一真品。

《大卫》是一个健壮、坚定、勇猛，容貌俊美的16岁裸体青年，左腿前伸，右腿后立，左手握着肩上的投石器，侧目凝望远方。我来欧洲之前看过《圣经故事》，知道大卫是《圣经》旧约中的人物，他是伯利恒人耶西的第八个儿子，年轻美貌，沉着坚毅，英勇善战，击败了巨人戈利亚，成为古代以色列统一王国的第一位国王。500年了，多少人在此驻足欣赏，流连忘返。

米开朗基罗创作《大卫》的原形来之于哪里？我想一定来自意大利的美男子，而那天，我在威尼斯警察身上似乎找到了大卫的影子。

7月的水城威尼斯，太阳特别的辣，四周的水似乎都在冒热气，我们在圣马可广场外面的商店门口躲避太阳直晒，用2欧元买了瓶矿泉水，也奢侈一下吧，毕竟天热如火。

正当我仰头解渴之际，一幕场景把我给怔住了：一个四人纵队的威尼斯警察从我们面前走过，他们穿一身深蓝色警服，腰扎皮带，一把警棍在腰间随着步伐有节奏地摆动，脚上穿着黑色皮鞋，那走路的步态令我惊叹不已，他们静静地沉着地迈动矫健的步子，坚定而有力，有一种不可抗拒的威严，我看着他们的背影就好像看见狮子在林中巡逻，随时会蹦起来扑向目标，可以感觉到他们警服里那一块块鼓起的肌肉的能量。

“快啊，快把他们拍下来！”

夏子、小雅这两个家伙，反应比我还要慢，照相机还没摸出来，威尼斯警察已经走远了。

我们也向圣马可广场走去，在大理石连拱廊的众多商店中间，竟意外地发现威尼斯警察局。警察局门口竖着一块牌子，从上往下排列着印刷体写的英文、阿拉伯文、印度文、还有不认识的一些国家文字，最下一句特别醒目，是用毛笔写的：警察。看上去“警察”这两个字是新添加的，也许是中国游客多了的缘故吧。

托尼说，看一个地方安全不安全，就看那个地方的警察用的是什么装备，因为匪徒用什么装备，警察也一定会用什么装备。

在罗马，警车多，警察也随处可见，稍稍留意还会看到在闹市区路口的一些转角处常常会静静地卧着一辆黑色锃亮的警车，里面坐着警察，全副武装，一侧车门开着，有一个警察会在车外，不知道这是什么战术，但便于警车出击是很显然的。

在米兰，我看到一个荷枪实弹身穿防弹背心手握微型冲锋枪的警察站在闹市的一侧，背靠着墙，手指轻轻搭在扳机上。看上去他有点孤立无援，但我猜想他一定有援手隐身暗处吧。

在梵蒂冈，也是戒备森严，游人中有不少警察穿梭而过。他们身穿浅蓝色上衣，下着黑色长裤，裤子两侧是一寸宽的红边，十分好看；头上一顶黑色警帽，正中嵌着一颗银色的警徽；身披白色武装带，腰的左侧别着一把手枪，警察的形象极其简洁潇洒Cool！不过腰上那把手枪虽然漂亮，却也还是让人有点不寒而栗。

还是威尼斯警察装备最少，只有一把电警棍，而且他们神态自若，脸上也少了许多大敌当前的神色，让人觉得安全感更多一些。

你看，那被拿破仑赞为“世界上最美的广场”的圣马可广场，正面的圣马可教堂、总督府、执政官宫、钟楼、钟塔等瑰丽的建筑群，依然熠熠生辉，三面围以大理石连拱廊，开设的各式商店，人流如梭，广场上成群的鸽子无忧无虑地在游客脚边嬉耍、觅食，完全是一幅祥和快乐的景象。在广场的最高处还有一尊金色带翅膀的狮子雕塑，极其抢眼，狮子雄健有力，翅膀张开，尾巴甩起，作出要腾空而起的架势，那便是威尼斯《城市守护神》。在我看来，威尼斯警察才是这个城市真正的守护神。

JAL 线上

终于我有了三个月的长假，决定去趟日本。

我拖着沉重的大皮箱，里面有给儿子带去的书、衣服和食品，匆匆向机场而去。

此行我乘JAL日航直飞东京，心情复杂，有些激动，又有些担忧。

机舱口站着一男一女两边迎候，男的四十出头，头发有些花白，身材清瘦，面带微笑，干练而得体；女的年龄相当，笑容恬美，眼睛眯眯弯弯，一张典型的日本仕女图脸谱。

这种礼貌和诚意还是能表现出不同国度的风采。这便是对日本的第一印象了。

坐在靠窗的位置，眼望白云飘过，想起去年这个时候的早些，儿子就是乘这个航班向东而去的。

那张仕女图脸谱职业地向我微笑一下，这让我想起了昨晚上几个女友在家里的絮叨，虽说都是些妇人之见，却满含着母性的深情。

茶室里，母亲们盘腿而坐，侃侃而谈。天上那轮明月，照着母亲，也照着远方的孩子。

莲的儿子磊磊在新西兰读书，已一年有余，她嘻嘻哈哈地先讲开了：

嗨，我那个磊磊啊，真没办法，去的时候还高兴得不行，和两个女生有说有笑，没想到，下了飞机他们就被分散到居民家中，谁也不知道谁在哪儿了。磊磊住在一个只有夫妇俩的家庭，当晚那对夫妇去参加一个舞会没回来，半夜三更刮起了台风，风在屋外嗷嗷叫着，把他给吓死了，大老远地打电话回来又哭又喊："爸爸，妈妈，你们就这样把我扔在这里不管了啊？"我们能有什么办法啊，只能是安慰他两句。第二天上学他又迷路了。没等我们闹明白，他居然从新西兰跑回家来了。那才去一个月啊，没办法，只好由着他。嘿，他晃荡晃荡一个月后，不声不响地又回新西兰去了。

"呵呵。"大家不约而同地笑起来。

茶壶咕咕冒着热气，我又泡了一包铁观音，为母亲们一一斟上。

兰的儿子可可在加拿大读书，她讲起儿子也是绘声绘色：

我那可可啊，可是出了不少洋相呢，他住在一个黑人家里，觉得跟黑人房东合着吃饭不划算，就另起炉灶自个儿开伙，买了好多鸡蛋放进冰箱里准备慢慢儿吃，可是等他把鸡蛋拿出来的时候，那些鸡蛋全都成恐龙蛋了，硬邦邦的。你们猜得到吗？他把鸡蛋放到速冻柜里去了。那黑人房东站在一边"嘿嘿嘿"地冷笑着："你没看见你妈把鸡蛋放在哪里吗？"他还能说什么呢，他说："我只看见我妈从冰箱里拿出鸡蛋，放在哪儿我是不知道的呢。"看，这孩子有多笨啊。

果然是笨得可以，这些小家伙饭来张口衣来伸手惯了，让他们出去吃吃苦头，杀杀骄气，才会懂得怎么生活。

笑谈归笑谈，做母亲的到底还是亦有欢喜亦有忧。

一年多了，儿子在日本有哪些长进？那里的社会环境又如何？毕竟日本和新西兰、加拿大不能比，我很担心。说实话，不是因为儿子，我也不会去日本，至少现在。

舷窗外，云海茫茫，飞机驶向无边无际……

东京塔望远

看见儿子的第一眼是在成田机场，他快步向我走来，身穿白色短袖上衣、蓝色牛仔裤和旅游鞋，头发被风吹得有点乱，急匆匆，一声：“妈”，便拉着我的行李在前头领路，动作干净又利落。

儿子长高了，稚嫩的脸上多了些许成熟。

在下行的步梯里，我一直歪着头看着儿子，这张熟悉又陌生的脸占满我的心。儿子嘴角一抿，轻轻对我说：“妈，把小拖箱放在自己身后，右边是让给超行的。”话音还没落地，就见一个单肩背个轻便包的年轻人正小心又轻捷地跨过我的小拖箱飞速向梯下奔去。

哦呀，眼前已是乌压压一片匆忙而行的人，急匆匆，静悄悄，各行其道，各办其事，秩序井然。

这情景让我本想在儿子面前夸张地宣泄一下久别重逢的喜悦之情，便也噎在了喉头。

一路无言，只是会心一笑。

儿子把我送到老朋友吉先生家便回学校去了，临走时他跟我约定：“明早八点半来接你，一分钟不能耽搁。”呵，字字掷地有声！

早上八点半，他果然准时站在了吉先生家门口，说到做到。有进步，时间观念强了，记得在国内的时候，学校考试他都会忘记呢。

好了，反倒是我东拉西扯耽搁了半个时辰。

路上，他轻声抱怨："说了八点半，这不，第一节课赶不上了。"

"嗯？不是说好第一天要带我去看东京塔吗？"

"是啊，你不也想到学校看看吗？"

嗯，那倒也是。

我们坐了两站电车，不知不觉就走进了学校。学校没有大门，也没有围墙，四面洞开，八面来风，樱花大道上，学生如潮涌般从四面八方滚滚而来……我被这年轻的热潮蜂拥而行，心中竟有点热血沸腾。

儿子去上课了，我便随意在学校里溜达。

学校里汽车很少，自行车也不多，校园看上去整洁、宽敞。这应该和大多数的同学是乘电车来校有关。

我逛了一圈儿，便在邻座的理工部大楼底层停住，那里的十多面"信息栏"吸引了我，我望着那夹杂着许多汉字的信息大感兴趣，连懵带猜地一一看过，大体内容是：学校什么地方在建筑啦、自行车应该放置在哪里啦、医疗保险的规定啦、奖学金情况公布啦、"社会人"该怎样啦、如何参与竞聘啦……呵，跟我们学校的信息栏差不多。不过，那"社会人"的提法感觉有点新鲜，似乎是学校在向学生们提示更多的社会责任。

"走，去东京塔。"我还在一字一句琢磨，儿子已经站在了我的身后。

我们从教学楼出来，顺着学校的樱花山道拾级而上。

满山的樱树，可爱、孤寂又有点盛气凌人，正午的阳光冲破茂密的绿树浓荫直射下来，生机盎然的樱树便沐在金灿灿的尘埃中，熠熠闪光。

我情不自禁地停了下来。

儿子也停下脚步，说："前不久这条山道上落满了樱花，真的很美，学校每天都有人在这里打扫落樱呢。”

眼前的景色无疑会让人充满幻想，如果上个月来就好了。我不禁叹息一声。

望着壮阔翠绿的樱树，想象着樱花盛开的华丽，忽然我想起武汉大学那条“樱花大道”，据说那些樱树是一个日本留学生种下的。我不知怎么也望了一眼身边的儿子。

我们慢慢而行，我问儿子：“这个大学怎么样啊？”

儿子居高望着校园：“这是一所私立大学，建于1858年，是日本最早的学校，学生都是从幼稚园、小学、中学直读到大学，所以学校有一种特别的亲和氛围。”

儿子对学校的描述很清楚，对自己所学专业似乎也还满意。他突然停住脚步，从钱包里拿出一张万元日币对我说：“瞧，这上面的头像就是我们学校的第一任校长。”

我们翻过了学校的山坡，乘“三田线”电车去东京塔，儿子轻声叮咛：“上车不要说话，说话会影响别人，上下梯靠左边，右边让别人超行，车上的优先座切不可去坐，那是孕老残幼的座位。”呵，什么时候他变得如此仔细起来，竟“教导”起母亲！心中一阵窃喜，看来“剪断脐带”已经初见成效，孩子已经懂得做一个“社会人”必须遵守的基本行为准则，而且真正去实践它，看来这一年他还没有白混。

芝公园站下车，我们又向日比谷大街走去。

儿子便对我说起去年夏天在这条街上打工的事儿。那是七月的炎热天气，他和同学课余时间在这条街上发传单，每天他们要背20公斤重的东西，走近10公里的路，发6000至8000份的传单，累极了，渴极了，他们就路边喝点自来水，歇一歇，继续走。有一次他们还惊动了人家的一条狗，那狗从大门里冲了出来，对准儿子的脚脖子就“啊”地张开大嘴……

“啊！咬下去啦？”我惊叫起来。

“呵呵，没。”儿子调皮地笑了。

“嗨。儿子，苦不苦啊？”

“苦？呵，那是心智不成熟啊。”

哼，他还嘴硬。不过还好，总没有像磊磊那样去一个月就跑回家来，我深深地呼了口气。

绕过增上寺，我们便到了东京塔。

这红白两色的东京塔，巍峨雄伟，是世界上最高的铁塔，站在250米的展望台望远，富士山的俏丽、东京湾的碧波和新宿区的高楼大厦，尽收眼底。

“我也是第一次上东京塔。”儿子平静地说。

“嗯？你也是？”我有点吃惊地望着他。

东京塔下，正在进行一场激烈的足球比赛，那旁边还有篮球场和游泳馆。我问儿子：“到东京打过球吗？”

“没。”儿子只管望着远方。

真不知说什么好，一年来，贪玩的儿子没有去玩儿，也没去打球游泳，更没去卡拉OK，我来东京前问他需要什么，他说他什么也不缺，就缺时间。我真的无话可说，他要读书，要生存，也只能这样了，这真应了那句老话：“舍得，舍得，有舍才能有得啊。”

我正想在儿子面前再说教说教、鼓劲鼓劲，比如说说万里长征，说说上山下乡……

却见儿子手比远方对我说：“妈，你看。”

“什么？富士山？”我茫茫然地翘首。

“不，更远。”

东瀛探子

很快，儿子说要去北方出差，我就跟随而去。

儿子把我安排在酒店，便忙自己的事去了。

日本的北方，冰天雪地，从酒店向窗外望去，就像是墨水泼出的八卦太极图，黑中含白，白里藏黑，出神入化的空灵世界，有一种天人合一的感觉。欣儿带我到东北大学，来到一座教室前，室外立着一尊方形长条石柱，上面写着：旧理学部化学科讲义室（旧仙台医学专门学校阶段教室）。教室由一片片白色木板盖成，整洁，干净，朴实。欣儿告诉我，这是鲁迅当年读书的地方。恍惚间，我好像看到，年轻鲁迅在这座普通平常的教室里进进出出的身影。校园里立着鲁迅的雕像，刚直坚毅透着慈悲的表情，供同学们瞻仰。

回到东京，樱花已经盛开，欣儿住在国立市樱花大道旁，站在凉台就可以远眺瑞雪灵峰的富士山。每天我们一起走过弥漫着樱花气息的大道去公司上班，享受着樱花盛宴的浪漫。这让我想起了家乡的榕树，榕树和樱树一样，都高大挺拔，惹人喜爱，不同的是，榕树满树绿意，冠幅广展，能独树成林，像个智慧老人，樱树则花开满树，轰轰烈烈，绯红轻云向苍宇，像个曼妙天女。每当看到粗壮长满绿色青苔有着岁月皱褶的樱树老树干上，突兀地长出小枝花朵，樱树根部地上也冒出小小的花骨朵，像一个个天真的孩子探出好奇的笑容，四处张望，我的心都醉了，这是怎样的生命力啊！我试图将樱花插枝，没能成功。在昭和纪念公园买到一棵小樱，我们在樱雪纷飞中把她捧回了家，养着养着，她就开出了粉色的花朵，直到凋零。

下班回家路上，欣儿总要到路边小区公园去投几个篮球，动作夸张漂亮，像打花式篮球，尽情表演，我在一旁不停地为他拍照，猛一看，欣儿就像是樱木花道一样的灌篮高手，其实那是一个儿童篮筐，比成人篮筐要小一号，欣儿十分地搞笑。因为热爱，所以坦然，因为热爱，所以坚持，这就是欣儿他们这一代人的青春吧？无论在天涯海角。

欣儿也带我去看动漫电影，电影名字叫《魔法少女》，听不懂没关系，可以看看美少女呀。来看电影的多是二三十岁的年轻人，每张座位后面都亮着一盏灯，在这寒冷的夜晚，感觉很温馨。从电影开始到结束，观众没有一点声音，直到演员表播完，也没有一个人走动。影片演的是魔女和魔法少女，代表绝望和希望，绝望如果战胜希望，希望就会变成绝望！或者我只是看看热闹，不管魔女还是魔法少女，她们都是美少女。

欣儿还带我去狐狸洞居酒屋消遣，不是因为贪杯，是想探究一下里面是否诡异？入座，一切如常，并没有九尾狐狸之类的东西。来吧，来杯“雪美人”，再来一杯“鹤龄”。对面挂了张画，上有“老人白石”四字，不会吧？这是哪里？画还是挺美的，旁边墙上挂着两把琴，不知道平常用还是不用，却觉得有点妖，精灵鬼怪的。别东张西望了，那些酒鬼们也在阴凉处看着我们，或许他们还觉得我们鬼怪精灵呢？在这里切不可一醉方休，清醒才能回家。

一天，一只鹧鸪鸟衔着一根枯枝站在凉台栏杆上，左看右看，走两步，就飞上凉台空调外挂机后面去，后来又飞来一只，嘴上也衔着一根枯枝，它们就这样来来回回地飞着，其实它们也看到了玻璃门里面好奇的我，还会用眼睛瞪我，丝毫没有惧怕要走的意思。有时候，我看到它们站在电线上，亲亲爱爱，互相摩挲叼啄，伸展着翅膀和脚丫，享受着春风和阳光，生趣盎然，撩人心魄，它们是相亲相爱的一对儿。好吧，你们好好享受生活，我可要和我的儿子去远游了。

五一假期期间，欣儿带我去京都。京都是日本的“千年古都”，是日本人的精神故乡和文化原点。金阁寺的金碧辉煌，银阁寺的庭院之美，清水寺的名泉之首，让我印象深刻最为难忘的还是三十三间堂，建于公元1164年，因建筑物内有33个以梁柱隔开的空间而得名，供奉着1001尊观音。三十三间堂正中供有一尊巨大的木造11面千手千眼观音坐像，高约3.3米，左右两侧各有500尊高约1.7米的金色观音立像，观音群像前有28部众木造立像。我们缓步慢行，最先看到的是风神雷神，造型独特，表情丰富，眼睛如电一般！欣儿告诉我，他们的眼睛都是宝石镶嵌的，果然是，他们的眼睛里甚至能看到血丝。走得太快了，快得我还没来得及看清中间那尊最最庄严的11面千手千眼观音坐像，就要过去了，这一过去，不知道什么时候能再来？不管三七二十一，我立刻掉头回去，再看一眼观音菩萨，菩萨的表情那么慈悲，眼睛轮廓非常优美，我看到了菩萨的眼睛，那不是一般的宝石。

不由我也看了看欣儿的眼睛，说是偿还，其实得到更多。

回到东京家里，欣儿忽然告诉我，凉台鹧鸪有小鸟了。太惊喜啦！我站在鸟窝下面，不知怎样表达自己的喜悦。我时不时地会爬上去看望小鸟，还给他们照相，慢慢地小鸟身上有了它们爸爸妈妈一样的羽毛了。

灵动的世界，予人的是大美。

巢鸭街漫步

朋友平生邀我去浅草，说不到浅草等于没到东京，这不，一早她就在大塚站等我。

吉先生住巢鸭街，离大塚站不远，上班时便把我也给捎上了。

我们漫步在巢鸭街上，路上行人寥寥，商店多没开张，只是昨晚下了一场夜雨，湿润的街道如银似镜，轻风习习，沁人心田。

日本的干净早有耳闻，但果真是无可挑剔吗？我心里这么想着，目光便游荡起来（当然，这不能被吉先生发觉才好，挑刺儿总让人不愉快），路边有条明沟，透过上面长长的条状铸铁盖板，一眼扫过去，嗯，挺干净。再往前走，沟的远端有个小蓄水池，心想那里一定会漂浮些被忽视的垃圾或者被风吹进去的树叶、纸屑什么的吧，我用挑剔的目光往下看去，没有，不仅没有，里面的水还很清澈。看来不服气好像还不行。我这样当然是想说服自己或者想证明点儿什么，不过，这才是到东京的第二个早晨，所见暂时也还不能说明什么。

人行道上淡红浅绿相间的地砖看上去已经有些年代了，但干净如洗，没有灰尘。前方不远处有个圆形樱花铸铁阴井盖，近前细看，上面写着：东京下水道管布设。刚看过明沟，又见这暗道，这个被我们踩在脚下又常常被我们忽略的阴井盖，竟然被制作得如此精美实用，那樱花造型已够惹眼了，花蕊中竟然还“绽放”出一行红黄绿的彩色数字编码，就像一朵朵身藏密码盛开着的樱花飘落在东京街头。

我低头思忖那花蕊中的彩色数字编码到底做何用，脚步却已踏进了一条胡同。这胡同又让我眼前一亮，胡同虽小却不逼仄，因为干净又很安静，倒也觉得宽敞无拘，我瞪大双眼，搜寻着家家户户、前门后院是否还有些“卫生死角”（我在检查卫生呢？）没有，很是失望了一下，然而让我更加吃惊的还不仅仅于此，小小胡同，地面上竟然也画着各种各样的彩色交通提示符号，胡同里甚至还有“红绿灯”！他们真的是不让一寸土地“荒芜”啊。

吉先生似有所察，他也感叹道：“干净可以，每个角落都干净就不容易，今天干净可以，每天都干净就不容易。”说得也是，谁不喜欢干净？谁不愿意漂亮？谁不希望生活在一个舒适整洁的环境里？可这并不是件容易的事呀。想想这偌大的公共场所，众多的城市人口，管理得如此秩序井然，他们究竟用什么手段让大家“心往一处想，劲往一处使”呢？

也许身处此地的人早已习以为常，而我却为这些生活的细节而感动，看来“挑刺儿”还不如去“寻根儿”。

远远地，我看见胡同深处有一个女人正低头蹲着，她蹲那儿干吗？不会是……

我近前一看，原来她的身边还蹲着一条咖啡色的小狗，小狗正在屙便便呢，再仔细一看，那狗屁股下还垫了一张雪白的纸，一完事儿，它的女主人便用那雪白的纸把狗便便包好放进自己的手袋里带走了。

女主人和她的小狗已经走远，可我还是回头望了又望。

以前听别人说起过此类事，就像听一个美丽的童话，我并不相信这会是生活的普遍真实，今天无意撞见，的确感到意外和惊奇，我在心里对那已经远去的女人的背影轻轻问道：那狗屎又没有插标记，谁知道是谁家的狗干的坏事儿啊，大摇大摆的走开去，又会有谁来追你啊？难道还怕有人上门找麻烦不成？

或许这就是“根儿”了？我不能理解为什么他们每个人都能这么自觉？这种全民的自觉意识又是怎样建立起来的？我忍不住问吉先生：“日本有没有搞爱国卫生评比呢？”

吉先生回答：“没有。”

吉先生是东京某华人报社总编，对日本社会相当熟悉，他告诉我，日本社会有潜规则，潜规则的核心思想就是“为他人着想”，文明礼貌小声说话、自己的垃圾自己处理、走路靠左边等等，处处体现着潜规则的存在。而这些生活的好习惯却都是从小养成的。他说他曾经到过一个日本朋友家里，看见朋友家的小姑娘把用完纸抽的空纸盒压得平平整整，叠好后放进可燃物的垃圾桶里，态度是极其认真。的确，有时候一个不经意的生活画面，常常会让人为之感动印象深刻，吉先生说：“美好的生活就是这样开始的。”

吉先生不愧为师者，侃侃而谈、娓娓道来，他对东京的赞美，主要源于那潜规则对社会管理的无形约束，并由此又引申出许多生活的道理。他说东京面积两千多平方公里，人口众多，可是你很少感到拥挤混乱，也少见吵架斗殴。有序的生活化解了社会许多矛盾和纷争。

这些话乍听起来既新鲜又入耳，但对我来说，还有待于用自己的眼睛去证实。

不过，吉先生最后的一句话，是很耐人寻味的，他说：“一个城市不在于多么现代化，而在于点点滴滴都无可挑剔。”

浅草朝观音

平生已经站在大冢站口向我们微笑招手。她三十多岁，端庄秀丽中带几分精明，现在一家日本公司当翻译。毕竟是一个从风雨中走过来的女人，栗色的披肩发也飘动着一股男儿的刚性。

多年不见的她，刚说上一句，便也迫不及待地交代起注意事项。这很重要吗？突然觉得这地方事事处处都要为他人着想，很难痛痛快快淋漓尽致地抒发一下个人的情感，有点压抑。

到了浅草，平生把我拖进浅草一条街，但见街上眼花缭乱的商品，还有流连忘返的各国游人。这时候的平生表现得相当活跃，为我一一介绍日本的传统工艺品和现代时尚商品，声音依然很低很低。

我们一路欣赏着向一个挂着大红灯笼的寺院门口走去，那里已经有一群身穿白衬衣蓝裙子背着书包的日本女学生，看上去她们像在春游。

平生对我说："浅草观音寺是东京最古老的寺院，拜上一拜，永保平安。"

我这才特别地注视了一下那只写着"雷门"二字的红色巨型灯笼，它高达 4 米，重 100 公斤，平生说这是该寺的标志。

"雷门"两边分别有"雷神"和"风神"把守，走进正殿，里面供奉着一尊金观音像。平生便对我说起这尊金观音像的不凡来历：说是古时候有两个兄弟打鱼，捞起了一尊5.5厘米高的金观音像，被认为那是“观音显灵”，于是人们就地修建了寺院，供奉起来，此后信者不断、香火绵绵……

平生边说边点燃香火，虔诚地膜拜。

看平生那孤单而坚定的身影，我相信她一定是在这里得到了佛的智慧和力量。

朝拜完毕，平生两眼闪光，心情愉快，脚步轻盈。看来，在异国他乡，人其实更需要精神的支持。

据说今天在日华人已达百万之众，不管他们是来学习的还是来发财的或者其他什么，在我想来，要在邻国生存都不是一件容易的事。

午后，我们走进了浅草一家坤包店，店里货架上摆满了各式各样的时尚坤包，我拿起包来仔细打量着。

一个身材颀长、披肩发垂到胸前的年轻女子笑盈盈地向我们走来，平生好像和她很熟。平生悄悄跟我说自己曾是这个坤包店的店长，那年轻女子是老板娘兼新店长，来自贵州。

我的眼光立刻从坤包上收回，转而注意起这个漂亮的老板娘。老板娘言谈温婉，气质高雅，落落大方，充满自信，说话间她已经处理了好几个日本商人批发坤包的生意，看得出她精于此道。不过，那张笑脸不经意中还是向我们传达了更深层的信息：我可没少吃苦头啊。

老板娘生意兴隆，财源滚滚，要请我们吃日本料理，只等她两个姑娘放学回来了。

外面下着雨，但见两个小姑娘一前一后回来了。大的一个穿一身藏青色校服，她正读初一；小的一个穿一身鲜艳连衣裙，刚上幼稚园不久，她们都是半年前来东京的。怎么说还是小的更活泼可爱些吧，她撒娇地趴在妈妈腿上，仰着头，嗲声嗲气地说：“妈妈，今天老师上课叫我们要准备个信封，说是看见同学摔倒了，就对着信封里笑；被老师批评了，就对着信封里哭；和小朋友闹别扭了，就对着信封里喊。”

她的描述把我们大家都逗乐了。

平生给了小姑娘一个“浅草观音”小饰件，她高兴得又是抱又是亲，听说要去吃日本料理，更是眉开眼笑，立刻拿起她的小花伞：“走啊。”

雨哗哗啦啦地下着，她一手拿着小花伞，一手拎着“浅草观音”，在雨幕中快乐地哼着小调，那样子颇有点像高桥留美子笔下宿丸的妹妹。

走不多远，小姑娘突然大哭起来。

只见她举起小手，指头上还挂着小红细绳，哭着说：“丢了。”

哦，是“浅草观音”丢了。这可不能丢啊！我们向后面望去，“浅草观音”正躺在不远处的水花中，平生立刻跑过去捡起，又小心翼翼地系到她的小手上。

小姑娘笑了，泪珠雨珠都挂在了圆圆的脸上。

豊島区迷路

离开浅草已是夜里十点，平生回横滨还要乘两个小时的电车，也就是说即使现在坐上电车，她也要夜里十二点才能到家，因此我无论如何也不能让平生再来回折腾了。我跟平生说："我自个儿能回去，你不用担心。"

这是我到东京的第三个晚上，平生不肯让我独自夜行。我说："没问题，早上来的路我记得很清楚。"

平生拗不过我，只好买了车票送我上车，轻轻交代我："过四站下车，有事打电话。"

我在紧靠车门的位置坐了下来。

此时车内已坐满乘客，他们中有人在打瞌睡，有人在翻报纸，有人在闭目养神，还有人用手捂着嘴轻轻打电话……看上去好像都是些辛苦的上班族，静默中也难掩饰住他们一天下来的疲倦。灯光迷离，夜色正浓，唯有车内生茶广告上的松岛菜菜子在甜甜地微笑。

这就是普通日本人的生活情状吧，即使疲惫，也要保持常态，即使不悦，也要笑容满面。我扫视了一圈车内的人，胡思乱想了一通，四个站就过了。我急忙下车，向夜色中的巢鸭街走去。

早上和吉先生漫步在这条街上时，这街我是认识的，精美的樱花铸铁阴井盖、胡同里的彩色交通提示线都还历历在目，此时的我当然充满自信：这路还不简单吗？

大雨滂沱，我撑着雨伞，在人行道上大步流星地向前走去。

走着走着便觉着不对劲儿，街道两旁的商店都歇息关门了，忽然间却冒出一个彻夜不眠的“扒金宫”；身前身后刚才还那么多下车的人，转眼间便不见了踪影；那“樱花”也不能为我引路了，那胡同也不知是哪一条了，夜幕笼罩中，唯有街道两旁微弱的路灯半梦半醒地瞅着我。天，这白天和晚上怎么就这样的不同呢？

我依然相信自己的判断，继续快步而行。

可终究还是心虚了，我停在原地，想找一下自己的方位，却已经辨不清东南西北。

正不知如何是好，忽见街角蓝光一闪，一辆的士静卧黑暗之中，我急忙挥手招唤。那的士徐徐向我开来，我一猫进车就迫不及待地把吉先生的名片递给司机，谁想那个司机已经是个老眼昏花的人了，那名片看也是白看。嗨，这么老了，不在暖暖的被窝里睡觉，却还要在这样的雨夜里辛劳，是为了生活？还是出于别的什么？不懂，我们无从沟通，可我又怎能相信他呢？他会不会兜圈子骗取车费呢？容不得我多想，我掏出手机给吉先生打去，吉先生跟司机在电话里咕哝咕哝说了一通，司机便带着我飞驰而去。

雨水唰唰唰地在挡风玻璃上流淌，我的视线已模糊一片。

也不知兜了多大一圈，司机在一个路边把我放下，我以为是到了吉先生家，不对呀，根本就不是，糟糕，上那个司机老家伙的当了。这个老家伙，果然是兜圈子骗钱，呸！

这下子我彻底迷路了。

雨哗啦哗啦下着，我又打电话问吉先生，他也无法判定我此时究竟身在何方。我在空荡荡的街上晃来晃去，当真要成东京的夜游神了。

我沮丧地走进一条小胡同，呵，胡同口拐弯处有个小超市还亮着灯，有个小青年正在超市门口搬运什么。真是天无绝人之路啊，我急忙向那个正在搬东西的小青年走去，我把吉先生的名片递过去给他："你知道这个地方怎么走吗？"

小青年先是一愣，接过名片看了看，然后不好意思地对我咕哝了两句。

我说我听不懂。他立刻叫来店里的另一个年轻人，那年轻人看了看名片，就用手对着胡同跟我比画了起来，我知道他是想告诉我应该怎么走、怎么拐才能到达我要去的地方。

可是我看了看那幽深的胡同，还是摇了摇头。我又做了个握笔作画的手势对他说："你能不能用笔画啊？"

这招果然不错，他立刻走向柜台拿了张小纸片，在上面画了起来。

我看他先写了一个"店"字。呵，他会写汉字？接着他把"店"字又用口字框住，然后再画上斜线，从"店"字又延伸出去画了一条长长的胡同，中间有个十字路口，顺着箭头的方向再左拐，又写了"警察"两字，"警察"下面还写了个"闻"字。

他让我顺着胡同走，穿过十字路口，而后在拐弯处的警署找警察问问。两个年轻人差不多都二十岁上下，他们在店门口目送我走远。

走了十来步，我警惕地回头望了一下，昏暗中那两青年还在窃窃私语，我不免又心生疑窦：他们会不会也在欺骗我？

我小心地在胡同里穿行，按图索骥，果然有个十字路口，呵，看来年轻人还算诚实。过了十字路口，又拐了个弯，果然看到一个警署，对了，吉先生家就是从警署旁边的那条路进去的呀。

这么说来那个老头子司机也是诚实可靠的了，虽然没送我到吉先生家门口，可方位还是准确的，呵呵，真不好意思，刚才还错怪了他。

这一晚，我无意中如此近距离地感受着日本普通老百姓的真挚与朴实，虽然迷了路，受了点虚惊，却也颇有所获，至少我看到了日本老百姓真实善良的一面。

回到家已是午夜，吉先生也刚刚下班，看来他和那些上班族一样也很辛苦。他看了看我手中那张超市小青年画的“地图”，不解地问：“你怎么会拿我的名片去问呢？那上面的地址是我们报社的地址，方向相反啊。”天哪，我真晕乎啊，可那年轻人的确是按名片上的地址画的呀。

吉先生琢磨琢磨，乐了：“呵呵，是你把‘图’拿反了呀。”

涉谷看神狗

看来运气还不错，绕来绕去我总能碰到好人，不过话说回来，虽然是有惊无险，不免还是有点后怕，谁知道日本这个社会到底安全还是不安全。吉先生说日本是全世界犯罪率最低的国家，但并不等于没有犯罪啊，还是悠着点儿吧。

琳是吉先生的夫人，刚当妈妈不久，留着一头短披肩发，稚气的脸上总是漾着幸福的笑容，笑起来咯咯咯地像铃铛一样好听。我说她长得像邓丽君，她又是哈哈哈地欢笑不止，今儿个她没有班便邀我一起去涉谷。

涉谷是个什么地方？琳说涉谷是个各种时髦及流行的最大发源地，各种各样的流行文化都起源于涉谷大街而流行于世，包括服饰、生活模式及性爱观念。在那里，有 NHK 电视摄影录影转播大厦，有新兴文化信息源的 Bunkamura，有适合上流人士的新购物区 MARK CITY，有游客整天待在里面也不感到厌倦的唱片大楼，有挤满时尚流行敏感人士的 PARCO，还有涩谷街头周末年轻人的大型狂欢活动……

这是一个生机勃勃的地方。

然而，琳的一则《涉谷神狗》的故事更深深地打动了我。

那叫Hachiko的涉谷神狗的雕塑高高地站立在热闹的涉谷车站口，我不禁盯着它。琳便开始跟我讲起了它的故事：

这只狗是一位日本教授所养，它每天都准时地在涉谷车站口送迎它的主人上下班，有一天，教授突然生病住院，再也没有回来，这只狗依然每天到涉谷站口等候主人的归来，一等就是十年，天天如此，直到死去。

琳说："这是一个真实的故事。"

狗的忠诚举世公认，而这只狗更是让世人感动，为了纪念它，人们将它的雕像立在涉谷站前的大理石座上，它高高地站立在热闹喧哗的涉谷街头，两眼凝望远方，目光犀利而执着，样子温顺又善良……（这便是感动了无数人的《忠犬八公的故事》）

Hachiko狗雕塑前方交叉路口是一个拥有超大型多面银幕的综合大厦"QFRONT"，这是涉谷的标志性建筑，但琳没有把这个标志性建筑作为背景，而是把Hachiko狗雕像作为背景为我拍了张照，她说这是一只"神狗"。

人类需要忠诚，所以养狗，甚至爱狗胜过爱人。我把包就地一放，登上了涉谷神狗雕像的底座，想让琳为我再拍一张，刚刚站好，我又下意识地瞄了一眼放在地上的包：会不会有人抢包？不行，我还是把包拎上吧，挎上包照相，笑容会更加灿烂些！

相刚照完，包里的手机突然响了起来，我赶忙打开手机，边接电话边东张西望：会不会有人抢手机？

看我警惕的样子，琳便呵呵呵地笑起来："不用担心啊，在东京很少出现被偷包，也没听说有人抢手机的。"

"哦，是吗？"我觉得有点难堪。

在我看来这世界几乎没有一个国家能够杜绝偷窃和抢劫。

我和琳正边走边聊，忽然眼前有个黑黑的东西在晃动：一个男子的裤子后袋里插着一个黑色西装钱包，长长的钱包有半个还露在口袋的外头，走起路来一扭一扭的十分刺眼。我惊奇地抓住琳的手：“快看，那人的钱包。”

琳也看到了，她笑着说：“东京一些男人就喜欢这样显摆，潇洒呗。”

记得到东京的第二个晚上，我就迫不及待地对吉先生家周围的环境进行观察。那晚，下着雨，我独自一人走下楼来，底楼摆满了自行车和名牌轿车，既没有大门也没有保安，直通前后街道和路口。当时我就纳闷：这要是行窃不是很方便吗？他们怎么能这样不设防呢？我在车库里转来转去，正想不通，却见一个女中学生骑着自行车急匆匆地闯进来，看也没看我一眼，就把车子往一排自行车的空隙中一推，连锁也不锁就向楼上跑去，我差点儿叫起来：“嘿，小妹妹，你的车没锁啊。”我撑着雨伞在夜幕中挨家挨户地看过去，很奇怪，他们没有一家安装防盗网，有的门前矮矮的围栏也只是装饰而已，稍微一跳就能进去。当时我就想，这些东京人怎么全然没有戒备之心，是什么让他们对生活如此洒脱无忧？

这一切跟那只忠诚的“涉谷神狗”有关联吗？或许吧。

大塚站索图

我没想到，在豊島区迷路竟然是因为电车站的出口出错了。大塚站有两个出口，吉先生早上带我走的是北口，而我晚上出来的却是南口，南辕北辙。

不过人有时候犯点错误还是有好处的，第四天我便让自己“单飞”了。在一个陌生的国度，我独自一个人，既不认识路，也不会语言，我敢放自己“单飞”，这个决心也不是随便下的。

这天我想去东京市中心的皇居走走，虽然对行动路线一无所知，也知道错误是不能重复的，但在这个快乐的早晨，我还是背起了双肩包，独自向皇居出发。

我站在大塚站值班员窗口处，向里面微微一笑。

一个高个子值班员立即也微笑着站了起来，他那标准的形体语言加上我听不懂的问话，似乎是在说：“需要什么帮助吗？”

我对他说：“你给我一支笔和一张纸好吗？”我做着写的动作。自从那天晚上迷了路，我便知道在东京用什么方式问路是最好的了。

那值班员蛮聪明，立刻从桌旁拿了早就备在那里的纸和笔给我。

方方正正的小纸片不过巴掌大小，背面已经使用过了，我看到上面写着“大塚站报”。我在空白纸上写了“皇居”两个字，用笔点了点，问值班员：“你能告诉我这个地方怎么走吗？”我不知道日文中有没有“皇居”这两个汉字，万一没有，那不是“对牛写字”吗？

他看了看我写的，便在旁边写了下面几行字：

JR→东京站 TOKYO

步→5分

190円（注：这个像丹字的是日币单位）。

然后，他又拿了一张新的同样规格大小的纸片端端正正地写上：

丸之内中央口

MARUNOUCHI

这后一张纸上写的就是东京站往皇居的出口。这东京站是个大站，出口可就远不止两个了，这一补充纸条正是我所需要的。

他一笔一画地写着，字迹工整漂亮，所示也一目了然。我真的很吃惊，这些日本人的汉字怎么一个比一个写得好呢？相比之下，我那“皇居”两个字就有点不好意思了。

到此我本该可以走了，但我没走，他也依然站在窗口那儿笑着等待，等待我还有什么需要他的帮助。我想更明确些，又在纸上从下面的“190円”向上“东京站”画了条竖的箭号线，问：“是不是到东京站要190円？”

他拿去我手上的笔，从“东京站”向下“190円”画了条相反的箭头。呵，那还不是一样吗？我问190日元可以到东京站吗？他的回答是到东京站要190日元，箭头表示却完全相反。就这么丁点儿小事儿，他竟然不厌其烦也要表达得缜密无误。

在去东京站的电车上，我又展开那两张大塚站值班员画的“地图”，心想：这只是一件微不足道的小事，而那值班员却是这么的认真。忍不住又想了起来。

想起前天，我跟吉先生去打的，还没坐上车，吉先生就对司机说：“丝米马赛”。听他拖得长长的尾音，我觉得好笑，便问：“这话什么意思啊？”吉先生说是“对不起”的意思。为什么要跟司机说对不起呢？我们拿钱去打车，却还要跟他说对不起。可是吉先生说，这是一种打招呼的意思，是礼貌。呵，我真的不以为然，打招呼就打招呼呗，何必说对不起，像我们中国人说“你好”、美国人说“Hello”，不是感觉挺好嘛？

还有昨天，我跟平生去麦当劳，我们俩不知怎么坐就坐在了一个装垃圾的柜子对面，眼看着一个个顾客吃完端着盘子到对面按照可燃的、不可燃的和液体的分类把吃剩的东西放进去，觉得很奇怪，不是说顾客是上帝吗？我们来吃饭还要自己做这么多麻烦事儿，那还要服务小姐干吗呢？可是你们大家看啊，那一个个的“上帝”绝对是心甘情愿的，没有一点声音、没有一丝抱怨地把该做的事情做完，然后开门走人。我本想吃完一拍屁股就走的，实在不好意思，只好也老老实实地端着盘子去做自己该做的。

到底还是认真地生活着好，到东京才几天，吉先生在巢鸭街漫步时所说的话我已有所感受和体验，所遇到的都是些平常小事，但件件小事都令我新奇和震动。或许因为这是一个制造“傻瓜机”的国家，他们把整个社会生活也“格式化”了，只要你认真运行于这套“社会管理程序”中，你便能轻松地享受生活。不信你看：电车二十四小时运行一秒不差地在你面前停下来，你是不是觉得方便可靠？到处干干净净鞋没灰衣不脏，你是不是觉得惬意享受？大家客客气气不脸红脖子粗不偷不抢不乱，你是不是觉得少了许多烦恼和顾虑？想想吧，也许这就是“认真”带给我们社会生活的种种好处。

皇居遇新人

到哪儿我都喜欢看皇宫，日本皇居也不例外。

我走出丸之内中央口，沿大马路而去，按五分钟路程，经过和田仓门、和田仓桥，便到了皇居前广场。我看着手上的“地图”，心里着实感谢那位认真的大塚站值班员。

朝右手的方向是大喷水广场，喷泉翻腾，鲜花盛开，游人却很少。我在一块不太显眼的赭红色石碑前停了下来，上面写着：“太子殿下结婚纪念”。呵，好像有点皇气袭来，原来这里是皇太子结婚典礼的地方，想象那白色的婚纱在喷泉边飘然而过，应该很美妙。我对日本皇室没什么了解，不过这里已经开放给公众了。

朝左手的方向和大喷水广场相应对的，是看不到边的北之丸公园，那里种植着很多姿态生动、高矮一样的松树，松木林立，绿草茵茵，两排木椅在开阔的绿色中如抛物线般向远方蜿蜒……

正面是东御苑，那是皇室居住的地方。

我晃悠晃悠边走边看，想象着日本皇宫会是一个什么模样儿，却见一队韩国旅游团在我面前浩浩荡荡地向东御苑走去，队伍中女性多于男性，她们打扮入时，顾盼生辉，高昂着头，脸上好像还挂着一丝挑衅的神情：怎么地，我们也到你皇居来走一走，解解气。

我在后面看得真切，便跟着她们穿过护城河，从北桔桥门进入东御苑，门口发给每人一个牌子，我们大家便可以在里面自由地穿梭游逛了。

东御苑四周石墙高筑，苑内有树木、鲜花、屋宇，粉红色杜鹃花织锦般铺在道路两旁，绿树在初夏的阳光下跳动着丛丛新绿，各国游客闲散地漫步苑中……

我们随意游览，没什么特别的路线，走在里面感觉和普通公园并没什么两样，只是走过那些同心番所、百人番所，踱步上天守台时，感觉那建筑像我们战国时期的风格。他们说这是日本旧江户城的遗址，天皇居所就在旁边。我张望一番，好像没什么特别的感觉。

我在花荫路旁找了个木椅坐下，想着这皇居虽然是地处喧哗的东京都中心，却是一处难得的安静之所，静静地展现着皇室的华美与大气。突然，树丛中"呱呱"两声惨叫，像是哪个人遭遇劫杀一般，简直令人毛骨悚然，哎呀，原来是乌鸦！真是奇怪，东京的乌鸦多得满天飞，他们怎么能容忍这么多的乌鸦呢？而且还管乌鸦叫"喜鹊"，这哪儿跟哪儿啊？

我又踱回绿色的北之丸公园，这里太安静了，如此大的公园里只有零零星星几个人。人们都上哪儿去了呢？东京人真的都是工作狂吗？忽然我又觉得他们这种被"格式化"了的社会生活未免又过于冷静和理性，缺乏生活应有的浪漫和激情，你看，这会儿我倒是希望东京的街头上有人大吵一架，把冰冷的东京给搅活起来……

我又漫步到喷泉广场，站在那块刻有"太子殿下结婚纪念"的赭红色石碑前，对了，他们的纪宫清子公主也要结婚了，不同的是她要嫁给一个叫黑田庆树的平民。在日本，皇室公主和普通市民结婚，这还是头一次，清子将得到爱情和家庭，但也将失去皇族的身份，变成一个平民——黑田清子。不过，不管怎么说，清子是勇敢的，我祝福她！

忽然我的身后传来阵阵笑声，回头望去，在广场另一头那个有着巨大透明落地窗的和田仓餐厅里人影绰绰。夕阳下，一对新人正在餐厅外拍婚照呢，笑声正是从新娘那儿传过来的。

远远望去，新郎穿一身深色西装，怀里抱着披着白色婚纱的新娘正在摆POSE，看得出新郎他已经累得有点幸福地小喘儿了，啊哈。但见摄影师拿着照相机和三角架忙得不亦乐乎，给新人左照右照上照下照坐着照抱着照，非得给他们照出个一辈子难忘的镜头不可；一个年轻的女助手拿着反光板一会儿站一会儿蹲一会儿弯腰一会儿举起，非得把新人最灿烂的笑容呈现得更光彩照人不可；亲友们一旁或坐或站或说或看，非得要好好分享一番新人最幸福的时刻不可。

呵，我也自是喜上心头，从大老远的中国来到东京，在这一时空交错的叉点上看到了一对新人的婚礼，这不是福分又是什么呢？

夜幕降临，我站在那有着巨大透明落地窗的和田仓餐厅前，静静欣赏着这场异国的婚礼：和田仓餐厅里灯火辉煌、宾朋满座，桌上杯盘碗盏闪烁光辉，嘉宾个个西装革履彬彬有礼，还有身穿喜庆彩服的四位姑娘为新人跳着祝福的舞蹈，新郎新娘手捧鲜花站在双方父母之间，脸上溢满幸福的微笑……

看到这样幸福喜庆的场面，我心里自然也很感动，这世界无论在哪个国家，无论什么样的婚礼形式，无论是皇族还是平民，幸福的感觉都是一样的，都是令人难以忘怀的，可喜的是这太子殿下大婚的地方，如今已成了日本青年婚庆的最佳选择，普通民众也能享受到皇室的尊贵，怎么说都值得赞美。

像戏剧的收尾一样，但见巨大的和田仓餐厅透明的落地窗上，长长的窗帘徐徐落下……

新人，意味着新生活的开始；

新人，意味着新生命的诞生；

新人，意味着新希望的孕育。

不论中日两国文化背景有多么不同、不论两个民族存在多么大的纷争，对新人的祝福都是一样的，对和平友好的渴求都是相同的。

目黑见博司

如果上世纪挑起战争的人能看到今天的世界，他们会不会改变想法呢？历史不会重演，但这个世界却要继续承载着战争留下的种种创痛。

朋友叶霊的独子龟山博司，住在东京目黑，今年算来应该有十四岁了。临行前，叶霊一再交代我要替她去看望她在东京的儿子博司，这当然，我也很爱博司。

第一次看到博司是在中国的机场。那天我和叶霊去机场接他的时候，他还躺在小推车里呢，嘴里咬着奶瓶，眼睛瞪得又大又圆。我拿着一把绿色小水枪在他眼前晃来晃去逗他，他便把小手伸了过来，嘴里还不停地“啊、啊”，那年他两岁。

博司的母亲叶霊是我的好朋友，她是个漂亮又任性的女子，高高的个子，雪白的肌肤，一张欧式的脸美丽而生动，满头栗发夹杂着几缕抽染的金发往后梳成桂子，浑身上下散发着新潮时尚的气息，第一次见到她，我就被她的美貌所折服。那是九十年代初的事情，中国改革开放最关键的时期，刚满三十岁的叶霊，满腔热情地从日本回到国内，看她的样子是想轰轰烈烈地干一番事业，当时我就很不解，在日本当个舒舒服服的太太不好吗？

博司的外公有五个女儿，叶霊排行老小，最受老外公的疼爱。可是没想到，这个不安分的小女儿竟然一声不吭地就跑到日本去，听说还要跟日本的龟山先生结婚，把老爷子给气的："什么？你跟谁结婚？"我们都知道老爷子扛过"三八枪"，是个老八路，抗日战争的时候是个游击队长，他坚决反对这门亲事。

可是叶霊就是叶霊，在日本就把婚给结了，回到家还跟老爷子说龟山先生是日本共产党。嗯哼，日本共产党？老爷子一听"共产党"三个字，立刻咧开大嘴，笑哈哈地对叶霊说，那还差不多，全世界共产党是一家嘛，无产阶级只有解放全人类才能最后解放自己，好啊，呵呵呵，好啊，赶紧生个小外甥，接咱共产主义的班。

博司到中国的第一天，叶霊就因急事把他交给了我，这便有了我们俩的"中日冲突"。他在我家里只顾着玩那把绿色小水枪，东"吱"一下，西"吱"一下，玩得开心。这个小老外倒也不怕生，我便安心去干自己的活去。不知啥时候他跑到了我的身后，突然开口问我："那尼？"什么"那尼"？我急转身看见他的小手指着屋顶上的吊扇，眼睛直溜溜地望着我。

呵，这不是吊扇吗，没见过？嗯，毕竟是小老外，怎么地我也要好好地回答他。想了想，有了，电影《地道战》《地雷战》里不是有几句日语吗，挑一句最短的应付他一下。我一手卡腰一手指着吊扇，瓮声瓮气地对他说："嗯，八嘎。"

其实"八嘎"是什么意思我一点不懂，没想我话音刚落，就见博司圆瞪双眼，眼里放射出愤怒的光芒。这真出乎我的意料，怎么一句话就得罪了这个小家伙呢，看来这话不好使。

一会儿，小家伙又指着搁在一边的扫帚问我："那尼？"

又是"那尼"，真是哪壶不开提哪壶，没辙，我不得不再一次轻轻回答他："八嘎。"

后来我才知道这个连两岁孩子都会愤怒的话的确是会引起"外

交纠纷”的，现如今和平年代是不可以乱说乱用的，呵呵。

博司果然聪明，不到一个月，他已经能用简单的中文和大家对话了。当然，我最喜欢的还是他身上那些咱中国独生子女所没有的好性格。别看他小，摔倒了不哭，吃饭自己来，开冰箱，喝冰水，根本不用担心他会肚子痛。我常常说叶霊带孩子粗心，可叶霊说培养孩子的好性格才是最重要的。看来，她是对的。

第一次看到博司哭，那是在他三岁多的时候，那次他哭得非常伤心。那天叶霊有应酬，拖着我一起去卡拉OK，到深夜我们才回来，刚走进大院，黑暗中就见操场中央有一团黑乎乎的东西，近前一看，原来是博司。他不去睡觉，却双手叉着腰，气乎乎地坐在一个篮球上，那架势好像要等我们到天亮。可是当他一见到我们，哪里还有气，“哇”一声冲过来抱住叶霊：“妈妈。”叶霊干事业果真是不容易啊。

孩子毕竟需要温暖需要亲情，好性格的养成也要有爱的滋润。不知不觉博司已经长到四岁，大人们喜欢他，孩子们羡慕他，日本有个家，中国有个家，想要啥就有啥，他是个多么幸福的孩子啊。可是有一天，我突然听到他声嘶力竭地唱道：“爸爸一个家，妈妈一个家，留下我一个，这到底是为什么？爸爸呀，妈妈呀……”天哪，我正忙着呢，竟被他的歌声给吓住了：这叫什么歌啊，怎么唱得如此催人泪下？

博司的童年在中国度过，快乐还是不快乐只有他自己知道，童年的记忆总是刻骨铭心。

博司七岁那年被亀山先生接回日本读书，我就再也没见过他了。

他现在生活幸福吗？

他是否还记得那快乐或者说有点忧伤的童年？

他还在唱着那首让人心碎的歌吗？

应亀山先生之约，下午五点我和儿子一起到了目黑他的家。

亀山先生在自己家的门口迎接我们。那是一幢三层楼的小院，院内有个小花园，花园似乎缺少整理，有点凌乱。龟山先生操着一口带闽南腔的汉语，听起来依然那么亲切而有趣，只是他的耳鬓多了几根白发，额上多了些皱纹。他朝楼上叫了一声："博司。"只见一个男孩从楼上直奔下来。

眼前的博司已经是一个大男孩儿了，高高的个子，穿一身藏青色校服，领口紧闭，他对我微微一笑，便在龟山先生的旁边坐了下来，全然没了小时候的活泼劲儿。

龟山先生给我们斟上茶，便唠唠叨叨地说起他们的琐琐碎碎的生活，谈得最多的当然还是博司的学习和生活。博司坐在一边不言不语，脸上也少了许多稚气的笑容。嗨，看来这家里没个女人还真是不像家啊，我心里有点责备叶霊。

博司一直没开口说话，最让我感到吃惊的还是他那双会说话的眼睛，如今变得忧郁感伤而深不可测。嗨，如果叶霊在这里，也许博司不是这个样子。

我看了看博司校服领口上的领花，知道他已经是个初中二年级的学生，这军衔一样的领花，又让我想起博司小时候的一件趣事：

那年博司刚满五岁，叶霊就送他去上小学，博司看见同学们一个个都戴着红领巾，便也吵吵闹闹嚷着要。叶霊只好去买了一条给他戴上，记得那红领巾还是绸的。博司戴着红领巾，欢天喜地地跑来向我炫耀："看，我戴红领巾了！"那小脸蛋兴奋得就像红领巾一样红扑扑的。

我惊奇地看着他，一个日本小孩子带着红领巾怎么说都觉得有点怪怪的，但这又有什么呢？他不也是咱革命的后代吗？我高兴地对他说："博司真神气！"我蹲下身来，看着他那双闪亮的眼睛问："你对红旗宣誓了吗？"

"没有啊。"博司摇摇头，我忽然觉得自己说漏嘴了。博司眼睛一转对我说："妈妈说红领巾是红旗的一角，是先烈们用鲜血换来的。”那是一张稚气的脸，从他口中说出了他并不很明白的话。

我赶忙帮他整了整红领巾，说：“是的，是的，你真是一个好孩子，革命的接班人呀。”

转眼已经过去那么多年，眼前的博司不再是那个天真无邪的小男孩儿了，浓浓的眉毛，浅浅的小胡子，还有那双深潭般的眼睛，那眼里总有一丝哀怨之情在游离闪烁……

龟山先生邀请我们去KTV，记得每次他从日本到中国最喜欢去的地方就是卡拉OK，而且他会唱很多的红色歌曲，什么《南泥湾》《谁不说俺家乡好》《北京的金山上》，都是他最爱唱也最爱听的歌，每次听别人唱他总是第一个热烈地鼓掌，也许龟山老先生真的是共产党？那时候的博司总是跟在我们身边唱啊跳啊，字还咬不清楚就会含含糊糊地唱着《我们是共产主义接班人》，我不知道今天博司是否还会唱这首歌？

在KTV里，博司还是沉默不语，不过忧郁的眼里似乎有了一丝快乐的亮光。我鼓励他：“唱一首吧，你小时候很会唱啊。”

博司微笑着拿起了麦克风，歌声低沉，缓缓流淌，他唱的是一首日语歌曲：《世界只有一朵的花》。

我听不懂歌词意思，可我听得出那歌的沉重。世上只有一朵的花，难道是一朵孤单的花？为什么我听起来会觉得这么的悲凉呢？

我为博司要了杯饮料，他啜了一口，神情又开始忧郁。我忍不住问他：“你不快乐吗？”

博司抿了抿嘴，望着手中的饮料，答非所问道：“爸爸爱日本，妈妈爱中国。”

“那不是很好吗？”

“中国不好，日本也不好。”

天哪！

我晕倒。

川口小伊藤

《世界只有一朵的花》是日本的一首反战歌曲，作者大约在上世纪六十年代创作，歌曲向人们传达的意思是：每个人都是世界上唯一的，如果所有人都能爱惜自己，也许这世上就不会有战争了。

战争，战争，战争这个恶魔，把全世界都带入了痛苦的深渊。我并不想在这里重提可恶的战争，但还是想起了梭罗在《瓦尔登湖》里对“蚂蚁之战”的描述：

> 这是两个蚁民族自相残杀的战争。
>
> 大地上已经满布了黑的和红的死者和将死者……
>
> 红蚂蚁咬住黑蚂蚁的脑门不放，黑蚂蚁却把红蚂蚁从一边到另一边地甩来甩去……好像它们是人一样，为了原则而战争……
>
> 红蚂蚁猛咬敌人前腿的附近，又咬断了它剩下的触须，它自己的胸部却完全给那个黑色战士撕掉了，露出了内脏……而黑色战士没有了触须，而且只存一条腿的残余部分，在这残废的状态下，它爬过了窗槛……

人类战争和蚁民族战争有什么不同么？而战争留下的创伤和阴影就更加致命了。

朋友高宁十多年前去了日本，现住川口，我来东京时，她刚好带着两个小不点儿回中国去了，我们擦肩而过。高宁和一个叫伊藤的日本青年结婚，他们有两个可爱的孩子，男孩儿名叫伊藤威，女孩儿名叫伊藤遥。兄妹俩三年前都来过中国，那时伊藤威五岁，胖胖憨憨的，只会唱日本国歌；伊藤遥三岁，瘦小而机灵，只会唱中国国歌。两兄妹虽然都唱得叽叽歪歪，却都唱得极其认真，你哼一句我吼一段，在一旁的高宁和伊藤先生总是笑眯眯地看着他们闹腾，似乎忘了自己身在中国还是日本了。

记得那天高宁带着在中国待了半个多月的伊藤威和伊藤遥要回日本去，我和叶霊便到机场去送行，恰巧朋友平生也带着六岁的儿子宝宝要去日本，宝宝见到我就跑了过来。

我突然想跟宝宝开个玩笑，便指着伊藤遥跟宝宝说："宝宝，你看哦，这可是个机器人，我手一摁，她就会唱国歌的。"

宝宝歪歪头不信："骗人。"但他还是很认真地打量着伊藤遥。伊藤遥不说话，身子一动也不动，黄黄卷卷的头发披到肩下，眼睛又圆又亮，一对长长黑黑的睫毛，怎么看怎么像个机器人。

我对宝宝说："我摁开关了啊。"

我在伊藤遥的后腰摁了一下，伊藤遥果然大声地唱起来："起来，不愿做奴隶的人们……"把宝宝给吓了一跳，他愣了愣，便迟迟疑疑地走到伊藤遥的身后，在她后腰处寻找起开关。我忍不住哈哈大笑起来："宝宝上当啰。"

说来有趣，因为伊藤威和伊藤遥兄妹俩儿只会唱各自的国歌，我就经常逗他们唱，伊藤遥比哥哥伊藤威唱得好，虽然她是啥也不懂，可是唱起国歌来那是完全自动化了。

这些孩子多么单纯又多么可爱，他们是不是中国的未来？他们

是不是日本的未来？

我眼前常常会出现龟山博司和伊藤兄妹的身影，他们是聪明美丽的结合，又是复杂忧郁的个体，他们的成长沐浴在多元文化中，又沉浸在无法摆脱的阴霾里，他们的一生该怎样成长？他们的世界该怎样面对？他们的道路该怎样选择？我真希望能听到他们幸福的呼喊：

我们爱中国！我们爱日本！

杉并老房东

真是割不断理还乱啊，我在东京，心情总是明亮不起来。

昨天下午，我在大久保的一条胡同里昏昏沉沉地走着，忽然有个红色的门牌吸引了我，上前一看，那是一面日本政府授予的战争荣誉标志的门牌，门牌不大，上面的字却很显眼。我心想这家人一定与众不同，便好奇地从门缝往里瞧，奇怪，里面已经荒凉，院落破旧不堪，花园杂草丛生，蛛网飘飘，冷风飕飕……

有点阴森森的恐怖，吓得我后退数步慌乱而逃。

晚上我便做起了噩梦，梦见一个十七八岁的日本兵，从大久保那扇有着荣誉称号的门里探出身来，露出一副孩子般天真的笑容，他对我说他是徐福带去的三千童男童女的后代，他说他喜欢中国，他想去中国。我的天，吓得我醒来一身冷汗。

今晚吉先生难得休息在家，我们边喝茶边看电视，我把昨天在大久保看到的情况和晚上做梦的情景跟他说了，不免还有些心悸和难过。我对吉先生说："中国、日本是邻居，本该友好相处啊。"

"准确的说，中国和日本是师生。"吉先生纠正我，似乎他另有说法。

"怎么说？"我心想，当然我们是老师，日本是学生啰。

可是吉先生说："一百年以前中国是日本的老师，这一百年日本是中国的老师。"

嗯，这说法好像有一定道理。我说："有'他们偷我们文字'之说啊。"

"我们也有'拿来主义'。"吉先生依然笑着回答我。

说起文字，倒是让我想起了老家赤岸和日本的一段生死之缘。在日本，有一个唐三藏一样的人物，孔子一样的圣人，叫做空海法师，他的伟大成就是传真创假，传真言，就是把密宗从中国传到日本；创假名，就是参照汉字中草书的形式，创造平假名，从而统一了日本的文字。据史料记载，空海法师是在唐贞元二十年，即公元804年，当时他32岁，跟随日本第十七次遣唐使船到长安入唐求法，不幸途中遇上台风，船毁人翻，在海上漂流了34天，漂到赤岸已是奄奄一息，是赤岸的人民救起了他，并安顿于家乡的"建善寺"中，后经官府"验明正身"前往长安。如今每年3月还有不少日本的信徒寻踪追迹到赤岸参拜访问，他们说感谢赤岸，感谢中国。

我想这是他们的真感情吧，如果当时空海法师没被救起来，谁能想象今天的日本会是个什么样子呢？

当然，日本这个民族是个善于学习的民族，没有空海法师也会有其他的人前赴后继，这是日本民族发展的历史必然。这次我到东京，看到日文并不完全是汉字的组合，而是中文、英文、法文、德文的优化组合，可见这个"拿"的概念已大大地扩展了它的外延。

在这一点上，他们的确值得我们学习。

我很欣赏鲁迅先生的"拿来主义"精神，可是想想我们究竟"拿"了人家什么呢？圈圈点点也有不少头面人物，细细数数印象又不太深刻，是人家没什么可"拿"吗？还是我们不善于"拿"？曾几何时"FJ"——中国最早的中日合资企业福日电视机厂，让我们大家在一片茫然空白中最早享受到高科技现代化的滋味，再看看现在的“FJ”，命运堪忧。

我们的孩子一批批步前辈的后尘也来“拿”了，但不知道他们能“拿”到什么？也不知道他们能“拿”到多少？更不知道他们有多少空海的精神？

儿和同学们住在杉并，我便去看望他们。

杉并的大院里停了几辆自行车，估计那都是同学们的，一层的窗外挂满了洗晒的衣服裤子，不用说窗户里面一定是同学们的宿舍。正如我所料，眼前景象是那么的熟悉，就像国内学校里男生宿舍一样，杂乱无章，刚巧同学们放学回来，更是有点乱哄哄的了。

我环视了一圈，屋里上下铺六张，除一个下铺放置大家的箱子外，其余五张都住了人。看来不错，孩子们似乎很适应这样的环境，像在自己家里一样自在不拘。

同学们看见我很高兴，同学A洗了两个西红柿递给我，同学B递给我一包纸巾，同学C端来宿舍唯一的一张凳子让我坐。我把同学们一一看过，个个都很棒，高高的个子，健康的肌肤，讲起普通话来纯正又好听，反倒是我好像听到了乡音一样亲切和激动。

这时，一个老头儿走进屋来，他跟同学们有说有笑，看上去蛮亲热。同学们一边跟他聊着天，一边从各自的钱包里拿出日币递给他。

同学A告诉我，这是他们的房东，是来收租的。

哦，是个土财主。我悄悄打量着他：大约五十来岁，中等个子，穿着俭朴，满脸笑容，看上去是一个很普通很和气的日本老头儿。

同学们和老房东叽里呱啦说得热闹，老房东拿了钱也没有要走的意思，话却越说越激动。奇怪，孩子们跟这个日本老头儿怎么会有那么多话呢？

老头子终于高高兴兴地走了，当然，他今天又有收入啊，我眼见他收了10万的日币，他怎能不笑啊？

“你们刚才跟那个日本老头子说什么来着，那么热闹？”我问同学。

同学说：“老头子说他很想去中国旅游，但又怕到中国会被扔石头，又不敢去。”

呵呵呵……

我尴尬的笑声里带几分酸楚。

银座新议员

白天，我独自去了一趟银座。

“银座，就是银的座位”，这是日本人对“银座”地名儿率真直白又充满诱惑的解读。高楼林立，人流涌动，商铺毗连，物源丰富；这里有世界最著名的名牌商品专卖店，也有几百年前的日本老铺；有最具现代文明特征的现代化楼群，也有最能代表古国文化特征的国粹场所……

真有点眼花缭乱，我漫无目的地走着，忽然街上响起喇叭声，还有人在喇叭里大声说话。奇怪，这在东京是不允许的呀，有什么重大情况吗？我回头望去，只见街心十字路口的一端，停着一辆宣传车，车顶上站着四个西装革履一本正经的年轻人，他们的年龄大约都在三十来岁。不至于在东京街头“走江湖”吧？

我觉着奇怪，便就着街边的石凳坐了下来。细看那辆宣传车，前面立着两幅一人高的易拉宝宣传画，每幅画上都印着十二个人头像，我依然想象不出他们究竟要干什么。

我盯着眼前将要发生的一切，没注意身后有个穿黑色西服的年轻人向我递来一张宣传单，我以为是什么广告呢，拿在手上斜眼一瞄，呵，上面赫然印着宣传车前易拉宝上那二十四个人的头像。

有点意思。

我拿着宣传单，左瞧瞧右瞧瞧颠来倒去反复地瞧，专找那字里行间的汉字琢磨，总算闹明白了：这是一张竞选宣传单，上面那二十四个人的头像正是日本参众两院的议员，下面还附有他们各自的简历。

看来今天是撞到枪口上了，咱口口声声不过问政治，可是政治这东西偏偏是无处不在啊，这个资本主义国家三年一次的竞选活动竟然就在咱的眼前拉开了序幕，这热闹还非看不可了。

忽然想起前几天走街串巷时的确看到不少日本各党派张贴的竞选宣传单，当时也以为是电影广告，后来才看清上面有“公明党”、“民主党”、“日本共产党”等字样和参选者的图片，不知今天在这里的是哪个党。

宣传车上年轻的政客们一个个轮番演讲，夕阳照耀着他们，有点睁不开眼，不过这并不影响他们抑扬顿挫慷慨激昂的表演激情，那情景就好像他们的面前有千军万马似的。

其实，在宣传车前川流不息匆匆而过的人群中，并没有什么人因为竞选演说而停止脚下的步伐，演说的人也没有因为人们对他们无动于衷、视若无睹而中断演说，该赶路的赶路，该演说的演说，该干嘛的干嘛。只有街旁花花绿绿的广告旗今天显得格外夺目。

我坐那儿听了大半天，也没搞懂今天在台上表演的“主角”究竟是什么人，翻来覆去地看着手中的宣传单，除了上面那二十四张面孔清晰可辨外，一段宣传文字也难看出什么来。

演讲终于结束，我一直看到最后一个演说的年轻人走下宣传车，他走到路边的群众中，向在场的群众握手致谢。呵，果然是个小政客，表情和善、举止大方、风度优雅，从简历上看，他还是个新议员，上面写着“当1”，而老点儿的议员都“当3”、“当5”了。

他注意到我了。当然，我是个“忠实”的听众啊，他不会没有看到，虽然我一句话也没听懂。

年轻的议员走到我面前，和我握了握手，用日语跟我说起话来，大约是表示感谢吧。我虽然没能听懂，但我还是庄重地对他微笑道："Chinese"。在这特定的时间特定的场合特定的人物面前，我要用他听得懂的语言告诉他：我是中国人。

他一愣，立马改用英语跟我说话。我一紧张，赶紧用手比比他，又比比自己，再比比照相机。他明白了，向那个给我送传单的小伙子招了招手，小伙子"咔嚓"一声，便帮我们照了一张。

看着年轻议员的笑脸，我心里也不是没有想法，战争已经过去半个多世纪了，这些年轻人对那次战争会持怎样的态度呢？对中日关系又会有怎样的想法呢？记得吉先生说过："日本现在年轻的一代对战争的认识是模糊的，他们不愿意承担上辈人留下的战争包袱。"这是日本普通的年轻人所持的态度，而眼前是年轻的议员，是搞政治的，他一定会有自己鲜明的政治态度才是。我不知道年轻议员的名字，我们也无法交流各自的政治观点和对历史的看法，但我真心地希望他能正视历史，为中日两国人民架起一座友谊的桥梁。

日本桥裙子

白天里，偶然看见东京的电视节目正在播放一个以节约为主题的比赛活动（一起看电视的琳向我解释电视画面的内容）。在这个富裕的国度里，看到这样一个类似“传统教育”的电视节目，不能不感到吃惊。“一万日币生活一个月”，这便是这个活动的主题了。一万日币是多少人民币？约合700多元人民币，琳还解说道：“房租不在其中，水电费计算在内，且要保证一定的生活质量。”呵，这真是勉为其难啊，700多元人民币要生活一个月，何况高消费的东京。好吧，现在容我把电视比赛的画面再给大家转播一下：一个又肥又壮的黑人，坐在一个只能容得下他坐的浴盆里，手上拎着一个洒着一点点水的淋浴头，很可笑地洗着澡；另一个是中等身材的白人，也在窄窄的浴盆里做着节水洗澡的滑稽表演。这对黑白裸体的表演看上去很搞笑，不过，一阵哄堂大笑后并不影响节目主题的严肃性和道德感。

看来“教育”也不一定都要绷着脸啊。他们会经常举办类似的“传统教育”活动吗？应该会的。我不禁摸了摸包里头那几张问路时他们画的“地图”，这可是实实在在的啊，这几张只有巴掌大的小纸片，每张纸的背面都是使用过的，但这并不影响他们画“地图”的准确性和实用性，通俗点说他们似乎更注重实际，高尚点说那才是真正的弘扬美德。我不知道他们自己对此会怎么解释，也许他们会说这是认真的生活态度，这是科学的生活方式，这是健康的生活本质……可惜，我没跟他们聊过。

我也和儿子到东京的“百元店”去瞎逛。

日本的“百元店”主要销售日常生活中使用的小商品，商品标价大多不超过一百日元（在日本，一名普通公司职员的月工资约为30万日元，相比之下，100日元是微不足道的），相当于我们的“一元店”，当然，那情形还是不大一样的，“百元店”并非低价低质的代名词，在日本这样一个商品经济高度发达的国家，完善的法律制度与严格的商品检验体系使得假冒伪劣产品几乎无法生存，不要以为“百元店”不值一顾，除了价低质不低外，“百元店”还以每天20种以上的速度推出新商品，物美价廉，连年收入百万元的人也成了“百元店”的常客，更何况儿子他们这些穷学生呢。

不过，到东京我还是想见识一下号称“销金窟”的大商场，便一个人摸索到“日本桥”。这座具有文艺复兴样式的石桥是日本所有道路的起点，是“东京的灵魂”。但今天，我可不是冲这个而来。

日本桥与银座相邻，这一带有很多大型商场，光是浏览商场外的橱窗，那里面的物品和时髦漂亮的“橱窗女郎”，已经够我满眼放光、脚步迟滞了。我正对着橱窗看得入神，忽见橱窗玻璃中映出一对身穿和服的男女，他们正向商场这边走来，我转身看去：呵，好一个年轻漂亮的日本女人，一身艳丽的玫瑰红镶边和服，脚上一双白色袜子，着一双绿色人字拖，手上拎着一只时尚白包，一步一扭，很有点妖冶狐艳。

我心想这套和服至少也要50万日元吧？不知不觉我便跟随而进，左拐右拐，哪知那“妖女”已不知去向。我只好放弃对那“妖女”的跟踪，在商场里闲逛起来。嘿，不错，有一条“Made in

Japan"的裙子在我眼前一亮，就是它了。这裙子虽然不能跟和服相比，可也是货真价实啊，做工考究、花色漂亮、质地纯正，裙形美观，越看越喜欢。到底我也想潇洒一下，买它一条，可语言又不通，我们的买卖竟然卡壳住了。幸好另外一个柜台上有个会说汉语的小姐被请了过来，一问才知道她在上海读过书，我便大胆地对她说："你问问那个小姐能不能砍价啊？"

她连问也不问地微笑着对我摇摇头，用蹩脚的中文回答我："不——行——的。"从她表情看，好像这还价是一件极其丢脸的事。呵，不仅不能砍价，还要在原价上加几百日元的税，真是的。

无话可说，交钱走人吧。

不过话说回来，我还是喜欢这种市场形态，不论低消费还是高消费，商品质量能够保证，这至少让人买得放心用得开心。

中华街馒头

想不出哪个国家能像中国那样用饮食征服全世界，看，哪个国家没有“中华街”、“唐人街”?

周末，吉先生带我去横滨中华街，不用看，我眼前马上呈现出一条亲切熟悉的街景，心中自是生出一团炽烈的热火：中国人不容易啊，硬是在日本打造出一条闻名于世的中华街。

今天同行的还有中国驻日使馆吕参赞的妹妹，她优雅而文静，来日之前是家乡一所日语学校小班的老师。

参赞和吉先生简短交谈后，便把吕小妹交给了我们，微笑着目送我们走进电车站。

好一个年轻、温和、稳重的参赞，我心里这么想着，便又回头看了他一眼。

我和吕小妹自是一见如故，亲不亲，故乡情啊。

也许她想找个合适的话题吧，坐在我身边就开始轻轻抱怨起来：“我哥是个工作狂。”

她一副半真半假的调侃神态，话中带刺却是少不了心疼：“我哥啊，还是使馆的先进分子呢，呵。”交谈中得知吕小妹因嫂嫂身体不好哥哥工作又忙，家中父母放心不下，便派她过来照顾哥嫂。

没想到使馆工作会这么紧张，压力会这么大，真是不说不知道啊。

吕小妹说她来东京已有两个多月了，今天是第一次出门。

哦，这又让我一阵惋惜，她会日语啊，怎么就这般地……当然，如果像我这样“不老实”，我们的吕参赞也许就当不成“先进分子”了，看来哥哥的“军功章”也有妹妹的一半啊，呵呵。我一直微笑地看着吕小妹那张朴实生动的脸。

中午，我们在横滨“中山纪念堂”里用餐，这是吉先生特意安排的，真是一个意外的收获，我可以好好瞻仰一下孙中山先生了。

刚坐下一会儿，就有个老人来到我们中间，吉先生介绍说他是日本“中华和平统一促进会”的会长，名叫陈福坡（吉先生是这个促进会的副会长）。

老人今年81岁，身材魁伟，步履健硕，声音洪亮，神采奕奕，一对浓重的眉毛带几根白色，像个老寿星，却是个真博士。他还常常到国内（包括香港、台湾）讲学，是个和蔼可亲又健谈的老华侨。

面对这样一个老人，我心中充满崇敬，想想有多少海外华人前赴后继为中华民族的振兴和和平统一事业在默默工作啊，心想老人家今天一定会领我们去参观纪念堂，给我们讲讲孙中山。不料老先生说纪念堂在维修，暂时不能参观。

走进横滨中华街，大中华气息扑面而来：古色古香的中国牌楼、香火兴旺的红脸关公、九龙壁、红灯笼，雕龙描凤的店铺里飘出中华料理的阵阵香味……真是集中华之大成啊，走在这里就如同走在咱中国的土地上，那是一种热热闹闹的熟悉和亲切啊。

吉先生说：“这里主要是日本人来旅游的地方。”

果然，街面上摩肩接踵的游客们，绝大部分都是日本的年轻时尚男女。据中华街发展委员会数字显示，每年约有1800多万人来到中华街，而各国观光客最爱去的东京迪斯尼乐园每年的入场人数也不过是 1600 万人，不比不知道，可见这“中华”两个字的分量了。忽然我想起杉并老房东，或许我应该建议孩子们让他们的老房东来这里观光旅游。

我们一边漫步一边观景，心里面很是自豪。

走过街角向左拐，突然看见前面排着长长的队伍，呵，这种场面在日本可是不多见，他们在买啥好东西呢？我们也踮起脚尖向前看，吉先生忙解释道：“这些人在买馒头呢。”

哦，果然是香喷喷的大白馒头！吕小妹兴奋地轻轻叫道：“是咱北方的大馒头！”她的脸因喜悦而放着光彩。

但见路边一对青年男女正慢条斯理地掰着手中又白又胖的大馒头，一口一口斯文地吃着，那神情颇是惬意和享受。呵，也许他们平日里吃日本料理过于精致，突然手上拿这么个大馒头，觉得特过瘾特满足吧。

“是这么回事儿，”吉先生说：“这可是他们平常不容易吃到的中国风味，而且一个馒头就饱了，然后他们就可以到旁边的山下公园啊，横滨码头啊，玩上半天。”

街上这样的馒头店还真不少，小超市里也有包装好的冷馒头供游客们带回去与家人分享。看来这北方的大馒头的确很讨日本人喜欢，我便拿起一包冷馒头仔细瞧：嗯？一个馒头 500 日元！有没有看错哦，一个馒头要 35 元人民币！

“呵呵呵，”我对吕小妹眨了眨眼，竖起大拇指：“了不起啊，我们北方的大馒头！”

吕小妹更开心，她说：“那我们也来这里开馒头店好了。”

濑户馆《一粒种子》

突然要提前回国，原定的箱根、伊豆、富士山、广岛、北海道统统去不成，急忙之中告诉儿子无论如何要带我去一趟爱知世博会。

为什么一定要看世博会呢？想起那年到昆明看世博会差点儿没被挤扁，那场面可真是人山人海水泄不通啊，到现在我还是懵懵的想不起来都看到了些什么。今儿个赶上了爱知世博会，我当然不能错过，而且前几天报上还报道说中国副总理到爱知世博会为中国馆开馆剪彩，我当然也想看看咱的中国馆在爱知世博会上的风采。

对世博会我知之甚少，不过我还是很想在此“炒卖”一下我所知道的世博会：

1851年英国世博会，一座由王莲叶片联想而成的″水晶宫″建筑场馆，被尊为功能主义建筑的典范；

1876年费城世博会，一个自由女神头像的展出，从此有个国家便拥有了自由的象征；

1878年巴黎世博会，一部沉睡了一万五千年的人类历史最早的艺术品“阿尔塔米拉洞穴艺术”被唤醒；

1958年布鲁塞尔世博会，一个放大了一亿五千万倍的九个原子构成的“原子球”建筑，祈愿人类和平利用原子能；

1967 年蒙特利尔世博会，一个体现“以最小限追求最大限”富勒思想作品的美国馆，延伸到如今是网络资讯时代的全球主义；

“一切始于世博会”，爱迪生的电报机、话筒、留声机、白炽电灯，还有萨克斯风、柯达、冰激凌，甚至还有现代社会的组织结构和系统中的很多因素比如百货公司、超市、度假村等等，也都曾在世博会绽放异彩，惊艳世界。

而今爱知世博会有什么亮点呢？不亲见亲历一番，心有不甘。

哗哗夜雨，我们俩便乘夜行巴士匆匆上路。

清晨赶到了名古屋，我们继续向爱知县步行而去。

习习晨风，点点鲜花，宽阔的公路上，一些身背双肩包的年轻人，一缕清风，从我们身边擦肩而过，不用问，全都是奔世博会去的。

当我们赶到世博会，那里已是人的海洋。

进门左拐是日本企业馆，这里有煤气馆、日立馆、东芝馆、索尼馆、丰田馆，就这些企业的名字，不用我介绍，你便能想象这些企业馆是怎样一个气势，据说里面很有看头，有相当高精尖的技术含量，一大早这些馆的门口就已经排成长龙了。

儿子很想去这些企业馆看看，可是三天也看不完世博会啊，我们只有一天。儿子手拿世博会地图，看了几眼企业馆门前长长的队伍，说：“算了，我们先去濑户会场吧。”

濑户会场位于世博会长久手主会场的东北部，由一条名为“森林爷爷”的空中缆车连接，单程 8 分钟，我们便腾空而去。

这座被千年森林所环抱的濑户会场，主题是“与自然共生的日本人的智慧、技巧、精神，找回自然感性”。山水有情，草木生辉，阳光下，一群身着鲜艳服装的幼稚园小朋友手拿世博会吉祥物“森林爷爷”和“森林小子”，正欢快地穿梭于山水草木之间，不时传来他们那甜甜的笑声……

木屋子、榻榻米，石板桥、水潺潺，藤萝网、纸鹿群……曾经有个台湾的摄影爱好者在日本拍了许多美景后，是这样描述的：日本人对大自然的爱护和高度自觉的环保意识，使他们的山河江水以及每一寸土地都得以逃过人类对生态环境的野蛮破坏。也许这正是濑户会场主题所要表达的。

不过，最让我难忘的还是“日本濑户馆”上演的15分钟合声朗诵叙事诗剧——《一粒种子》。

一个圆形的剧场被300多名观众挤得满满，观众席簇拥着中央的圆形舞台，环绕着观众席的回廊则是另一个舞台。灯光暗下，清澈透亮的女声在大厅中回响，是那种让人不由得会起思古幽情的曲调。墙面的屏幕上映出天地开辟的景象，烈焰滚滚，惊涛拍岸，应和着万物初始的景象，隐约中传来巫女的祷告声。观众席中间的通道上，跑出许多身着日本古装的年轻人，蜂拥着冲向舞台，观众席后面的回廊上也同样出现了他们。

一男声说：“那些永远不变的”，

全体男声呼应：“那些不可改变的”，

一女声说：“那些可以改变的”，

全体女声回应：“那些必须改变的”。

（这些诗句当然是坐在身边的儿子给我翻译的。）

33位演员用群读的方式，静如处子、动如脱兔的形体语言，极度夸张的喜、悲、怒的面部表情，配以灯光、音乐，把观众带入各自的主观意境，从中央舞台，从后面回廊，源源不断的声浪涌向观众。2000多年历史孕育出的日本语言，每个字每个音韵都会让人情不自禁生发怀旧之心，迸发郁积已久的喜悦和悲伤之情，表演所带给我们心灵的震撼和视觉冲击，即使不懂日语，也会超越语言的障碍，领悟到日本人的心声，触摸到他们细腻的情感。

据说这些年轻演员都是从全国各地几万名中学生中挑选出来的，他们的表现朴拙、真切、激情、勇敢，果真像一粒粒种子，蓬勃向上。

中国馆“生命之树”

从濑户馆出来，我的心依然在为“一粒种子”怦怦跳动：感受生命，热爱生命，赞美生命！望着那绵绵不绝生生不息的千年森林，我的心中充满感激。

打开世博会地图，我提议去美国馆，可儿子却盯上了大受欢迎的德国馆。放眼望去，德国馆外面依然是绕了一圈又一圈长长的参观者队伍，从早晨到现在就没见少过。好不容易进去，我们乘上了一辆富含德国文化元素的透明六人舱水滴型轨道电车，在馆内上天入地般地经历了一次十分钟惊心动魄的“体验的水滴”之旅，我们完全被德国馆的气势磅礴所震撼。这个不可思议的馆内建筑，在让我们感受疯狂的悸动中又把我们带进了一个静谧的空间，在那里，我们悠闲地观摩德国的尖端生物工程技术，欣赏德国美丽的自然风光影像……

意大利馆那也是不能不去的。馆内一个两千年前的古希腊青铜雕塑“Dancing Satyr”，是意大利的国宝。雕塑高 2.5 米，重 108 公斤，1998 年在意大利西西里岛海底被一渔船打捞上来，这是一个古希腊和罗马神话中的森林舞神，雕塑充满了动感——尽管已经“缺胳膊缺腿”，后脑勺还有一个大窟窿。我们得知主办国方决定爱知世博会一结束，就把这个国宝带回意大利，再也不让它出国了。

埃及馆、西班牙馆、荷兰馆、澳大利亚馆……我们不知疲倦地一个一个馆进进出出。

在一个不知名的馆的门前我们略微停了一下，我问儿子："这是什么馆？"。

儿子答："以色列、巴勒斯坦馆。"

"什么？"我扭头瞪着他："这怎么可能，他们能和平相处在一个馆里？"

"信不信由你。"儿子依然看着那馆说。

"走吧，还是看咱们的中国馆去。"儿子拖着我向一座大红色外墙有十二生肖的建筑走去。

就像到横滨中华街一样，终究是熟门熟路，我们轻松地走进了中国馆。看过"阳光女孩"的表演，欣赏了古色古香的"紫檀斋"，我们便在"水晶影视厅"里流连起来。我被那晃来晃去的光影弄得头晕，便掉头向一棵巨大的"生命之树"走去，但见那巨大的绿色叶脉上挂满了五颜六色的彩带，彩带上写满了美好的祝语。

我一条条彩带仔细看过，原来这些稚嫩的夹杂着汉字的祝语都是些日本小观众留下的：

我们喜欢中国，日中友好。

我想去中国学习汉语。

希望我能说流利的汉语。

两国共同用汉字，祝日中友好。

我最喜欢《三国演义》中的关羽和诸葛亮，真想去中国。

我们英语系 16 名同学共同祝愿日中友好。

日中友好，人类皆兄弟。

希望中日结束争端。

愿日本和中国携手共进。

日中友好，希望全世界人民都露出笑容。

虽然存在各种问题，但希望亚洲各国睦邻友好。

日中友好，我们生活在同一个地球。

祈祷中日友好，世界和平。

希望全世界没有战争。

我一定要去上海参加世博会。

……

赤橙黄绿青蓝紫，条条寄语颗颗心，孩子们祈盼和平，祈盼友好，祈盼着到中国来啊。我在想，我们能为孩子们做点什么呢？为中日友好又能做些什么呢？突然，我看见五彩缤纷的“生命之树”中露出了龟山博司圆圆的笑脸，不，还有伊藤小兄妹，哦，不，还有许许多多日本小朋友在对我喊：“我们爱日本！我们爱中国！”天，就像是无穷无尽的种子，惊天动地，滚滚而来，为“生命之树”纵情欢呼……

哦，哦，我有点晕头转向了，小朋友们，小朋友们，但愿你们的时代不再有战争，但愿你们会永远欢乐和幸福……

附录一

读母亲的游记后

读书。李敖说：“为什么我能看这么多书呢？因为我的眼睛能在快速浏览的同时让著作里的闪光点自动跃出纸面。”莫言说：“每次读书都是和作者的一次际会，合则聚，不合则带着崇敬跳过去看下一本。奇怪的是，我每次都能看到他们认认真真地将童年的小镇描写到华美无匹。”余华则支持柯尔律治的结论：“不要成为海绵，沙漏和过滤器。我们阅读应当不仅是为自己获益，更为了别人有可能来运用他们的知识”。效率，交流，可持续发展：让我们由这三点出发阅读母亲的海外游记。

欧洲部分开篇标题应该源自1997年的黑马影片——《香港制造》：情节不离奇，布景不华丽，连演员也不够俊美。然而就是这样一部电影，拿下了金像奖最佳影片和最佳导演。定要说她胜在何处，一说是导演利用了平民文化情结，这在某种程度上也暗合了本书作者的心声。以词典开场，购物为主线，升华至国际人定义，加之“嗨呀”“哇”“晕”等口语化助词，极易让读者融入作者当时的心境：细致匆忙而又不失欢快。荷兰篇的结尾则是一则欢愉畅快异域文化碰撞的幽默。《慕尼黑小天使》前半令人错愕地重温1972年的惨案，果然黑暗与光明是一心同体的存在吗？以此也得以将篇末那宿命的离别表述得缥缈而充满了救赎感。接下来的茵斯布鲁克是一个我完全不知道的地名，竟被冠以欧洲之最，中世纪的风物果真有沁人肺脾的功用呢。奥地利不愧曾在军事科学文化历史上创造过辉煌的国度：弗洛伊德、维特根斯坦、海顿、薛定谔等伟人无论在传记、论述、评介、剧作方面都是令人喜闻乐道的优良素材。但奥地利的农家是出世的，脱俗的，一如作者所述：朴实，平和。意大利篇无疑是最让人轻松的章节，最后以佛罗伦萨的小偷和没有武装的威尼斯警察作为欧洲部分的终结则给上半册留下些许揶揄的意味。

东京部分是我得以陪同亲历的，但我无法凭自己多来的这些时日补充些什么，果然还是同所罗门王一般失却了感悟之心。赵辛楣向汪太太表白时说的句好话：感情的事自己说得起劲，别人看来却纯是无聊。虽然和此处感情所指略有差异，大方向是没错的，这些琐事的确要等临到自己才能感悟。日本这个民族是极端矛盾、极端暧昧、极端自负而又自卑的。不该为日本在一些敏感问题上开脱，但我们应该先看其先进的一面，想起不久前有一场中日网民间的网络争辩，一位日本人留下了这样一张让人无语的帖子：“至少你们没有骂我们懒惰，没骂我们不认真，没骂我们窝里斗。我们能崛起靠的不是骂人。”其实最让我吃惊的是关于日本国民积极的社会责任感。大江健三郎先生在广岛札记第五章这样描述：“广岛的人们在遭到彻底毁灭，整个城市化为一个巨大而丑恶的毒气室之后，他们没有使制造这场悲剧的人们、投下原子弹的人们，切身感受到自己是犯下了何等恐怖的罪行。广岛人在遭到原子弹轰炸后，立即为了亲手恢复这座城市而开始战斗。这一斗争，无疑是为了广岛人自身而做出的努力，但同时，也是为了减轻投下原子弹的人的良心负担而付出的代价。这种努力已经持续了20年，至今也仍然在坚持着。”这是一种彻底的前瞻性，一如那位得知拿破仑亲自为自己儿子包扎而失声痛哭的母亲。

大约因为我是学工学的，读有错漏的文总像见了不完备的算法，无论多小的逻辑不妥或措辞失误只想着如何把它们修正。其实我又有什么权力苛求呢？我非常清楚自己得以念书的时间是谁给的，自己玩的时候母亲又在做什么，所以每次面对认真地和我一起看日本动漫，玩电脑游戏，听地下音乐的母亲，总觉得自己欠下了太多，太多……

儿子潘小欣

2006年5月7日于东京新宿

附录二

我姨其人其文

有一种生命，是一朵迟开的花。它坚韧、持久，经历过岁月的磨蚀，绽放得愈发绚烂璀璨。那是时光雕刻过后沉淀出的美丽。

我姨本是行外之人。而且已是知秋之年。

在这样的年纪，居然无师自通，旅行之余，欣然提笔成书，这精神本身就令人感佩。而更为难能的是，她竟然也笔力雄健，洋洋洒洒，下笔千言。文章行云流水，比兴起伏，张弛有度，读来酣畅淋漓，清新别致的异域生活扑面而来，令人兴味盎然。

不能不感叹其手笔的练达啊！或许生活真的就是最伟大的艺术大师，而写作的最高境界就是无技巧。只要你有心，凭着一份聪慧和灵性，就可以自己去感受去领悟。而这份心得就是生命的无价之宝。

在陌生的国度里，她不懂语言，一个人冒冒失失地行走，无所顾忌，率性真纯宛如赤子。这种执著无我的性灵之心给她的游记带来了独特的平民视角，使得她的游记在描摹见闻，品察风土之余，还能深入到异域民族细致的生活当中，带给我们一系列趣味盎然的故事。

从欧洲十一国到日本，这是东西方两种不同文明源头、不同地理环境下经过千年的历练成长起来的不同民族、不同国度，而其中生活着的人，浸润着的物事，也都因为不同意识、不同观念、不同文化氛围呈现出不同的社会风貌。全书运用写实手法，举重若轻，虽着意于平凡琐碎，然字里行间、笔墨所至，又无不时时流露出一种对民族、国家、文化的历史审视和现实思考。因了这内涵，她的游记故事又在轻灵的文字中显示出别样深邃。

每个民族都有自己的历史，每个历史都有自己的体验。毋庸讳言，中华五千年的文明虽然给了我们丰厚的文化底蕴，但也给了我们一些至今无法抑制的伤痛。说到这里，不能不提的是日本。日本作为我们的近邻，同样的东亚地理，同样由中华文明滋养过，可是却是个和中国交织着太多辛酸、复杂与沉重的情感的国度。但我想，无论如何，对于今天的我们来说，正视历史，正视现实，放开眼界，打开胸襟，以从容的气度走出国门，认真实践鲁迅“拿来”精神，这并不是一件悲屈的事。

行者无疆，快乐的心在时空的帷幕中自由穿越，带给读者的，也将是一种承载着作者丰富的心灵感受和思想光环的字字珠玑。

商业社会，消费的时代。在人类文明步入后现代的今天，文学艺术已经不再是艺术殿堂之上高高耸立、为人景仰钦羡的崇高样板，但我们依然尊敬和感动那些生活之余，还努力创作着的人，他们把心血无私地投放在一个个静默的夜里，化成丰富充盈的文字沟通我们灵魂的呼吸。没有喧嚣浮躁、没有急功近利，只有生命创造的性灵在自由飞扬。

艺术贵真，贵纯。充实、向上、不自满的心常在，生命就不老。相信这是一种生活的境界，也是我们年轻后辈应该学习的我姨长辈精神之所在。

叶　青

2006 年 5 月于福州

后　记

世上有一样东西，
最忠诚于你，
那就是你的经历。
你生命中的日子，
你在其中经历的人和事，
你因这些经历所产生的悲欢、感受和沉思，
这是一笔最珍贵的财富。
把柴米油盐写出诗意，
把沧桑纪事吟成诗歌，
这是我深深的心愿——永远歌唱美好。

《天地间》在2010年粗略写了一半。正当我迷茫找不到如何续笔的时候，偶然间表妹魏春梅邀约一同去了泉州少林寺。表妹是我大舅最小的女儿，有一张人见人爱的漂亮脸蛋，从早到晚都是笑眯眯的，弯弯的眼睛十分可爱，说起话来慢条斯理，因为研佛，说话充满哲理，令我佩服。我们一起感受天风海涛的壮阔，享受禅房寺院的静谧，探讨天人合一的意境，参悟博大精深的佛学。整整三年，破解了我心中最大的疑团，心情渐好。此后我又开始晃荡了数年，直到 2021 年初，偶发几次无缘由的头晕呕吐，忽然心中一惊：我还有一事未完成——写书，于是，我立刻拿起了尘封的书稿，继续！

这本书稿的完成，得益于珍贵的史料和家乡的网站：

其一，《霞浦县志（民国版）》。

我心头一直有个结：我爷爷究竟是个什么样的人？他给我起的名字，我却从未见过他，他早已不在世上。他那么多书稿也已灰飞烟灭，唯有县志里留下了他的文字，我只能在这本书中去了解他。怀着崇敬的心情，我庄重地翻开了县志，不仅见到了爷爷的文笔，更了解了地域广阔、历史悠久的霞浦，令人激动不已。也由此，我在霞浦生活的十四年，一幕幕，又呈现在眼前。一次偶然路过霞浦的福瑶列岛，仙境般的美景，忽然呈现眼前，让我惊叹不已。却未曾想到，我父母曾在紧邻福瑶列岛的陇头，开过一家绸布店，1942 年 6 月日寇进攻陇头，四处点火，绸布店也陷入一片火海，父母在惊慌失措中挑着两个年幼的孩子狂奔逃离，后来我们才会在东关定居。东关距离福瑶列岛大约二十多公里，如此美丽的景色，我却是在五十年后才见到，县志不会着笔福瑶列岛的美色，我们必须自己去看。

其二，《中国人民解放军第八十七师战史》。

这本书是我们师李社松副政委送给我的，我非常感激。从这本书中我看到，我们师从江苏一个地方武装部队发展成主力部队，转战苏、皖、沪、浙、闽，英勇杀敌，无往不胜，成为一支英雄的部队。我的卫生科长、医疗所长都是新四军，我有幸在他们手下工作、学习、战斗，是多么的幸福；我能和我们师的战斗英雄促膝谈心聊天，是多么的难得。我很珍惜在部队的时光，我在部队的成长，离不开领导和战友们的帮助与关怀，尤其是在我有家庭问题的情况下，组织上仍把我留下来，提干，入党，第一年新兵就被评为“五好战士”，这都是组织上对我的关心与爱护，我永生难忘。

其三，“爱尚霞浦”网站。

儿时在霞浦，最远到过西关的县医院，最高到龙首山的塔岗，脚步没有离开过县城，直至十四岁去当兵。对霞浦的认知有限，又苦于无从打听与周游，要写好霞浦和自己少时的故事，不容易，恰巧碰到同乡老海，他让我上“爱尚霞浦”网站。果然，这个网站让我大开眼界，令人动容的是，网站里有大批热爱自己家乡的青年网友，他们自发跑遍霞浦的山山水水，寻找历史古迹，体悟先人情怀，霞浦博物馆里有他们的一份辛劳；他们讲着古县的历史故事，民间传说，津津乐道，认真传承着地方特色的精神灵魂；他们将古语、土话、谚语、歌谣和谜语，集结而出，朗朗上口，让小辈们不忘家乡的方言俚语，从中汲取更多的文化养料。我所记得的霞语都在十四岁前，以为土话就是土话，几千年传承下来百姓生活交流而已，不可能会有别的什么，没想到在网站里第一次看到霞语能写出文字，还是古文句子，意境高远，妙趣横生，一股古色古香、风雅朴素的清风，扑面而来，令我开怀大笑，不由想起小时候许许多多鲜活灵动的故事。在这里要感谢“爱尚霞浦”网站的风萧萧、原味霞浦、至爱亲朋、爱竹生、末摘花、老海和各栏目的主编网友，你们的真心付出，让我收获满满。

我还要感谢许多前辈、族人、战友、知音、好友：

福建师范大学前副校长、中国易学专家黄寿祺教授，为我爷爷撰写《传略》。黄老先生是我爷爷的学生，亦为同乡，他是我最尊敬的学者前辈，在这里受我迟到的一拜。

我的族人。从小我就疑惑：为什么我都没有亲戚？后来才知道，因为某种原因，怕影响我们家庭，他们主动放弃来往，一直到很久很久以后，我见到他们，都不知道该怎样跟他们交流。看到陈拂岫写的《一代名臣宋礼部侍郎陈桷身世探析》文章，是在2010年后，我才知道了我的先祖，便开始了寻根之旅。在老家柘荣我问陈拂岫："探花府在哪儿呢？"他说："就是你家啊。"我这才恍然大悟。后来族人拂岫、宁宇、荣生、祯生等兄弟，带我到福鼎马洋的宋时帅府和兵营旧址，在那平静的古战场山地上，我似乎还能看到战旗飘扬，战马嘶鸣，两军厮杀，浴血沸腾的场面，思绪万千。后来兄弟们又带着我，到浙江平阳柘园"陈氏大宗"祠堂，巨大的祠堂里，条幅牌匾无数，我记住了两块牌匾："敬宗睦族"、"弘扬宗风"，祠堂里面供奉着我们更早的祖先，柘洋先祖臣公、执在公的画像也在这里，执在公画像下面还写着"迁居闽北柘洋"。我找到了根，回到了家，感谢上苍。在柘园陈氏族谱里，我还看到了朱熹写的"序"，原来我们共同的郡望是河南颖川，我们共同的先祖是舜帝。

赵麟斌，我的至亲表弟，他是教授，博士生导师，我曾请求他收我为徒，他却嘻嘻哈哈一笑而过，但对我的作品却十分认真，挑灯漏夜为我审稿，提出意见，积极鼓励，关心支持，还帮我写了《序》，令我非常感动。

先生。有人建议我写写先生的事，先生不赞同。不过，福建武警第一支队的组建是值得称赞的。那时"风波"刚过，他受组织委托，带着十几个机关人员，一台车，租地方的房子集体办公，白手起家，筚路蓝缕，在艰苦的七年里，在寸土寸金的城市里，建起了支队办公大楼、干部宿舍楼，同时把整个部队带向正规化建设的前头，成为武警部队的一面旗帜，干部战士们有口皆碑。先生也有着深厚的文化底蕴、文化素养和政治水平，他是《天地间》的第一读者，他给我提了很多宝贵的意见，全力支持我。当然，我们也有相左的争执，但目的都是为了把这本书写好，我真心感谢我的先生。

我的战友们。他们为我提供了很多难得的资料和信息，使我的军队生活更加多姿多彩生动活泼，能较好地还原我们青春韶华的战斗生活。福建人民出版社为我出版这本书，给予很大的支持，各位编辑们付出了辛勤的努力，尤其是李文淑编审悉心指点，在此一并表示衷心的感谢。

最后还要感恩天地间所有的真善美，我跑遍祖国大地，去过许多国家，世界发展的文明，给了我人生阅历丰富的体验和深邃的思考，让我有了写这本书的冲动，也让这部书得以面世。

陈慰妃

农历辛丑年岁末